春风习习人间谣

文吉儿／著

周文彰题写书名

U0881753

大有書局
DA YOU BOOK COMPANY (BEIJING)
·北京·

图书在版编目（CIP）数据

春风习习人间谣 / 文吉儿著 .—北京 : 大有书局，2021.9（2021.10 重印）

ISBN 978-7-80772-043-0

Ⅰ . ①春… Ⅱ . ①文… Ⅲ . ①短篇小说—小说集—中国—当代 Ⅳ . ① I247.7

中国版本图书馆 CIP 数据核字 (2021) 第 156688 号

书　　名	春风习习人间谣 CHUNFENG XIXI RENJIANYAO
作　　者	文吉儿　著
责任编辑	张媛媛　周　舟
出版发行	大有书局 （北京市海淀区长春桥 6 号 100089）
综 合 办	（010）68929273
发 行 部	（010）68922366
经　　销	新华书店
印　　刷	中煤（北京）印务有限公司
版　　次	2021 年 9 月北京第 1 版
印　　次	2021 年 10 月北京第 2 次印刷
开　　本	145 毫米 ×210 毫米　32 开
印　　张	10.25
字　　数	240 千字
定　　价	48.00 元

本书如有印装问题，可联系调换，联系电话：（010）68929022

春风十里文吉儿

才华就是通行证，年华也是。当我翻阅文吉儿的小说集的打印件的时候，脑子里就浮现出这句话。文吉儿是一个早慧的作家，小时候就显露出文学的才华。有时候，天赋是一个人能在文艺这条路上走多远的天花板，文吉儿的年华正当其时，文学天赋是自带的，她的才华也灼灼逼人。因此，她在很小的年龄就拿出与其年龄不相称的作品，让人早就刮目相看了。

现代社会的最大特点是，人们经常感到浮躁不安（他们甚至无奈地自知这一点），更关注热闹的事物，就像快时尚一样，手机屏幕上图文并茂、绘声绘影的快阅读也牢牢地抓住了人们的眼睛。而反观阅读和写作这样复杂的智力活动，很多人无法展现出兴趣。在一片繁华的市场经济状况下，许多人消费的不仅仅是杂芜的商品，还有浅薄的信息。在此背景下，文学呈现了滑落边缘的趋势，与文学这种低像素、高密度信息载体一起变得衰微的，是年轻人的思考能力与专注能力。追寻文学梦想的年轻人在当下也并不少，但多都在网络文学的空间中漂移，对那种渊远文化的把握和继承，对文学想象和语言尖端呈现的精微触觉，在一些写作者那里是匮乏的。当然，我也看到还有不少较真儿的文学青年，不畏浮华，不念名利，始终保持一颗纯真之心，始终钟情于文字的美好与极致，追随灵感缪斯的脚步而一直不离不弃。文吉儿就是其中令人瞩目的一位。

摆在大家面前的短篇小说集《春风习习人间谣》，就是文吉儿的新作，她就是这么一位在文学路上的执着追求者。我曾见过她，看似瘦弱的身躯却有着文学强悍的力量，目光的清澈里有着对文学执着的理念。她本来可以拥有一份轻轻松松的工作，工作之余休闲嬉耍，但她却执着坚持写作，用伏案的沉默身影诠释着自己的灵魂与智慧。从十多岁开始出书，到目前她已经出版散文集《异想记》《我很好，那么你呢》《撕几页青春，做一个努力的自己》，童话集《穿越毛病小王国》，短篇小说集《别让梦想只是梦想》一共五本书，且文体多样，多面出击。

短篇小说集《春风习习人间谣》是文吉儿出版的第六本书，这本短篇小说集的题材和前一本《别让梦想只是梦想》一样，歌颂的笔头始终对准她身边熟悉的人和事，但却很巧妙地将老师、同学、朋友、亲人，以及他们生活的可能性，以虚构的方式进行重构。我常说小说家是创造虚构空间里万物的造物主，那么文吉儿在摆脱了纪实性的散文书写之后，拿出来的第一本小说集，就让我看到了她重构生活的能力，看到了她有着提炼生活的技巧，而这一点，是一个小说家的基本功。

文吉儿的这本小说集中首先有着对生活细节的真实呈现和细致的打量。那些饱满的生活形态和诸多的普通人物，都被她原生态描绘和升华，犹如一盏盏闪烁的灯光，照亮作者笔下的年华流逝和她所走过的路。在万千人中，这些灯光是微弱的，如果我们没有特别注目，这些灯光可能很快就会泯灭，无声无息地消失在人来人往之中。

文吉儿这本书有一种亮度，她的小说的叙述语调非常清亮，她那颗火热的心像“文学之光”，能够照亮新一代莘莘学子的成长之路，也会照亮她自己前进的方向。我听说这些年，她走进湖南、云南、内蒙古、河北、江苏、吉林等地方的校园，跟学生面对面交流，用自己写作获得的稿费给河南一所边远山区条件艰苦的学校送空调，多年来一直用行动诠释她的文学理想——照亮你，照亮我！在人生的道路上，正是有了这么一盏光，引领她自己和身边的人前行，她才会更加坚定原则和信仰；在茫茫黑夜里，灯光的力量胜过神明，特别是要经过人生的某一个岔路口时，沿着有光的方向一定没错。

面对生活和生命体验，文吉儿的写作灵感像被激活了的火花，灵感的火花一“喷”而不可收拾。短篇小说集《春风习习人间谣》有情感、有韵律、有意思、有趣味。在这本集子中，文吉儿能用朴素的语言讲述一个个很美、很动人的故事，一个个鲜活的人物依次立体地呈现在我们眼前。透过作品之美，也折射出作者对美好事物的追求。那一个个光辉的形象这么高大地耸立着，像一盏盏明灯照亮读者的求学之道、立业之道、为人之道、生活之道、未来之道！

我们的生活中从不缺少美，而是缺少发现美的眼睛。文吉儿用她平凡的笔，再现和重构了平凡人的生命瞬间，感受人间的人情、体验人性之美丽、呈现心灵世界的斑斓亮丽，给我们带来震撼、惊叹、愉悦等诸多美感，更重要的是同时给我们带来心灵的净化和对美好生活的憧憬与追求。这样的作品，当然是值得肯定并推崇的。

文吉儿希望我给她的小说集写几句话当作序言，我分明在这本书中，看到了文吉儿用激情和岁月凝练的“文学之光”，光耀四方，她乘着光的歌声，飞向更远的远方。也希望这本书能够为追求丰富心灵生活的人所喜欢，春风十里文吉儿，对她最好的祝愿，就是让我们一起瞩目于一个作家正在走向更加广袤的原野。让我们祝福她！

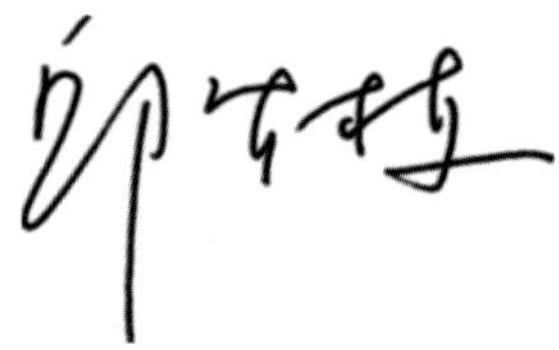

2021年7月31日

目录

春风是爱

春风吹暖尖叶草，

桃李满园，向爱而生。

春风渡

一

古老的苏州城有一条春丰路，在这青砖黛瓦的江南小巷中，藏着一座典型的苏氏小院，唤作“春风渡”。苏家四代人守在这里，少说也有近百年历史了。

在苏明悦的记忆中，她是在外婆和妈妈的绣架下长大的。小时候，家里大人们做刺绣，她就坐在大人的脚边，摆弄着她的零食和小玩具。平时来访的客人不多，院子很清静，但偶尔也有一些大姐姐来这里找外婆，她们一起围在绣架旁，你一言我一语，说着苏明悦听不太懂的话。小小的苏明悦挤在人群中间，张头探脑地看着外婆用手中的绣针在绷紧的绢布上翻飞穿梭，像是作画一样，一点点变化出漂亮的图案。

从那时候起，她就知道自己家里是做苏绣的，而她长大了也会像外婆和妈妈一样，用这个绣架织就未来的生活。

大概是天赋使然，在上学识字前，小小的苏明悦就可以在妈妈的帮助下绣出一些简单的图案了。别的小朋友是背诵诗歌，而妈妈教给她的是刺绣诗歌。她并不能认全那些方块字，但是经由小手一针一线地绣出来，仿佛对那些横横竖竖的线条有了更深的情感。她触摸着它们，感悟着它们，觉得那些由自己创造出来的美丽和自己是一体的。

后来，她也在外婆和妈妈的教导下，逐渐学成了越来越多的刺绣本领，她尤其喜欢绣制小猫。那时候，家里养了大大小小不下十只猫，有的是小时候就在的，有的是陆续捡来的流浪猫，还有一些是每天定时来春风渡做客吃饭的小野猫。苏明悦给每一只小猫都起了名字，她喜爱它们，它们陪伴着她，所以她想把它们都绣出来，这也是她在学习之外最大的乐趣。

开始时她总是热情高涨，作业都在学校提前写好，只等放学可以“飞”回家绣她的小猫。苏明悦是一个心思极为细腻的女孩子，一针一线的刺绣手艺也教会了她做事一板一眼的认真态度，外婆总说苏明悦比她妈妈苏锦华更适合刺绣。但是苏明悦也发现了，她的天赋和态度并不能使她总是得心应手。她看过很多苏绣大师的绣猫作品，那些可爱的小猫活灵活现，宝石一样的眼睛里仿佛透着光，而她费神费力做出的东西却显得生硬呆板，有时还会莫名的不协调。

外婆看了苏明悦的作品，只提点了她四个字：“照猫画虎。”

刚读小学三年级的苏明悦似懂非懂地查了字典，心说：“我想绣的是小猫咪不是大老虎啊！”她思索了一个晚上，觉得外婆可能是要自己再仔细观察优秀的作品。图片上打印的画册再精细也是平面的，好在外婆屋子里就有现成的苏绣猫作品，那还是外婆很得意的作品呢。白色的小猫慵懒地躺着，一只前爪向天空微微伸展，想要触碰不远处的一只蝴蝶，而蝴蝶扇动着翅膀，仿佛也在逗弄着这只小猫，两个生灵无言的交互瞬间，被外婆的针线生动地记录在了绣布上。

苏明悦每天都来外婆的房间看那只苏绣猫，她还借走了那一幅作品，摆在自己房间里看不够，连睡觉都要抱着。果然，在细心研究了一段时间之后，苏明悦手中的作品精进了很多，只是和外婆的小猫比起来还显得生硬粗糙，没有质感，仔细观察甚至还是有一种说不出的不协调感。

苏明悦有些苦恼，但她仍然没有放弃，还在刻苦练习、认真摸索，一放学就守在绣架旁，有时候连吃饭都要被家人叫好几遍，简直到了废寝忘食的地步。

外婆见她这样执着，就问她："孩子，你这又是想绣什么呀？"

苏明悦答道："绣猫呀。"然后又不解道："外婆，我明明是要绣猫，你干吗说我是'照猫画虎'呢？"

外婆笑了，说道："你要画虎，你就要亲眼看看虎的样子，照着猫画是不行的。现在你要画猫，为什么不去看看猫的样子呢？"

苏明悦不假思索道："我每天都在看呀，那么多小猫，每天都看。"

外婆点点头，又道："你是'看到了'，并不是认真去观察了，你是照着自己脑袋里的记忆去绣，是'照着假猫画真猫'，并不是真的在观察中创作。没有从真实出发，自然绣不出小猫天然的样子。"

苏明悦恍然大悟地应和道："外婆，我知道了！所以爸爸写作的时候要去采风，爸爸原来也说过'艺术不是凭空想象的'。"

外婆笑道："对呢，明悦，你不用着急练习技巧，你要先花时间观察，就像我们去做一件事情，也不是上来就大刀阔斧地行动，而是要先观察环境……"

"我知道我知道！"有一种被点醒的感觉的苏明悦兴奋地抢

着说道，“像太婆说的那样，‘谋后而定，行且坚毅’。我知道呢，这是我们家的祖训！”

外婆看着苏明悦，疼爱地摸了摸外孙女的头，语重心长地说道：“是这样的，孩子，很多事情的道理都是相通的，慢慢你就体会到了。”

可以说，出身在这样一个刺绣世家，能够全身心地浸润在艺术世界里，得到家人的日夜陪伴和悉心教导，苏明悦始终觉得自己的人生是非常幸运的。

二

苏明悦二十三岁这一天，得到了一份特别的生日礼物——两张拙政园的昆曲演出票。

妈妈陪外婆去江浙几所大学参加苏绣讲座，爸爸去了兰州参加作品研讨会，家里就剩下苏明悦一个人，好在她还有几个玩得来的朋友给她庆祝生日。她们整个白天都在逛吃逛吃，吃了从小到大吃不腻的八珍糕、叫花鸡和酱汁肉，还买了甜蜜蜜的糕点和蜜饯准备带回家慢慢吃。直到晚饭后，几个人玩到尽兴才散场。

陈昭平一整天都陪在苏明悦身边，就像之前的每个重要日子一样，陈昭平就是那个永远不会缺席的人，就连苏明悦的微信备注上，陈昭平都把自己的昵称改成了“头号粉丝”。他们称得上青梅竹马，也是最要好的朋友。说来也巧，两个人从小学到中学都在同一个班级，直到大学陈昭平坚决要考去上海，于是换作苏明悦第一次迁就他，也跟着去上海读了工艺美术专业。

在上海的那四年，两个人惺惺相惜、互相照料，自然而然走到了一起，谈起了恋爱，因为双方家里知根知底，大人们也很高兴看到两个孩子可以结伴。

陈昭平家是做古建筑技术的，是苏州城里鼎鼎有名的匠人世家，家学渊源颇深，加之他自己也感兴趣，那时候一有空，苏明悦和陈昭平就在上海的大街小巷到处游走，看古今建筑，吃中西美食，参观博物馆了解上下四方文化，用心感受着上海这座国际大都市的独特魅力。可在苏明悦心里，哪里都比不上自己家里好，她还是更想念在春丰路的日子，想念她出生长大的那座春风渡小院。

大学毕业后，苏明悦回到了春风渡。那一年，外婆决定不再管理春风渡的经营事业，这座前院开门做交流做生意、后院个人住家的老院子就交给了苏锦华和苏明悦母女两人打理。苏明悦虽然没有什么经验，但是刺绣始终是她热爱的行当，很快她就把自己的全部精力投入春风渡的经营中。唯一可惜的就是陈昭平还留在上海继续读研，而且陈昭平也曾经透露过他希望毕业之后可以留在上海，或者可以去国外看看，那就更好不过。

因为女朋友苏明悦，陈昭平一放暑假就回到了苏州。他喜欢干净善良的女孩子，苏明悦就是他心中的那一轮明月，始终皎洁纯净。他愿意看着她坐在绣架前认认真真一针一线，也愿意陪她抱着小猫笑笑闹闹。虽然他们对未来有着很严重的分歧，他有时觉得苏明悦过于保守，缺乏年轻人的朝气和冲劲，但他相信他可以说服苏明悦最终和他一起去看更远更美的风景。

他一直相信，他们的未来并不在这里，也不在那些绣线和琉璃瓦上，因为世界很大。

这一天晚上的昆曲演出在拙政园举行，也是苏明悦的堂姐沈春第一次在拙政园上演园林版的《牡丹亭》。沈春自小学习昆曲，是一个非常优秀的闺门旦青年演员。苏明悦虽然不算精通昆曲，但姐妹俩从小玩在一起，她多少也懂一些，至少做一个合格的观众没有问题。

沈春给苏明悦送票也不仅是为了给这个堂妹庆祝生日，顺便还交给了苏明悦一个接待任务——替她招待国际友人James。沈春是在开场前几分钟才匆匆告诉苏明悦这件事的，也只是告诉她——到时坐在她左手边的就是James。

苏明悦和陈昭平还讨论了一下，这个James会是美国人还是英国人，黄头发还是红头发。虽然苏州比不了北上广那种繁华都市，但因为文化底蕴深厚，这里也不乏国际交流的场景。比如，很多外国人对昆曲很好奇，尤其是对这种近年来新兴的实景演出非常感兴趣；当地人也喜欢带外国友人来体验、参与本地文化，认为这是一种很风雅又很有特色的文化接待活动。

夏日夜色中的古老园林显得幽远而神秘，隐约还可以听到后台传来的锣鼓等乐器声。陈昭平悄悄握住了苏明悦的手，他很珍惜这一刻和心爱的女孩在一起的时光，他希望她是快乐的，虽然他不知道此刻该如何将自己的快乐与她分享——他没办法在苏明悦生日这天告诉她，自己通过了一项国际间的大学交流活动，三天之后他就可以踏上梦寐以求的北美，去世界上最发达的国家参加最前沿的学术活动，他要在那里待一个月的时间，这也就意味着等他再次回来时，假期也结束了，他们又要分离了。

苏明悦还在兴奋地计划着两个人的假期生活。她说，也许他们可以去杭州玩几天，就住在西湖边上。她长这么大都还没有去过；又或者可以去镇江，她听说那里有一种锅盖面——把面条和锅盖一起煮的，听上去很奇特。陈昭平就看着她笑，苏明悦笑起来时会露出两颗小小的虎牙，他觉得它们很可爱。

三

贝致宁第一次见到苏明悦的时候，他终于相信了以前看过的小说里描写的“标志美人”是真实存在的——柳眉、杏眼、悬胆鼻、樱桃嘴，恰好地分布在一张白皙无瑕的鹅蛋脸上，模样就像奶奶房间里珍藏的那个仕女绢人。

“嗨，我是沈春的朋友，我叫贝致宁，James。”贝致宁赶在开场前一分钟，终于找到了他的位置。从他的那个做记者的表舅那里拿到这张票之前，他甚至不知道世界上还有昆曲这么一个曲种，尽管他还能陪着奶奶唱两句京剧选段，他觉得自己作为一个从小生长在海外的华人已经很有中华文化素养了。

苏明悦和陈昭平一起抬头看着贝致宁，那是一张标准的中国人的脸，很帅气，但讲出来的话实在太别扭，音调听上去非常怪异。

“你好，演出就要开始了，快坐下吧。”苏明悦招呼道。这是沈春给她的任务。

陈昭平在一旁点点头，也向贝致宁示意了一下，然后悄悄趴在苏明悦的耳边说：“可能是ABC，华裔而已。”

几声响锣，预示着演出正式开始。

贝致宁擦擦脸上的汗，因为周围观众席太安静了，他连大气也不敢出，只好抚着自己的胸口，让心脏不至于跳得太快。

台上先是出来一个和京剧扮相差不多的小丫头，念着他根本听不懂的戏词，但那调调听上去确实很有意思。贝致宁看着剧目宣传单上的水墨画，那是一对古代男女相扶相拥的画面，男子手中还持着一枝绿柳，虽然不知道《牡丹亭》的内容，但猜也能猜出这又是一段才子佳人的故事。

说起来，这是他第二次回到中国。二十年前，也就是五岁那年，他陪爷爷奶奶回过一次北京，记忆中只有天安门高大的城墙和迎风飘扬的五星红旗，还有奶奶家灰瓦的狭长胡同，街道上落了满地的数不清的杨树毛毛。他不知道北京现在变成什么样子了，但是这次他在浦东机场降落后，上海这座耀眼的都市带给他的震撼不可谓不大，他想到了一句贴切的话——他进城了！

一直以来，他几乎没有机会和同龄的中国人交朋友。他这次回来，一是有学术目的——为他的民俗学论文做实地探访；二来也是希望能够更加了解中国，毕竟这是他的血脉来源——爷爷奶奶的家乡。当然，如果能够交到几位真正的中国朋友就再好不过了！

他在上海只待了一天就赶来了苏州，因为他那位做文化记者的表舅告诉他，要想了解一些民俗的东西那就不能奔大地方去，越小的、越民间的地方才更加蕴藏着精华。总之，苏州比上海更适合做民俗文化探访，何况有亲戚可以照顾一下他的生活起居。

贝致宁也没想到他的文化探访的起点这么高，第一站就是昆曲。虽然只是在互联网上匆匆搜索浏览了一下，但是其六百多年的历史已经让他感慨不已，而且这昆曲号称“百戏之祖”，发源于苏州昆山。他实在想了解更多，等回去后好和奶奶这个京剧票友骄傲地展示一番。

不一会儿，舞台上的人物就丰富了起来。那位娇态的小姐想必就是画上的女主角了，一身浅粉色的绣花帔，衬托得人物婀娜极了，在这湖山石畔流连勾转，一举手一投足都让人心生怜惜。开口更是不得了，那样雅致的戏词从绣口中一唱三叹地吟咏出来，倒真映了“水磨”二字，非得昆曲才担得起这个称号。

贝致宁一边看着台上的热闹，一边也没忘记坐在自己旁边的那位姑娘。这苏州姑娘也像那水磨腔一样，婉转、柔情，一池春水般的，宁静中泛着涟漪，美丽得像一声叹息。他还不知道这个姑娘的来历，但和他搭话了，想必是认识他表舅或是沈春的，那以后就有机会成为朋友吧。想到这里，贝致宁忽然有一丝开心。

沈春作为今天的女主角，吸引了在场所有人的目光。这里的观众至少一半都对《牡丹亭》熟悉得不得了，就算不借助台词提示器，也早将剧情熟记于心。这是他们从小看到大的戏啊！如今，戏台越来越精妙，服装越来越华丽，当年小小的沈春也从观众席走上了舞台，成为昆曲的年轻代表人物，常被邀请到北京、上海、南京等地演出交流，而且她也在事业中收获了一份珍贵的爱情——与今晚的司笛乔生的爱情。

在身边所有见证过、听说过的爱情故事里，苏明悦最羡慕的就是沈春和乔生。一个工唱，一个伴奏，相携相扶，台上、台下总是不分离，就这样看似平淡地走过了十年，好一对“如花美眷，似水流年”，那台上演的竟不像是杜丽娘和柳梦梅的故事，而是沈春和乔生的爱情故事。

一晚上的“游园惊梦”让观众如痴如醉，真实园林的布景也令人非常投入，仿佛这一夜的故事都是真实发生在眼前的。演员谢幕时，苏明悦拿出早已准备好的一束鲜花送到了台前，沈春一眼就在人群中认出了她。演出成功的兴奋让沈春整个人都像在发光一样，看上去十分动人。苏明悦欣慰地给了沈春一个大大的拥抱，沈春说，等她和剧组告个假就来找他们，今晚一定要好好庆祝一下。

苏明悦看着娇小的沈春都快被鲜花淹没了，忍不住也笑了起来。她站在台上回头看她的男朋友，发现陈昭平和隔了一个座位的James都在看着她们笑。月光也同样洒在了他们的身影上，盈盈蒙着一层清辉。

苏明悦不知道为什么就想到了那句话：“演悲欢离合，当代岂无前代事；观抑扬褒贬，座中常有剧中人。”台上台下都是一出人生啊，不知道她的人生、陈昭平的人生，又会如何呢。

四

毫无争议，生日宴及庆功宴就定在了苏家的春风渡，反正这个院子足够大，而且今日恰好没有长辈约束，是再适合不过的。

沈春走到哪里，乔生就默默地跟到哪里，苏明悦想和沈春说点姐妹俩的悄悄话都甩不掉这个称职的跟班，惹得苏明悦假装气恼道：“乔生，你也太黏人了吧！”可是心里又不免羡慕沈春，如果陈昭平能够时时刻刻陪在自己身边该多好呢。

贝致宁就像是进了大观园的刘姥姥，瞧哪里都新鲜，瞧哪里都瞧不够，这山石布局，这屋脊神兽，这小桥流水，这花花树树，说是住在公园里也不为过。当然，最瞧不够的是那两位苏州姑娘的笑靥，那真是水做的骨肉，只是好可惜都是有伴的人了，再喜欢也不敢多瞧。

沈春和贝致宁也是第一次见面。贝致宁的表舅是和沈春相熟的报刊文化版的记者，给沈春还有剧团的其他演员、导演做过多次宣传采访，算是他们剧团的老相识了，所以演出时都会想着送上赠票。刚好贝致宁想要了解当地民俗，表舅就借这个机会让他开开眼界，顺便能够结交一些年轻朋友，好帮助他开展课题研究。表舅把贝致宁托付给了沈春，说年轻人在一起更有共同语言，可沈春明天就要启程，受邀去香港演出，没办法照顾他，所以顺水推舟，贝致宁成了春风渡的客人。

苏明悦没什么意见，反正家里正是人少的时候，多一个人一起玩也热闹。陈昭平对贝致宁也很感兴趣，他马上就要去美国了，很想从这位国际友人那里开拓一下视野，积攒一些也许用得上的经验。

夏夜微凉，五个年轻人坐在小院里，喝着茶，吃着白天刚买来的苏式点心，没有喝酒却醉了人。贝致宁觉得其他人说什么都好有意思，苏明悦有时候会偷偷笑他的口音，他也完全不在意，还说这次回去之后，他的中文一定超过他那个痴迷中国文化的美国教授。

苏明悦还带大家参观了春风渡的前院展厅，虽然除贝致宁之外都是相识多年的亲友，但好像连沈春和陈昭平也没有认真仔细地观赏过这里的每一件作品。考究的红木展架，将房间衬托得古香古色，屏风、挂画、桌上摆件……各种形态的艺术珍品展现在眼前。这里的作品大多是苏家的传统手工艺品，从太婆到外婆到妈妈到苏明悦自己，苏家四代人沿袭着“母教女、姑传嫂”的旧式传统，将这门称得上国粹的苏绣手艺完整地传承了下来，并通过不断改良，更好地融入了民间社会，使过去只有达官贵人才用得起的手艺，也进入了平常百姓家。除此之外，展厅里还有一些是苏家多年来收集珍藏的苏绣珍品，它们来自那些同样优秀的手艺人，不同门派、各有特色，合起来也是一部苏绣门派的展示作品。

贝致宁的目光都不知道要在哪里停住了，以前他在美国的博物馆也见过中国刺绣作品，但那只是远远观望，没能够像这样不透过玻璃的阻隔和灯光的障碍，就这样真实地放在眼前观看，一针一线、丝丝毫毫看得清晰，而且越看细节越发觉刺绣的不易，这里的作品哪一件不是绣工付出心血而成的，简直比在纸上作画还难!

展厅最珍贵的一幅作品是外婆的一幅双面绣龙。正面看，金光闪闪，龙腾而起；背面看，银光熠熠，飞龙在天。一次绣成正反两面，可谓巧妙至极。

“天啊，这是上帝之手。”贝致宁转着圈地看那两条仿佛一跃而出的金龙银龙，张着嘴巴，连连赞叹。

其他人都被贝致宁惹得笑了起来。双面绣是苏绣的代表性作品，这他们从小就知道。

“你也会绣这个吗？你的家人都会吗？”贝致宁惊叹地问道。

苏明悦笑道：“我可不行，这是外婆最得意的一幅作品，如果再过二十年能绣出这幅七八成的水平，我就谢天谢地啦！”

贝致宁恍然道：“也是，你的外婆是大师级的。”他转念又问道，“那你的作品在哪里？可以让我看看吗？”

苏明悦答应道：“外婆说我的作品还不够展厅的资格。你们跟我来，我带你们去看点好玩的。”

几个人说说笑笑地就跟着苏明悦来到了外婆的客厅。那是家里人自住的地方，平时鲜少有客人来访，和展厅相比，这里摆放的东西也随意很多。欣赏过那样精美绝伦的苏绣作品后，就算是外行人也能看出这里展示作品的差距。

“你们看。”苏明悦指着一只苏绣猫说道，“这是我第一次绣猫，不伦不类的很难看，但外婆还是收起来了。”然后她又指着旁边的一幅作品说，“这是第二年的成品，虽然还是不好，但比上一幅已经好很多了。”

苏明悦解释道，她每年都要练习很多幅苏绣猫，外婆就一年选一幅摆在她的客厅。只见那些小猫从左至右，就像从幼儿的简笔画到了专业的工笔画，毛发的细密蓬松，眼神的明亮反光，都从无到有地体现在了作品中。

那四位好朋友凑在一起观看，纷纷说着苏明悦的技艺其实已经很不错了。陈昭平听到其他人这样说的时候，心中还莫名地升起了一种骄傲，很自然地就将苏明悦揽到了自己身边。

“时代不一样了嘛，咱们的机遇比老一辈好多了，你外婆那一辈只能算是扬名一带，可你以后还可以去纽约、去伦敦，到外面去办展览，让更多的人知道咱们苏绣的厉害。”陈昭平说道。

“我可没想那么多。”苏明悦撇撇嘴，“再说外国人也看不懂啊！”

听了这话，贝致宁忽然打断道：“怎么会？！美的东西是不分国界的。”他指着自己全身，比画了一下，“你们看我不也像是看外国人？我从没接触过这些事物，但是我一听昆曲就知道是好的，我一看你们家的刺绣也知道是好的，观众并没有那么笨。”

苏明悦扬起脸笑道：“可你毕竟有中国人的基因啊，对这些东西也许是天生敏感，但外国人并不一定这样想。”

沈春也道：“对的，审美是不一样的，再说我们知道是好的就行了，没必要非得到他们的认同，他们的审美也决定不了我们的标准。”

“不是的！”贝致宁有些着急了，很希望在场的两位男士能帮他说说话，可是那两位都沉默不语。他只好继续争辩道：“过去中国大量的瓷器、丝绸、茶叶出口欧洲，欧洲人当作珍品一样在家里收藏，难道他们不知道什么是好的吗？好是有标准的，而且是统一的。”然后，他又想起了什么，拿出手机点了点，扬头说道：“比如沈春的昆曲，这是‘人类口述和非物质文化遗产代表作’，是全人类的珍品，怎么能说别人就一定不懂呢？”

苏明悦见他争辩得脸都红了，就指着墙上的一张琴问他：“那个也是好东西，你认识它吗？”

贝致宁走近一看，果然刚刚只注意那些憨态可掬的小猫了，不承想远处墙上还挂着琴。他又走近了看看，想摸一下又立即意识到这不太礼貌，于是连忙收回手，问道：“这是古筝吗？我好像听过。”

沈春摆手道：“不是古筝，是古琴，比古筝的历史要早上很多。”

贝致宁望着苏明悦，问道：“你会弹吗？”

苏明悦一指乔生：“那你得问他了，我们这里只有他会。”

贝致宁还有很多疑问，关于这个春风渡，还有苏明悦和她的朋友们，简直太有意思了，但是陈昭平说今天太晚了，建议先散了吧。贝致宁问，明天是不是还能来春风渡找他们，苏明悦同意了，还叫陈昭平也一起来。

五

苏明悦一大早就开了春风渡的大门。上午一般鲜少有客人，她也乐于清闲地坐在一隅翻翻书，或者干脆把绣架搬来展厅，一边看店一边刺绣。她守在后门，这里太阳光正好照进来，可以让她从容地工作。

陈昭平也早早就来了，他们相处的方式已经很自然，无需更多的交谈，一人一本书就能待上半天，偶尔分享一下书中的趣闻，两个人就凑在一起说几句话，然后又各自做事。

苏明悦绣了快一个钟头，揉了揉眼睛，然后站起来去点香。细细长长的线香斜躺在一个古琴样式的香炉之上，白烟袅袅散去，屋里很快就布满了沉香的味道。

“好香啊！”贝致宁踏着香气而来，站在屋外敲了敲门。他突然觉得自己很粗俗，他希望自己能用一种美妙的语言来形容这气氛，可是他的中文词汇非常匮乏，能够表达意思已经是他能做到的最好效果了。

苏明悦和陈昭平都站了起来迎接他，苏明悦还解释说自己刚点了沉香。

贝致宁饶有兴趣地凑上去看了看，然后一脸得意道：“这次我知道了，这就是古琴。”

苏明悦笑着点头道：“你说得对。”

贝致宁说：“等我回去之后，他们会发现我这一趟中国之旅太值得了，因为我变得太有学问了！”

陈昭平接话道：“James，你打算在这里待多久呢，你在这里找到你需要的课题方向了吗？”

“还是叫我贝致宁好啦，这是我爷爷给我取的名字，我觉得很好听。”贝致宁有些歉意地笑了一下，接着说道，“我倒是不着急，我的时间很充裕，而且我觉得苏州很好，我也不想去别的地方再找了，这里有刺绣、有昆曲、有古琴，也许还有别的我不知道的事情，最重要的是，还有你们。”

“我们？”苏明悦和陈昭平异口同声道。

“是呀，你们。你们可以是我的朋友吗，还有沈春，和乔——乔生？”贝致宁说道。

苏明悦一笑：“当然，你是我们的朋友。那么，我的朋友，你今天想了解些什么呢？”

贝致宁一眼就看见了展厅后门处的那个绣架，显然苏明悦刚刚还在做绣工。

他说：“我想了解你。我就在这里看着就好，你做你的，我就看着。”

前一晚，贝致宁兴奋得睡不着觉，他已经在网上搜集了很多资料——关于他到苏州的第一天的所有见闻，那些令他震撼和佩服得五体投地的、各种古老却又新鲜的事物。他甚至还在网上查到了春风渡前三任主人的简介，知道了苏明悦祖上世代居住在苏州城东南的周庄古镇，到了苏明悦太婆那一辈来到苏州城里定居，后来机缘巧合又在自家宅院里辟开一块地方，开了这家名叫“春风渡”的店铺，专门经营苏家祖传手艺的苏绣作品，也为同行交流提供了一个固定的场所。

至于苏明悦的资料在网上并不多，大概因为她还太年轻，又或者这位小主人太低调，并没有参与过什么公开露面的活动。不过，关于苏明悦的问题，他可以之后慢慢当面请教。

贝致宁走到绣架旁边，看到那绣成了一大半的小白猫，脱口而出："你又在绣猫吗？"

"喵呜——喵呜——"院子里传来几声猫叫，及时地回应了他。

苏明悦高兴地向院子里招呼道："咪咪过来，小白也过来。"

那两只猫仿佛是通灵性的，听到小主人的呼唤，喵喵地就甩着尾巴跑过来了。苏明悦蹲下给它们喂了一点吃的，然后将那只叫小白的小奶猫抱了起来。

"小白呀，你就乖乖在这里待着，今天不要跑出去玩了哦，姐姐在给你绣像呢。"苏明悦摸着小奶猫光滑的皮毛说。

贝致宁看看那猫，又看看绣布上的猫，觉得这姑娘的手艺真是没得说，一点也不亚于展厅里的部分作品。

贝致宁给自己搬来一把椅子，就那样看着苏明悦穿针引线在绣布上来来回回，可是他可没有陈昭平的定力，能够在一旁专注做自己的事情而不分心。贝致宁总是忍不住要提问，一会儿问苏明悦"为什么这么穿针，怎么和刚才不一样"，一会又要问"这不都是爪子吗，同一个颜色为什么还要换线"。苏明悦很耐心地一一给他解答，贝致宁才知道苏绣有这么多门道，针法就有好多细分，运针的时候也十分注重变化，至于这绣线和绣布也十分考究。据苏明悦说，外婆要完成重要作品的时候，都是去当地养蚕的地方亲自看绣线材料，要是在过去，刺绣人家都是自己养蚕的，因为这样既经济方便又能控制质量。

尽管听得一知半解，但贝致宁还是希望能听到更多的见闻，他发现苏绣这门课题不仅是民俗学的好主题，也是研究女性学的一个切入口。

“我还有一个问题，为什么传女不传男？”贝致宁好奇道。

“这个啊，”苏明悦认真想了想，然后回答道，“我也不是很清楚。”

“嗯？”

“反正我们家就是这样的，太婆传给外婆，外婆传给妈妈，我妈再传给我。”

“然后你再传给你女儿？”

苏明悦被问住了，忽然红了一下脸，悄悄看了陈昭平一眼，陈昭平也正好听到这句话，对着苏明悦笑了笑。

贝致宁不理解，继续追问：“那要是你没女儿怎么办，你只有儿子怎么办？”

苏明悦说道：“我也不清楚，我外婆说，男人干活容易毛躁，而且手指粗糙，会钩破绢面。另外在古代来说，刺绣不就是女人的活计吗，你听说过‘女红’吧，大概就是这样。”

贝致宁道：“也有道理。”

苏明悦又说：“可是我也听说像粤绣、蜀绣什么的，在有些家族里是传男不传女的，因为说是男性体力更好，更能胜任。”

贝致宁笑了笑：“这个我知道，我爷爷总说，中国话是两面说的，怎么都能讲出道理。”

苏明悦想了想，觉得哪里有些不对劲，但也说不出来更多，只好任他缠着问了又问。

六

中午时分，陈昭平点了几份外卖，天气不错，三个人就坐在院子里的树荫下吃了起来。

贝致宁第一次吃生煎，甜丝丝的，外皮焦香，里面的肉丸也很滑弹鲜美，他一口气吃了四个，见苏明悦和陈昭平吃得慢条斯理的，觉得自己更像一个野蛮人了。

苏明悦见他这样喜欢吃，就说道：“这个生煎在我们这里很有名呢，去店里吃经常要排队的。”

陈昭平也道：“我们以前上学的时候经常去这家店吃，这么多年了，大家吃的花样越来越多了，这家老店的生意反倒越来越好了，也是奇怪呢。”

贝致宁问道：“这个生煎叫什么？以后我要是再来，我还想吃到它。”

“哑巴生煎。”苏明悦回答道。

陈昭平见贝致宁一脸问号，就负责起了知识解答。他介绍道，这家店的主人小时候生过一场大病，然后就不会说话了，被家人送到一个小吃店做学徒，学满三年又回到家里，帮着父亲料理自家的馒头店。这馒头就是生煎，也是外地人说的包子，因为他在学徒的时候了解了一个秘方，就是在这馅儿里一定要放上肉皮冻，这样吃起来才有汤汁滋味，后来生煎馒头店的生意越做越大，在苏州城开了好几家分店，街坊们也就约定俗成地都叫它“哑巴生煎”。

贝致宁一边吃一边听，津津有味，然后苏明悦又补充了几句。她说，她听到的版本也是这样，而且因为店主人又聋又哑，反倒成就了他可以不闻不问身外事，一心一意地做好生煎，加上自身有这样的缺陷，也不会好高骛远地想要追求更多，就脚踏实地专心做好这一门生意。如此一来，他的生煎铺子才会发展得这样好。

贝致宁点头道："这倒没错，我也常听我奶奶说，'贪多嚼不烂'，一个人是没办法消化太多东西的，最后什么也得不到。"然后他好像突然意识到自己就在犯着这样的错误，有些不好意思地放下了筷子。

苏明悦和陈昭平相视一笑，大方劝着贝致宁多吃一点，不然回到美国之后就很难再吃到了。陈昭平还提议下午一起陪贝致宁出去逛逛，天气那么好，不要总闷在屋子里，绣工也不是一天做完的，偶尔也要放松一下。

于是三个人中午小憩之后，就走到了街上闲逛。也没有什么特定的目的地，因为这老城的景象足够让人消磨一下午。街上也不时走过说着吴侬软语的当地人，贝致宁听来就像唱戏一样，虽然听不懂，但是好听极了。其实，就连苏明悦和陈昭平说话的时候，也会无意间蹦出一句苏州话，只是碍于有外国客人，他们才讲起普通话，毕竟贝致宁也只听得懂普通话。

他们一路走着，一路看着，瞧见有什么新鲜的玩意儿就进去看看，苏明悦还带着他们进了一家评弹馆。旧式的椅子松松散散地排开，桌子上放着瓷器茶杯，有服务员提着旧式暖水瓶在一旁为观众添水。舞台上摆着两张椅子，男女各坐一边，怀里都抱着琵琶，有时候独唱，有时候对唱。

苏明悦看了一眼节目单，点了一首《宝玉夜探》。贝致宁翻看着那本略显陈旧的弹词册子，一个字一个字地对着台上的唱词，赞叹道：“果然一字不差。”

苏明悦悄声说道：“那当然了，这都是老演员了呢。”

走出评弹馆的时候，贝致宁还饶有兴致地用手打着拍子，用手机播放了那一曲《宝玉夜探》。可他就是学不来那吴侬软语的调调，心中又实在感叹，只好自以为有感情地念诵了起来：

我劝你一日三餐多饮食，我劝你衣衫宜添要留神，我劝你养身先养心，你何苦自己把烦恼寻……我劝你把一切心事都丢却，更不要想起扬州这旧厢门。

贝致宁一路上逗得苏明悦和陈昭平哈哈大笑。可贝致宁觉得太好听了，昨天他还想学昆曲的，今天他就觉得自己更想学苏州评弹，还真是两难呢！

路过一家不起眼的小店门口时，苏明悦和陈昭平熟门熟路就进去了。贝致宁找了半天没看到招牌，只好跟上去稀里糊涂地进了门。

“爸。”陈昭平说。

“叔叔好。”苏明悦说。

贝致宁微微一鞠躬，以不变应万变，说道：“您好。”

经过一番介绍，原来这里是陈昭平父亲的古建筑工作室。这个工作室门脸虽小，但其实生意做得很大，是几个人合伙经营的。陈家祖传的是木匠活，陈昭平从小耳濡目染也略知一二，只是他的兴趣仅仅限于了解，并不想子承父业继续做这门技术、经营这门生意。但是，他又很钦佩像自己父亲这样的旧式手艺人，也包括苏家人，因为他做不到在这高速向前发展的时代，一切世俗的名与利都在前方招手诱惑，有人却还想留在过去，甚至为此搭上一辈子的精力，他实在做不到。

陈昭平的爸爸知道贝致宁是一个来自美国的小伙子，就很开心地和他讲起了自己的古建筑事业。陈爸爸非常骄傲地介绍，远讲北京故宫，近说苏州园林，如狮子林、沧浪亭，无一不和自己所属的“香山帮”有关联，这群匠人组织其实就是最普通的百姓，他们绝大部分没有在历史上留下姓名，却将“香山帮”的名号在全世界打响了，成为苏派建筑的代名词。言语之间，无不透露着对自己职业的由衷热爱。

等三个人从店里离开时，贝致宁忍不住问道：“刚才叔叔总说‘香山帮’，我也没好意思问，是一个社会组织吗，比如——黑手党？”

“当然不是啦！”苏明悦忙解释道，“就是过去那个地方叫香山，从那里出来的匠人，渐渐形成了风格，所以人们就把他们叫作‘香山帮’，地理上的代指。”

陈昭平笑笑，对贝致宁说：“这一天咱们看了太多东西，我看也别着急一次看尽吧，不然你也不好找方向。我们先去吃饭，你也讲讲你那边的新鲜事情给我们听听。”

贝致宁叹了口气：“倒不是我不想说，可是我实在讲不出来什么，我觉得还是你们这里更有意思。”

三个人又谈笑着去了饭馆。

七

这天晚上，苏明悦早早洗漱上了床，走了大半天，她太累了。正想着和陈昭平说句话就睡觉，手机先传来了消息声音。

苏明悦会心一笑，拿起来匆忙一看，果然是男朋友的消息。

“小悦，很抱歉在微信上和你说这件事，可是我一直没找到开口的机会，你那么开心，今天还说着想和我一起带贝致宁去周庄走走，但我很抱歉要离开一段时间，我之前申请的一个计算机国际交流活动批下来了，要去美国一个月，然后我就必须开学回上海，我不想看到你失望……”

苏明悦看完这一串文字，心里忽然非常生气。就在今天，陈爸爸还在说遗憾儿子没有兴趣子承父业，因为儿子想去更大的世界看一看。苏明悦也没想到就连上海也装不下他的梦想了，他一心想去的是大洋彼岸。

可是，有什么理由阻止对方追求梦想呢，毕竟这也不是错事。只是，那自己怎么办，两个人之间怎么办？

虽然陈昭平没有明确提出，让苏明悦迁就他的梦想、随着他去远方闯荡，但是如果苏明悦可以这样做，陈昭平会非常乐意的。可是，刺绣，苏明悦从小被寄予的厚望，她也拥有足够的天赋和兴趣，她内心是非常渴望能够在一个平静的环境中一辈子慢慢研究这门手艺的，让更多的人可以欣赏到这门技术的精妙，而且几代人的传承让她拥有着绝对的荣誉感和责任心，这是其他任何事情都不能比的。她非常清楚自己内心的真正渴望。

苏明悦压抑着心中的气愤，拨通了陈昭平的电话。

“什么时候走？”

“后天。”

“那明天你还来找我吧，贝致宁也要来。”

“好。”

陈昭平久久不敢挂电话，直到那边先响起了“嘟嘟”的挂断提示音。

这一晚，他翻来覆去地想了好多问题。他想到，如果将来有一个机会留在美国，他会不会选择留下？如果父母要他回来，他会怎么选择？如果苏明悦坚决不和他一起出去，那他还会不会一意孤行？

后来他就不敢想了，他觉得自己很矛盾。他十分清楚自己会如何选择，但那个选择让他觉得痛恨自己，因为那显得太无情了。

第二天一早，他就去了春风渡。店铺还没开门，他又转去了小饭馆吃早点。哑巴生煎，他们上学时候经常光顾的小店，那时候没什么钱，也不会跑到太远的地方，所以吃遍了周边的小店，两个人最喜欢的还是这家又老又小的生煎店。

“嗨，陈昭平。”贝致宁坐在靠窗的一桌，伸着手用力和刚进店门的陈昭平打招呼。

“你也来了。”陈昭平应声坐了过去。

两个人有一搭没一搭地说着话。

贝致宁一直说陈昭平太幸运了，有个会古建筑的老爸，还有一个会刺绣的女朋友，又住在这好吃好玩的苏州城里，真是金山银山都不换的生活。

陈昭平就一直笑，说着：“果然都是远方风景好。”

两个大男孩很快就吃完了早点，然后陈昭平打包了一份生煎和紫菜汤，两个人慢悠悠走到了春风渡。

这回，门口多了两只小野猫，想必是来讨吃的，非常有礼貌地没有翻墙。

陈昭平提着袋子，又敲了敲门，结果还是没人响应。他只好拿出手机，拨通了苏明悦的电话。

过了一会儿，苏明悦顶着两个黑眼圈开了门。

“对不起，不知道怎么睡过去了，也没听到你们敲门。”苏明悦好像提不起气似的。

陈昭平将她扶了进去，关心道：“怎么了？像是生病了。”

两个人一路进了后院，直奔苏明悦的房间。贝致宁跟也不是，不跟也不是，走了两步，一看大门还开着呢，就索性掉头去了展厅，给苏家当起了临时店主，在这里守着来客。

苏明悦白天走了太多路，受了风，晚上情绪不好，反反复复也没睡踏实，来回一折腾就有点感冒发烧。陈昭平带去的早点，她也只勉强喝了几口汤，然后就说什么也不吃了。陈昭平守在苏明悦床边，因为苏明悦头疼得闭着双眼，他即使心里有很多话，此时也难开口，只是说希望她尽快好起来。

苏明悦知道陈昭平的潜台词是：我明天就要走了，没办法照顾你。她有点烦躁地翻了个身，陈昭平替她盖了盖薄被，又去倒了一杯热水。

“小悦，你先好好休息。中午吃饭我再叫你，我去给你看着店，贝致宁我让他今天先回去吧。”

陈昭平说完等了一会儿，见苏明悦没有回应，就叹了口气出了房门。

等到陈昭平去了展厅，只见贝致宁正优哉游哉地听着耳机里的音乐，再仔细一听，竟是昨天下午三个人一起去评弹馆听的那一首《宝玉夜探》。

陈昭平心想：“这家伙还真是着迷了呢。”

“致宁。”陈昭平边走边道，“明悦今天生病了，我要照顾她，都不能陪你了，要不你有事的话就先回去吧。”

“我没事啊！”贝致宁愣了一下，然后快速说道，“她不要紧吧，要去医院吗？”

陈昭平摇摇头：“不用。”

贝致宁又道：“我没事，你有事你就先走，我可以留下看店。”

陈昭平心道：“我就是想走也不敢走啊。”不知道为什么，他还真的有点羡慕这个ABC，也不知道是羡慕他的美国居留身份，还是羡慕他单身一人独来独往的自由。

两个人正谦让着，店里进来一个老阿婆。

“哟，蒋玉泉的《宝玉夜探》嘛。”阿婆笑道，“小年轻还喜欢这个啊，蛮好蛮好。”

贝致宁冲陈昭平挤了一下眼睛，然后笑呵呵地过去招呼道：“阿婆要看什么呀？我拿给你看。”

八

当了一天的掌柜，贝致宁并没有过瘾，第二天他就不请自来又到了店里。苏明悦的身体比昨天好了很多，吃过药之后，觉得精神不错，就也坐到了店里。

店主回归，贝致宁降级成店小二，但是照样欢喜极了。只是快到中午了，也不见苏明悦的男朋友陈昭平过来，心里不由犯起嘀咕。

“昭平为啥还不来啊？”贝致宁问道。

苏明悦这才想起来，解释道：“哎呀！对不起，他让我转告你的，我忘记了。他去美国了，参加一个学术活动。”

“他去我家啦？”贝致宁笑了起来。

苏明悦问道：“你笑什么？”

贝致宁道：“我在想他昨天说的话，果然远方才有风景。”

苏明悦想说，那是你们的想法吧，可实在没理由把情绪发泄在不相干的人身上。

平常的工作日，店里客人不多，因为外婆和妈妈不在，也不会有什么人来做交流活动。本就地处深幽巷子的春风渡显得更加清凉宁静，尤其是这淅沥沥的小雨时有时无，天空阴沉沉，却意外带来难得的夏日阴凉，令人感觉舒爽极了。

小猫们都躲在屋檐下玩耍，还有几个胆大的干脆进了展厅。苏明悦害怕小猫淘气把展架弄倒，就把一个空着的储物间打开了，让小猫们进去避雨。

苏明悦瘦瘦弱弱，披着长衣在雨中撑着一把小伞走来走去，反而更添了一股柔美。于是，贝致宁就更不明白陈昭平怎么舍得离开。换是他，他宁愿一辈子不出这春风渡，就和这花花草草，还有这精美的绣片，还有这绝妙的人儿，永远在一起才好呢。

苏明悦回来的时候又取了那个没绣完的苏绣猫，今天光线不好，她只想做点简单的工作。但是，这也只是内行人的说辞罢了，这针线功夫哪有简单一说呢？

贝致宁有些担心她的身体吃不消，可又很欢喜能够现场看到苏绣技艺。他发现，苏明悦就是一座宝藏，和她在一起总能发现一些自己从来不了解或不曾注意的问题，这让他感到很兴奋、很快乐。

“这个蝴蝶翅膀是蓝色的，你为什么要把另一个翅膀绣成三种颜色？”

“那个也是三种颜色，只是已经绣好了，你没有看到。”

“啊？”

“如果只是蓝色，那绣出来就会很呆板，但是你在它周围再添上一点绿色、黄色，画面就会立体很多。”

“立体不是西方美术的概念吗？”

“道理是一样的。”

苏明悦一直很耐心地和贝致宁解释，难得有个同龄人对苏绣感兴趣，而且愿意请教她。要知道平时在春风渡，大家基本上都是冲着外婆的名号来的，连妈妈都赶不上外婆的技术，又何况自己这个“小毛孩子”呢？

苏明悦“小老师”笑了笑，主动问道：“那你知道绣猫最难的是哪一部分吗？”

贝致宁思考了两秒，脱口而出：“猫的眼睛。”

苏明悦有点惊讶：“你怎么知道？”

贝致宁被苏明悦盯得有些不好意思了，挠挠头说道：“你把眼睛留在了最后没绣，而且，眼睛是传达情绪最精准的部位，我们看人的时候也是最先观察人的眼睛。”

苏明悦看着贝致宁的眼睛，简直要把贝致宁看到地里去了。她道：“你说的没错，猫的眼睛最难绣，我小时候就一直不会，直到有一天，我看到小猫在院子里玩耍，太阳光反射在猫的眼睛上，是有一道光一样的横线的，我才终于知道为什么外婆的绣猫总是那样传神，而我绣的就像是安了一个木头眼珠。”

“确实。”贝致宁看苏明悦的时候，发现那双眼睛里也有一道光一样的东西，直射进了他的心里。

“其实就是高光。我们上大学的时候不仅要学中国美术，也要学西方美术，这大概就是我们这一代和前辈们不同的地方吧。”苏明悦解释道。

贝致宁似乎并没有专心听她说话，他抬头无意义地张望别处，正看到屋里挂的一副对联。上联是“十指春风”，下联是“妙手偶得”。

他立刻说道：“我这样看你一点一点地绣，这哪里是‘偶得’，是费了多少心血才制成的。”

苏明悦又笑道：“功夫是一定要下到的，至于能不能‘得’、能不能‘成’，有时候真的需要一点运气。”

“好吧。”贝致宁只当她是匠人谦虚之词，趁着有客人来访，就转头去招呼客人了。

九

贝致宁再次露面是三天之后，邀请他再次来到春风渡的是演出归来的沈春，毫无疑问，当天在场的还有乔生。沈春看上去很高兴，说这次在香港的演出非常成功，香港的市民也喜欢昆曲表演，上座率很高。这次回来，他们打算休假一段时间，调整一下自己，团里说下个月或许有去国外参演的机会。

苏明悦问贝致宁这几天怎么没来，贝致宁说自己和表舅跑了几个民间艺术团的新闻，没在市里。贝致宁又问苏明悦病好了没有，苏明悦说自己早没事了。

沈春提议周末两天，四个人可以一起去周庄玩玩，正好那边有一个认识的朋友，开旅游民宿的，早就邀请沈春和乔生带朋友过去捧捧场。

年轻人都没什么要紧的事情，合议好了时间地点，说走就走。

周六一早，乔生就把车开到了春丰路路口，其他三人已经就绪，是来接苏明悦的。苏明悦觉得既然是朋友，第一次拜访应当送个礼物表示，就取了一柄绣着花和蝴蝶的团扇，装在了印着春风渡商标的礼盒里。

坐在副驾上的贝致宁兴致勃勃地拿来把玩一番，读着那团扇上的一行苏绣行书：

可知我一生儿爱好是天然。

他道："我好像见过这句话。"

沈春和苏明悦对视笑了一下，只听沈春戏腔念白道："你道翠生生出落的裙衫儿茜，艳晶晶花簪八宝钿，可知我一生儿爱好是天然。——是杜丽娘的戏词。"

"是了，是了。"贝致宁连连点头。

乔生不爱讲话，却旋开了车上的音乐，播放的正是这一出《醉扶归》，演唱沈春，司笛乔生。

"哎哟，哎哟。"苏明悦咯咯地笑，揶揄着沈春和乔生，这种随时秀恩爱的情侣还真是让人受不了呢！

可是，一想到自己和男朋友分隔两地，不免又有些伤心。陈昭平去了美国之后，似乎非常忙碌，一天一个电话也不能保证。苏明悦很想做一个懂事的女朋友，也知道这次活动是陈昭平一直以来梦寐以求的机会，她也希望陈昭平能够好好把握机会，但有时候心里也难免气闷。

古老的周庄荡漾在日夜不息的流波之中，这里是真正的枕河人家，是多少文人墨客心中的圣地。近些年来，随着宣传推广，越来越多的游客慕名前来，也为周庄开启了新的机会。

他们四处游逛，只是看看街边风景就已经很满足了。本来就是休闲来的，也没有把行程安排得很紧，只去了周庄博物馆，乔生还去拜访了当地的一家古琴社，那是他老师开办的。

贝致宁这次终于可以一解古琴的奥秘。乔生坐下来，只见他两手放于琴弦上，一会儿弹一下听听音，一会儿又扭了扭下面的音柱，沈春在旁解释说，这是在调琴。

等到调整完毕，乔生微微低头示意，美妙的琴声就从他的指尖缓缓流出了。开始时，琴声悠悠渺渺，令人像是置于天地一片空旷之中，中段逐渐明朗欢快，透着一种激昂的喜悦之情，至尾声又渐轻飘，最终没入了幽远深处。

一曲完毕，众人还没回过神来。贝致宁问这是什么曲子，苏明悦说是《欸乃》，还将这两个字在手机上拼了出来：“柳宗元诗‘欸乃一声山水绿’的‘欸乃’，其实就是渔夫的号子。”

“原来是这样，我都不认识这个字。”贝致宁由衷赞叹道，“明悦，你是不是也会弹？”

苏明悦摆摆手笑道：“我那水平不能示人的。我家的那张琴是我外公的，家里只有外公会弹琴，后来外公去世了，外婆把他的琴挂在房间里，也没人会去动它。”

“这样，这样。”贝致宁不知道该说什么了，但他是真的对苏明悦心生好感，第一眼就是，相处这段日子以来，了解越深就越喜欢，如果她没有男朋友的话，自己一定会主动追求吧。

贝致宁这样想着，不由觉得十分遗憾。

后来，等他们回到民宿时，老板娘热情地招呼沈春道：“你快把你这个才女堂妹介绍给我认识，你看她送我的这把团扇，摆了这么一会儿，已经不知道有多少人来问我了。”

沈春连忙把苏明悦推上前，介绍道：“苏绣传承人，春风渡的第四任店主，苏明悦。”

苏明悦有些腼腆，但在朋友的帮衬下，竟然把一次游玩做成了一笔生意。老板娘说，除了自己这里希望订几幅作品来装饰客栈，还希望可以和春风渡达成品牌合作，由她代理春风渡的苏绣产品在周庄的经营销售。

苏明悦忍不住将这个好消息分享给了陈昭平，可是等了一晚上，也没等来陈昭平的回复。

十

苏家家长不在的这段日子里，春风渡被小主人苏明悦打理得分外之好。贝致宁还和她一起分析了现在的互联网电商模式，说这种手工艺品的消费群体其实很庞大，而且带有民族特色，也有出口的基础。贝致宁还鼓励苏明悦可以多走出去看看，参加一些比赛和交流会，这样才能让更多的人了解苏绣、认识春风渡。

苏明悦说，老一辈人的毕生追求就是精进技艺，也没想把生意做到多大，甚至有时候几年绣成一幅作品；苏绣是全家糊口的本事。现在的模式是老一辈人不敢想象的。贝致宁就说，那现在不一样了嘛，你男朋友的思路也是对的，外面的世界已经发生变化了，应该去接触一下，就像你也会把现代西方的美学理念融入古老的中国刺绣，而且苏州又不是小城市，国际上的交流还是很多的，应当把握机会。

苏明悦笑着说："也对呢。"

贝致宁不知道的是，苏明悦正在为一场苏州市即将举办的国际工艺美术交流会准备参展作品，这幅刺绣她已经准备了很久了，因为是一次技术试验，她还没真正完成过同类型的作品，所以一直绣了又停、停了又绣，犹豫不决。

贝致宁看到她拿出来的那一幅半成品就像是一幅中国水墨画，惊讶道："你也太了不起了，明悦，你是要用针线做一幅山水图吗？"

苏明悦被他的大呼小叫搞得羞红了脸，忙说："不是不是，没什么了不起，这种苏绣水墨画很多前辈都做过，只是我技艺不精，一直不敢尝试。"

贝致宁斩钉截铁道："你一定行！"

苏明悦告诉贝致宁，其实水墨画看似只有一种颜色，但黑色也是可以分为五个层次的，浓、淡、干、湿、燥皆是不同，在画纸上可以通过运笔和用水，调节展现变化，那么在绣布上，就是通过针法和绣线的选取来表现，只是这需要很高的技术要求，所以自己一直比较胆怯。

贝致宁看了看，思索道："我看不是五色，那这留白不也是一种颜色吗，应该是六色。"

两个人，一个外行，一个内行，就凑在了一起，认真研究了起来。贝致宁虽然对技巧不甚熟悉，但是他对民俗艺术的真心热爱和对艺术的敏感性，使他常常能够引发苏明悦思考。

随着参选日期的临近，苏明悦也越发紧张起来，怎么看自己的作品都不满意，贝致宁不仅要给她打气，还要帮助苏锦华一起打理春风渡。这次参展的包装宣传工作，用贝致宁的话来说，这也是他开展课题实践的一部分，感谢春风渡给他这次机会！

苏明悦也忙里偷闲，亲自设计了春风渡的品牌LOGO。当苏明悦把这些成果都拿给外婆看的时候，外婆看着那栩栩如生的苏绣水墨山水图，说了这样一句话：“春风渡可以放心地交给明悦了。”

怀着忐忑的心情，苏明悦将自己的参选作品交给了组委会，然后就一门心思在交流会上为春风渡的产品站台宣传，不仅贝致宁陪伴着她，沈春和乔生不排练的时候也会来帮忙。

古老的苏绣和那些新生事物摆在一起，却一点也不显得陈旧古板，新的技术在更迭，新的理念在运作，古老的事物重新焕发了新的生命活力。

一周之后，经过多轮激烈的角逐，春风渡送选的苏绣水墨山水图获得了展览会的金奖，苏明悦也是所有获奖人中最年轻的一位。当苏明悦站到领奖台上的那一刻，她忽然想起小时候藏在外婆绣架下玩耍的事情，她就是在外婆和妈妈日复一日的刺绣中耳濡目染成长起来的，如今这一棒交到了她的手上，她非常明白其中的艰巨困难和非凡意义。

她希望自己能够做得更好，让这一接力棒在自己手中熠熠生辉，继续完整地传承下去。

她想感谢太多人，幸好，他们都还陪在她的身边。

看着台下那些殷切友爱的目光，她觉得自己很幸福。

就在这时候，她的手机突然响了一下，她直觉会是自己一直盼着的那条信息，可越是盼望越是不敢看上一眼。她也完全没有发现，贝致宁在台下握着刚刚挂掉的手机，冲着今天的女主角欣慰地笑了。

等到众人散去，苏明悦终于拿出手机，打开了微信。

“小悦，恭喜你。我很快就回去，等我。”

十一

陈昭平提前从美国回来了，他做的第一件事就是来找苏明悦。推开春风渡的大门，展厅里那幅双面绣龙的旁边多了个展架，是一幅精妙的水墨山水图。不意外地，他看到展牌上赫然写着苏明悦的名字，也不由得笑了。

那天，贝致宁和他通了电话，提醒他说苏明悦得了奖，还拍了现场的照片传给他。那段时间他简直太忙了，他知道机会宝贵，所以不愿意浪费任何时间，每天都把行程排得满满的，有时候一回到住所倒头就睡，等他醒来想和苏明悦通话联系时，算一算时差，就不忍打扰她了，偷闲的时候简单回复微信，还期待晚上能有时间两个人打个视频说上几句话，但就这样忙了又忘，确实将两个人的关系冷落了。

但是，陈昭平并没有为自己一个人而忙。一有假日，他就到处跑，给苏明悦收集资料。他跑去博物馆，给苏明悦拍了当地展出的流失海外的珍贵中国绣品，他还跑去当地的手工集市，看看那些美国市场上流行的作品以及手工艺人的生存环境和经营模式。

也就是在这样的频繁接触中，他反而意识到，那些曾经不被他看重的古老技艺，即使在发达国家也被当作最尊贵的礼物，因为手工是含有感情的，永远不可能被冰冷的机器代替。他一面羞愧，又一面骄傲。他很希望苏明悦能和他一起出来看看，不是为了留在这里，而是为了更好地回去。

陈昭平问苏明悦，如果他坚持要去美国发展，她会不会跟他走。

苏明悦说：“不会，虽然我爱你。”

“为什么？”

“我将你看得和我自己一样重要，但我心中的热爱比我自己更重要，我身上肩负的责任也比我自己更重要。”

陈昭平就笑：“小悦，其实我很羡慕你，你从小就有自己的人生方向，并且这一路走来也不曾改变，我羡慕你，也佩服你。”

陈昭平还记得，当初两个人商议填报高考志愿的时候，陈昭平就反对苏明悦继续学习工艺美术，他觉得苏家家传的那些技艺够她用一辈子了，而且他很希望苏明悦能把刺绣当作兴趣爱好，再去学习一门可以更好融入现代社会的技术。可是苏明悦没有听他的。

后来，在上海学习的时候，四年里不下五个星探经纪人在街上拦住苏明悦，问她有没有兴趣进入娱乐圈，苏明悦就当笑话一样说给陈昭平听，她说自己就是路边一朵不起眼的小花，只想学好技艺，然后回去春风渡，一辈子都活在刺绣的世界里。陈昭平打趣说，你去拍电影，当明星，会有很多很多钱呢。苏明悦就说，她的春风渡并不需要那么多钱，她只想一辈子做好一件事，她已经选好了这件事，那就不会再改变。陈昭平就一会儿说她是小傻瓜，一会儿又说才不是什么路边小花，是空谷幽兰。

再后来，他一心想去外面的世界闯荡，苏明悦想要挽留，却始终没有阻拦。她默默地等待他，不催促他，也许她知道他有一天终将回来，因为远方的风景并没有想象中那样美好，身边的一切更值得珍惜。

一个月后，贝致宁要回美国了。这一个月来，他看到了太多太多的美，胜过他过去二十多年的所见所闻，还有这里认识的朋友也让他难以忘怀。

浦东机场，乔生开车载着沈春和苏明悦来送行，陈昭平也从学校赶了过来。他们给贝致宁带去了一张沈春和乔生灌录的昆曲唱片，还有春风渡的一幅绣品，绣的是大家初识那天拙政园演出宣传单上的那一幅水墨画，因为正是苏绣和昆曲令他们结缘。

贝致宁对两位美女说："希望以后能够在美国看到你的作品和你的演出。"

陈昭平说："我们还在苏州等你，有空就回来看看。"

贝致宁坏笑了一下，悄悄对陈昭平说："各自归位。"

陈昭平也回了一句："没有远方。"

苏明悦拍了拍陈昭平："你俩还有秘密呀！"

两个男生就看了看苏明悦，然后相视一笑。

再会，也许就在不远期。

尖叶草*

一

星明街是一条老街，近一里长，两边全是砖木结构的旧式院落，整齐划一，中间是一条平展光洁的青石板小路。星明街里居住的全是当地的一些居民，有上班的、做小生意的、开南杂店的、打豆腐的、打铁卖水的，有点热闹繁华的样子。

涵涵和爷爷文奇生也住在这里。

他们的房子不大，门楣和窗户的木雕精巧，但都有些陈迹，风剥雨蚀得厉害。前些年被列入古城保护规划，修缮时就不再做大的改变。

房子里面较深，是南方典型的四合院建筑。涵涵住靠北的一间，爷爷住靠南的一间，也是靠近门口的那间。

涵涵和爷爷从事的是一样的职业——医生。不同的是爷爷已从县民族中医院退休了，而涵涵刚从省卫校毕业，在县医院里实习。爷爷原打算退休后在家侍弄花草，练拳健身，利用安泰怡然的晚年写完一本医药全书。却不想经常有人找上门来，

---

* 《尖叶草》获得中宣部、文艺局、新华网等单位联合举办的“我们的中国梦——讲述中国故事”全球华人征文赛二等奖。

求他拿脉问诊，中医院只好将他返聘过来。不过不再让他坐班，他只需坐在家里，给病人诊查，开些处方就行了。

因此，爷爷家里经常会挤满来看病的人，有点门庭若市。这当然得益于他几十年积累的人气和声名远播的医术医德。方圆百里，几乎没有人不知道万医生文奇生。

万医生身形高大，有一张白白的书生脸，说话声调柔和，有点男人女相。很多人羡慕他，说这种长相的人命好。涵涵也很羡慕爷爷，不过更多的则是亲近和喜欢。

涵涵从小就跟爷爷一起生活，是爷爷把她从幼儿园一直接送到小学毕业。高考时，她几乎毫不犹豫就报考了医学专业。这选择不知是否受了爷爷潜移默化的影响。

涵涵的父母在某地市一级的医药部门工作，她父亲好像还担任了一个什么局领导的职务，节假日也常回来看她和爷爷。爷爷似乎不太喜欢涵涵的父母，或者说他们在某些方面存在分歧。有一次，涵涵从睡梦中惊醒，听到他们在吵架，爷爷把父亲带回来的一箱茅台酒全部砸烂了。

“这样的事，你也敢办，这样的东西，就不怕烫手？”爷爷在吼。

父亲涨红着脸，不停地搓手。母亲流着眼泪，把一堆烂瓶子倒进垃圾桶。

那些酒，浸在自家的四合院里，香了整整一个星期。

很多时候，涵涵表示想到父母身边，和他们一起生活，但都被父亲委婉地拒绝了。

“如果读书，就要读一本好书。爷爷，是一本彻头彻尾的好书。”父亲说。

涵涵似懂非懂。

“那爸爸呢，爸爸是一本什么样的书？”涵涵仰着头问。

“我不知道。但爸爸是部已写成的、无法更改的书了。”

“爷爷是名著吗？”涵涵问。

“至少，他让人喜欢。你把爷爷读懂就可以了。还有，爷爷需要你陪伴。”

三

爷爷一生中看过许多千奇百怪的病，治好过许许多多的人。在人们的印象里，他从未失手，就像神医。

但谁知道呢，自从那一天，一个被蛇咬伤的农民倒在爷爷的病房里再也没有醒来后，他似乎越来越沉默寡言，连涵涵都觉得他有点高深莫测。她甚至感觉到了他的苦闷。

自此，爷爷出诊的时间也改为九点钟，到下午四点钟就闭门歇息了。不过她看到他成天埋在旧宅里写书。经常到了半夜，他的右臂就开始痛，他常常因疼痛而搁笔。在月朗星稀的夜晚，山影罩起一片淡薄的雾霭时，常常能看到他弓着身子走到院子里为金盏花松土。

院子里有很多不同的花，有叶的，光杆的，或红或黄，或紫白相间。还有很多种类的草，阔边的，尖叶的，长着茂盛根须的，或爬着青藤的，它们随季节的变换而枯荣。

不过那大多不是为观赏而存在，那是爷爷为给病人治病而精心培植的药草。

涵涵喜欢花香，但那满院子药草的味道——带些甘苦，总让她莫名舒服。她天生对药草敏感，很熟悉这些不同的药草。大概是受爷爷的熏陶影响，涵涵七岁时就能识几十种药草，十岁时能用药草治疗简单的病症。有时候，她真是爷爷不可或缺的助手。

不过也总有她不能辨别的植物，有些植物只不过些微不同，药性就大相径庭。这往往需要用嘴尝过才知道。

星期六是涵涵休息的日子，也是爷爷的必休日。那日，天空挂着太阳，空气清朗，爷爷喊醒了正在睡懒觉的涵涵。

“什么事，爷爷？”

“爷爷上山去了。”

“你让我陪你爬山吗？爷爷，我想睡会儿懒觉呢，难得有这么一天空闲。”

“太阳晒屁股了，还不算睡过懒觉吗？睡多了对身体不好。”

“不嘛，我还想睡一会儿。你不就是练练太极拳嘛，我等下再上去找你。”

“爷爷老了，练不动了，爷爷想教你识几种药草。”

听到药草，涵涵倒有点激动，一骨碌翻身而起，匆忙穿好衣服就把头伸出窗外。

爷爷站在院子里，头上戴了顶草帽，穿了双解放鞋，正背着一个装有短把儿小锄头的背篓出门去了。

“锅里有热好的饭菜，你去吃一点，爬山可要气力的。吃饱了有劲。”爷爷又回过身嘱咐。

“我想吃别的。爷爷，上山前正好路过一家肯德基，我买两个汉堡包就行。”

“那你带点水。”爷爷又交代她。

“不用，肯德基里面有可乐，大瓶的，够一天喝了，也有水。”

“什么肯德基、肯德鸭的。”爷爷嘟囔了一句。心想现在的年轻人，似乎都喜欢吃外来的食物，对传统的东西反而有点无所谓了。

涵涵很快发现了爷爷的不快，赶忙嬉笑起来说：“不就是图个方便嘛。爷爷，我还是很听您的话的。凡是您教我的东西，我到老也不会忘记的，特别是传统的药草。”

“马屁精！”爷爷又被她逗乐了。

爷爷走出星明街，太阳正好跳出坡岭，将红红的一张脸挂在高空。

四

这座山叫奇峰山，远远望去，像小城的一张靠背。

有传说，这是观音娘娘遗留人间的一匹骆驼，虽不怎么可信，但奇峰山自有它神奇的魅力，横亘几十里，林茂雾深，特别是山中无尽的奇花异草，对于文奇生这样一个老中医来说，简直就是取之不尽用之不竭的宝藏。

就像鸟择木而栖，药草也有自己独特的生长环境。

文奇生一路走，一路还不断地提醒自己：“这是麦冬的园子。”“偶尔也会长风藤草，但以麦冬为主。”

他采摘了一点，放到身后的背篓里。每次，他都只采一点。因为他总觉得，治病还是以鲜药为好，除非万不得已，否则不宜过量准备。

虽然每样采集不过一点点，但等走过了一座山头，背篓里也有些沉重了——有何首乌、白及、恶鸡婆、搜山虎、一枝蒿、血里箭、升麻、隔山消、广山七、过岗龙、老君散等几十种药草。

这些药草，都像是他的老熟人。他不仅全都认识，而且觉得，即使烧成叶灰，他仍会认得。

他在一块较光滑的石头上坐下，毕竟老了，有点气喘不匀。

石头的旁边有一块阴湿地，一些野竹和紫藤从地里长出来，攀附在一个幽深的洞口上。文奇生走过去，把手往洞里伸了伸。

“你这条孽畜啊。”文奇生突然说，“我们打了十几年交道，也算是老朋友了，你怎么能够害我晚节不保啊！”

里面一点声息也没有。

“我知道你在，我打老远就闻到你的气息了，你用不着躲我。”

文奇生谈话的对象其实是一条蛇，一条有着剧毒的竹叶青。

文奇生和这条蛇的交往说起来也有些年头了。文奇生是在一个太阳毒辣的午后碰到它的，他因为上山采药口渴了来寻找水喝，而这条身材短小、眼睛细细、长着三角形脑袋的竹叶青早已躺在水边，看来也是来寻找水源的。不过它已经气息奄奄了，它的身体留着伤痕，致命处在头部，几乎脑浆崩裂，看来它是被飞来的石头砸伤的。

文奇生用手中挖药的小锄头碰碰它，虽然它满身血迹，但还能动，一双细细的眼睛流露出无限哀怜的求助光芒。大概出于医者仁心的一种本能，文奇生居然用嘴嚼烂了一种疗伤的草药，敷到这条竹叶青的头上。

一个星期后，他又见到了这条蛇。它的伤已痊愈了，仅在脖子上留有一点疤痕。

之后，他几乎每次来山上采药都会碰到它。他非常熟悉它那细细的眼睛和脖子上的那点疤痕，而这条蛇也知道这个慈祥的老头绝对不会伤害它。

有一天，他居然告诉它，他在写一本医药全书。

“那么，请你告诉我，人类被你们咬伤，中了毒，有什么最好、最便捷的药草？”他对它说。

“这很重要，每年，世界上会有很多人死于你们的毒口。”他说着，还做出扑倒在地的样子。

它不解地看着他，拖着慵懒的身子溜走了。

他爬起来，拍掉身上黏着的草屑，对着茫茫的丛林苦笑。

不过有一天，他感觉那条竹叶青似乎明白了他的苦衷。它在他面前，不停地走，他累得停下，它也会等他，等他跟上了就接着往前再走。它把他带到了一处悬崖边。在那被悬崖滴水弄的深沟的旁边，长着一些很特别的独叶花。那是他不认识的草，以前也从未见过，即使他后来翻看了自己所有的药理古籍，也找不到任何关于这种草的描述，更叫不出名称。

他将信将疑了很久。

那种独叶花，他每回采药时总会采集一把，挂在自己的窗台上晒干。不过，他一直没用过，因为他毕竟读不懂蛇的语言，不敢在盲目中想当然地冒险。

那一天，那个被蛇咬伤的农民推开了爷爷病室的门。农民被咬的部位是脚踝，大概因为走了太远的路，他的整个大腿都肿了，像拖着一个水桶。凭爷爷的经验，他知道如果到医院注射血清，锯掉那条腿，应该还有生的希望。但他在开处方的时候无意碰倒了自己所写的那本医药全书。他数年苦写成册的书，因为缺少很好的蛇伤良方而迟迟没有收尾。

他一直都在等待。

此时，他突然觉得应该找一个机会来完成自己的冒险。因为等待可以了无时日，而他却在一天天老去。

这种闪念一时间充塞了他的脑子。他从窗台那儿取下那束独叶花，用水煮开，让伤者喝了。

但几分钟后，事情走到了反面的结局，那个农民七窍流血，一命呜呼。

没有人相信，那个被咬的人不是中蛇毒而死。唯有文奇生知道，那独叶花的毒，至少是蛇毒的十倍。也是在那一天，他觉得自己的精神垮了，胸膛堆满了黄土。

五

洞其实不大，也不太深，仅仅一个蛇洞而已。文奇生在对着里面说话的时候，甚至能听到咝咝的声音，像蛇在吐着芯子。

“你即使不想见我，我今天也会把你抓出来，我思来想去了很久，夜不能寐。我们，该做一个了断了。”文奇生进一步对着里面说。

果然，他一伸手就拉住了蛇尾巴。

这条竹叶青也不再是以前的小竹叶青了，和文奇生一样，已经衰老。不过它还很有力气，已经要从文奇生的手里挣脱。

“我听人说，蛇要是被人咬伤，也会和人被蛇咬伤一样，毒入身而亡，我今天和你拼了。”

文奇生说完，不由分说地狠狠朝蛇的颈部咬了一口。

蛇大概挨了疼，突然发疯般扭转脖子，在文奇生手上的虎口处，留下了两个深深的牙齿印痕。

文奇生感到一丝钻心之痛，以致他松开了手，把那蛇摔落在地下。但蛇很快向前溜走了，狼狈兮兮的。文奇生忙着替自己包扎，先是到旁边找了点水清洗，然后用带来的绷带缠紧手臂，隔断血流。但他仍明显感到手开始肿了，蛇毒开始进入血液。他举目四顾，不见那条竹叶青。但透过依稀的痕迹，他肯定它是去寻找救命稻草了。

他也明显感到有什么事要发生了。

他的感觉是对的。在那悬崖处，在那被悬崖水滴弄出的水沟旁边，那条受伤的竹叶青正一口一口撕扯着那些独叶花，吞下去，像是来不及咀嚼一样地吞下去。

文奇生一步步走过去。

他伸手抓来一株蛇咬过的独叶花，这时他惊呆了。这种独叶花和他采集的独叶花生长环境一样，长相一样，唯一的不同是，那条蛇所食用的植株，叶片的反面有一条白色的茎……

他想都没想，把那片带有白茎的独叶花塞进了自己嘴里。

涵涵来山上的时间比爷爷整整晚了两个小时，她先是花了点时间梳洗，后来又在肯德基的餐桌旁流连，慢慢地品尝着咖啡。

在山上，她七拐八拐了很久才找到爷爷。那时爷爷手缠绷带，躺倒在水沟边，像是已经死去。

“你怎么了，爷爷……”涵涵蹲下身子，对着爷爷哭。

过了很久，爷爷睁开了眼睛。

“我睡着了，你哭什么，快拖我起来。”不过，他感觉自己有点轻飘飘的。他下意识地看了看周围，什么都没有，除了一些被咬出缺口的独叶花。

“回去吧。”他对孙女说。

这时已是下午了，奇峰山清爽而阴凉，上空一片五颜六色，在太阳将要落去的地方泛起一层美丽的光环，浅绿、淡黄、紫红……

涵涵和爷爷虽然走得很慢，但爷爷精神很好，神采飞扬的样子也不像是装出来的。

“知道吗？我的医药全书可以结尾了。”爷爷突然对涵涵说。

“是吗？爷爷，我可以认真拜读吗？”

“当然，你还要帮我打印，那只是手写稿。”

“没问题的，我的打字水平很高。”

“还要配些图。”爷爷又交代一句。

“没问题，爷爷，我从小就学过绘画。”

晚上，在星明街这条老街的旧式院落里，文奇生用那条肿痛的胳膊铺好了纸笔。他在一张宽宽的白纸上画了两片一模一样的独叶花；又画了两片不一样的背面示意图，一片干净明朗，一片留一丝白茎。

隔着窗户，涵涵入迷地望着爷爷，眼睛闪着泪光。这样寂寞而漫长的夜里，她忽然明白了父亲让她待在爷爷身边的用意。

此时此刻，没有人比她体会得更深。

教师杨芷

楔子

沿深水码头五六百米的拐角，就是双阳市一中。一中依山望江，坐在大门外可以看到波涛翻滚的江流。

在这里，还可以看到教师杨芷映在江流里破碎的倒影，无论是天晴下雨、春夏秋冬，他每一天都是有规律、有定量地听着随身听，虽然播放的内容每天在重复，但每一个篇目内容都有定时。比如，《周易》《道德经》在早晨听，《论语》《大学》选择中午时段听，《中庸》《菜根谭》则在晚自习前听，诸如此类，不一而足。有时他也会将自己的活动安排调整得与随身听的内容相吻合，在听的过程中同时做完自己分内的工作。

总之，他总会合理规划一天的时间，将其黄金分割。

一

星期二，是全校学生都要进教室上课的日子，杨芷吃过早餐，坐到大门外石级上开始听《道德经》。这一篇总计五千言、贯通古今、我国历史上首部完整的哲学著作，思想内容微言大义，一语万端，被华夏先辈誉为“万经之王”。每次聆听，杨芷都会认真地感受其间蕴藏的睿智哲思。之所以这样苦苦思索其中的内涵，他并不是为了破译这部经典，而是因为聆听时的这种感觉，犹如神游天外。那种摒弃所有牵挂，无思、无喜、无烦乱的生命状态，本身就是一种绝佳的享受。何况，听着这部经典，偶尔还会让人心头划过一闪顿悟，带着些谆谆的、无法用言辞来形容的美妙感觉，这种感觉是不是先哲们所说的顿悟？如果说这就是顿悟，那这种顿悟不单是享受，也是使得自己身心力量强化的动力吧。

杨芷这些行为让人看着总有些不寻常，给人留下一些神神道道的印象。周围自然有一些议论，这些议论他也知道，不过他不在意这些。对生活、对生命各人自有见解，不同的价值观，酸甜苦辣的人生五味，哪一种才是生命的本真？每个人都有自己的看法。杨芷对那些议论与偏视，总是淡然一笑，不放在心上。

听完一段录音，一节课差不多要到点了。杨芷站起来，舒缓手脚对着大江活动一番，这种活动可以理解成让听过的经典渗透进自己的身体。当然，这样的理解既虚无又精神化，可只有这样，杨芷才感觉自己能坚持长期不间断地每天如此。他这种年龄，已经不适应剧烈的运动方式，唯有这样慢养才是有益且必需的。

他的这种时间控制成为个人习惯后，几乎可做到分秒不差。做完活动往校园走，穿过操场到男生宿舍外，恰好下课铃响。

课间十分钟，回宿舍的男生少，但也会有。宿舍是一个最难管理到位的地方，也是学生性格最释放的环境。以前就在这短短的课间十分钟，曾先后发生过两起偷窃。一次是一个学生才买的一双品牌鞋被人收走，显然那人就是利用这个时间空隙，趁机作案。另一次则是一个学生塞在枕头里面的两百元钱，神不知鬼不觉地被人摸走了。这两起失窃学校都在查，杨芷也在暗中查，却一直没有结果。如今的学生心态比较成熟，又在一些网游、影视中接触过这些东西，心智上不见得会与成人有多大差距。

因为发生过这样两起失窃事件，杨芷便调整自己的时间，无论何时，都会在课间时间回到宿舍这边露一面，有管理员在外面，即使有学生回宿舍也不敢琢磨那些念头。学生心智虽说趋于成熟，但毕竟不是真正经历世事后的成熟，稀奇古怪的念头随时都会有，逮到时机生出各式各样的贪念来也很正常。将学生这样的念头堵死，不让它们有冒出来的机会，才是对他们成长最有利的。

一个人心灵的污点一旦产生，在人格、心性上就会有无法抹掉的印迹，这样的印迹所产生的负能量会越来越大。

杨芷虽没有系统地学过青少年心理学，但总觉得自己这几年跟学生打交道，也能够琢磨出一些感想、一些收获。他之前写过几篇心得，在省教育杂志上刊出。为此，他还多了几个交流这方面问题的网友。

见没有学生回宿舍，杨芷准备做下一时段的事。这是杨芷比较宽松的时间段。学校有规定，各班也有制度要求，各宿舍都有宿舍长，对学生进出宿舍都有要求，课间操后不用人守在宿舍外，可将宿舍大门锁死，除非特殊情况才让学生进宿舍。

虽然早上没有接到住宿学生生病的报告，但在锁门之前，杨芷还是例行在宿舍转了一圈。男生宿舍一共三层楼，分年级住，三个年级各住一层。左右楼梯上下，一层有十八间房，分住了各班的住宿生。

住宿生来源主要有三部分：一部分是学校从区县招收的特优生，这些学生的成绩都是县里最好的，专门安排在三四个班级里，住宿也非常集中，占去宿舍的一半以上；一部分是市一中招生辖区里住得比较远的学生，可申请住校，人数不多；另一部分是在双阳市打工谋生活的外来务工人员的子女，这些外来务工人员来源复杂，其子女的情况也就复杂些。

宿舍的管理，最省心的是特招的那部分学生，他们的精力几乎都消耗在学习上。但这部分学生一旦出现状况，又是最难解决的。去年就有一个高二生对上网入迷，深夜搬了桌椅架到围墙边跳了出去，后又在学校外面的打字店弄了三个假出入证。晚自修后他利用走读生出校门的高峰期，蒙骗过门卫到外面泡吧。他还在宿舍里用衣服塞在被子下让查寝的人以为他睡了，等有人察觉他不对劲，都已经是一周之后了。

之后，家长特意到市里来陪读，天天在校门处守候，看着他进教室，又在教室外等候着下课。但三个月过去，他们依旧不能将孩子那股上网的痴迷劲儿化解，家长没办法，只有转学将他带回县里。

三楼住的是高三学生。高三的学生是两级分化最明显的，要么拼死读书，立志考到名校；要么完全放弃，浑浑噩噩拖到高三毕业。赖在宿舍里最多的也是第二种人，即使班主任查过教室的学生人数，他们还是有可能在课堂上找一个理由出来，钻进宿舍死蛇一样躺到床上不动，被发现之后，他们仍会找很多理由赖在宿舍，生病就是最常用的招数。

杨芷先查的是三楼，一间一间房看是不是已经锁了门，即使锁了，他也要从窗口看床上是否整齐，从种种细节上确认里面有没有学生。杨芷觉得自己这几年在这方面的经验变得丰富起来，这种事情虽然很无聊但又必须天天重复做，他就慢慢摸出些门道。这么做虽然刻板，但这也是在保证每一个学生的成长过程不出现疏漏，不出现瑕疵，少出“废品”，避免他们过于散漫的必要手段。

对学生用“废品”来描述确实有些不合适，但在经济时代，任何事物都可以用经济的思维来权衡，“废品”就是这样一个经济术语。不论是对学生本人还是学生所处的家庭，读书既是学生的权利，也是他们的义务。如果在学习过程中他们没有尽力，没有让自己的优势得到锤炼、增进、培养，没有为他们今后步入成人、走向独立做好准备，不论从哪一个角度看他们都是吃了大亏，因此，对他们最直接的描述就是“废品”。这个词确实刺耳，会让不少教育精英和一些自以为在教育上跨前一步的人提出种种反驳，甚至祭起教育大棒，严加指责。但事实就是这样。一个子弟没有学好，不仅废了自己一生，也会将家庭都连累，有些还连累得很惨。这是事实，必须承认。这不是歧视与不歧视之间的辩驳，而是认清现状之后怎样预防发生这样的事实。

浪子回头也不乏例证，可浪子回头的前提是什么？是破而后立。这样的“破”“立”哪一家愿意经历一番？是那些精英，还是那些说话根本就不用负责的旁观者？

杨芷从来不会嫌弃这些有“瑕疵”的学生，他总希望将他们的错误纠正，小心防范不良后果，确保不给他们心灵留下污垢，全力引领他们走向阳光。

让一个学生能够正视自己的错、承担自己的错，进而将错误彻底认清而纠正，这才是一个老师应该做的，这样对待学生的老师，才能称为“勤”。

这些想法也是他在听、颂、感这些古文化的过程中，自己悟出的一些心得。

三楼到一楼，五十四间宿舍逐一看过，全过程需要十八分钟。中间不出任何状况，杨芷的随身听也正好在他走出宿舍、落下大锁时，播到某一节点。

他将大锁钥匙放到门卫小芹处，以防万一自己离校的这段时间发生突发事件或者有学生需要进宿舍。他将钥匙挂在固定的地方，跟小芹招呼一声，便走出校园。

二

杨芷在学校的上班时间跟其他教师是不一样的，早上五点半赶到学校，八点五十便可以离开，但十二点必须回到学校。下午两点半后又可以离开一会儿，下午五点到夜里十点半查寝后回家休息。

理论上，杨芷在学校的上班时间也是八个小时。但实际上，杨芷从早上五点半到学校后就很少离开。但这几天，他必须得走，必须利用这个间隙到一中两条街外的菜市场买菜，然后回家做饭，做好饭如果时间还够的话，再将做好的饭送到医院去。

家里有两个病者，一个躺在家里，一个住在医院。

家里躺着的是岳父，虚岁已经过了八十二，躺在床上有一年多了。白天杨芷至少得帮他换两次尿不湿，还要喂水、喂饭，换电视频道，陪着说一些话，还不能总让他听广播或随身听里的读诵，重复听他会烦。事情不少，但不是大负担。

上周，杨芷老婆一个隔房的兄弟得了胆结石，到市里医院来医治，看护人和病者的饭食都放在家里做，能够节省一些。对杨芷来说，多一个病者，多了不少活做，但他也不在意。

他心里即使在意，也要面对，也要将这些事做好。在他看来，乐意去做，用积极的心态去做，对自己、对整件事都有更好的效果。

杨芷老婆在市二中教历史。上班时间可以跟杨芷的错开，早上她出门晚一些，中午再回来转一转，看看。晚餐到睡前除了两天有晚自修外，一周她有五天可以在家里，而杨芷要留在学校值勤。

买一些荤菜回去给病人弄一点进补的菜食，在时间上，杨芷控制得很好。走进菜市场，跟他打招呼的人特别多，那些摊位的主人对他的光临总会站起来给足笑脸，说：“杨老师来买菜了。”

杨芷不会停留多说，而是直接将自己预先想好的菜买回家。随着杨芷的离开，摊位的主人还会站一会儿，等他走得稍远一些再随意行动，他们觉得只有这样，才算敬意到位。实际上，杨芷并没有给他们任何实质性的好处，这主要是因为他在外面名气不小。

杨芷觉得自己实际没做几件事。几年前因为刊发过几篇学生管理方面的论文，结识了几个网友，那些人或在大都市或在某一圈子里有地位和身份。交言畅谈时，他曾提到双阳市这里的落后与贫寒，那些朋友便在外面募集了一些东西托运过来，散发给乡村的孩子或在双阳市谋生的外来民工子弟；甚至也曾将上千册蒙童读物寄过来，拜托杨芷在双阳市这边进行免费发散。于是有心让这些孩子接触传统文化的人家，便渐渐地谈起杨芷，谈起他手里的书册。很多家长自己对这些书册的内容并不在意，却希望孩子受到这些古典文化的洗涤。很多人对古典文化和古典文化弘扬的东西并不排斥，只是没有途径接触而已。

就这样，杨芷在校园外的名气响起来了。

杨芷家是十几年前修缮的，房子结构是老式的，底层是客厅、客房、洗漱间、卫生间、厨房。楼上则被分隔成四个小通间，除了一间用作书房之外，其他都用作卧室。这样的结构从目前看早已落后，加之当年用于修建的材料质量也不好，到如今房子旧损严重，完全可重新翻修。只是，随着孩子渐渐长大，家里的负担渐渐大起来，他也无力将房子翻新重建。

今年儿子昕莘进大二，走之前他表示这一年不需要家里再负担他的费用。杨芷知道儿子很争气，在大学协助教授做课题研究，获取一些补助，有盈余还会将钱打进他的卡里。这让杨芷欣慰之余又觉得对儿子有愧。每每有人问到孩子的情况，他总会将孩子在大学里的表现陈述出来，这是对孩子的肯定。用他喜爱的一句话来说就是：“道人善，即是善，人知之，愈思勉。”这也是对孩子的一种鞭策。

老式房唯一的好处就是有一个小院子。杨芷将买回的菜放进厨房，先到客房看躺着的岳父。见他似乎听随身听累了，闭着眼睛睡觉，杨芷便将床尽量地放轻，慢慢推出客房。这样的操作不知反复多少次，操作起来他都能够完全将要领和注意事项记在心里。他无声无息地将床推到院子，这时候，阳光正射进院子里，避开脸，正好让老人晒一下。他轻轻掀开被单，摸了摸老人腿间的尿不湿，没有湿，于是他回厨房抓紧时间做饭。

对老人的看护，一周前本来请了一个家政的，但如今请家政看护老人很难找到合适的人选。不是自家挑剔家政，而是没有人肯做这样的事。年轻人不愿做，年岁大的人即使愿意也做不了，要给老人翻身或背扶着老人去卫生间，都是体力活，还不能出一丝意外。

古人说，君子远庖厨。应该是出自对“仁”心的培养吧。屠宰伤害生命，同时对屠宰的人的心态也是一种较大的冲击。人心向善还是向恶，其实从自古就提议的“修仁”“修善”便可看出，一个人的“仁与善”是要后天努力积累、修炼而至。在宰杀过程中，血淋淋的事实会激发已经收敛、消解的恶性，将一个人的恶性唤醒。

杨芷是认同这一点的，一个人的善要天天放在心里才不会忘记，从而逐渐变成自己的行为规则，过程何其不易。只是，对他来说，想远离厨房是不可能的。家里条件就这样，只能用另一种思维方式来看待杀生这件事。

杨芷有时候也觉得自己的理念并不完整，现实如此，自己可以跟这些荤腥隔开，以实际行为来减少宰杀，但需要营养的病者又怎么办？不杀生而积善，是佛学的理念，这种理念杨芷不敢说有漏洞，但有时候他也会想，禽、畜等是有生命的，草、木、蔬菜算不算生命？稻、粱、菽、麦、黍、稷，六谷中哪一种不是生命的演变？比如做饭，一锅米粒每一颗在加热之前都是有生机的；面粉看起来不是生命、不是活着的，但追根溯源，也是将麦粒的生命破坏后才变成粉末的。素餐里讲究用豆制品来替代肉食，用菜油来替代动物油脂，但做豆腐、榨菜籽就不是对生命的破坏吗？消耗这些的过程，其实就是直接对这些生命体的戕害。

这样想肯定是过激了，杨芷不知那些佛学大师有没有争议过这样的问题，这个如何看待生命的命题真的很难自圆其说，或者从一开始他就钻进了不相符的思维模式。但这种思维让他对自己在厨房里杀鸡、剖鱼等行为有不少心理上的安慰，既然生存都是以破坏别人的生存为前提，自己不得已做这些事，那就怀着对生命敬畏的心态来做，也算是一种修行。

每次在厨房里做饭，杨芷也在听着随身听，只是戴上耳机，将音量关小，不会影响到岳父。他的厨艺只能说一般，之前他确实很少在这方面花时间和精力，主要是老婆在做。如今情况特殊，不得不为之，但真的静心来做一件事，也能体会其中的奥妙，品味奥妙就是享受过程的乐趣。

一个人最容易变化的就是对事物的态度，但最难改变的也是这样的态度。所谓本性难移，指的就是一个人有心理认同后要进行改变，何其艰难。但如果静心来体会，用另一种视角看待这件事，改变起来就并不难。人生百业。只有多体会一些事务完成的过程，才能够更好地体会其他人在生活中的艰辛，也才能够体会其他人在生活中的乐趣。体会越多，自己的思想境界也就渐渐改变、渐渐拔高，能够看到更多的事物的本真。

菜不急着做完，主要是将要慢慢烹炖的菜弄好放在小火上炖，熬出味道，熬出营养。

他走到院子里，外面的阳光很强、很热。有这么一阵子后，阳光偏移，就需要将岳父的床推移一下，免得阳光直接照射在他脸上。杨芷推移床铺，见岳父脖子上有细微的汗珠，想必背脊也会有汗了。杨芷从屋里拿了棉质毛巾，先用热水浸湿、拧干，到院子床边很轻地将岳父贴身的褂子掀起，伸手将毛巾够到脊背去擦拭，尽量做到不要让汗浸进衣里。衣服浸了汗，如果直接推回房间去，会让老人浑身都冷，最容易感冒，也极不舒服。擦过后背再擦脖子和前胸，等做完这些，他才发现岳父醒来了。

整天躺在床上，眼见年轻人忙于工作，不能陪在他身边，老人其实很安静。岳父算是脾气比较好的，修身养性也很好的，从没有为难他们。岳父自己看电视，听收音机、随身听，总是将情绪控制得很好。杨芷也觉得自己算是幸运的，听一些人说谁谁谁的老人病在床上，一见年轻人就破口骂，骂得十分难听。不少老人骂人刻薄，一直骂到临死前，才会给年轻人说几句祝福的话语。

“爸，你多睡一会儿，热一点忍忍。”杨芷说。

“睡好了，早餐后睡这一觉够了。子山（杨芷的小名），你这时回来会不会影响工作？”老人说完偏转了一下身子。

两年前老人突发脑出血，幸亏发现得早，处理及时，将人救活了，但落下半边瘫痪。这种情况只有在家里慢慢恢复，每天用草药汁液擦洗，激发老人身体机能的活力。只是，八十多岁的老人，血气本身就不足，能不能重新站立起来，确实是两说。老人对自己的情况心里能够认可，所以心境还不错，这对他的恢复也确实有帮助。但两年来依旧只是一边身子有感觉，大小便还是失禁。

“不会，我看着时间。你安心休养，我觉得这段时间比前几天又有进展了，说不定过一个月能够坐起来。”杨芷知道自己这些话都是一种安慰性的言语，但他说得很真诚，让老人听着，在心里又多了几分期盼，也会让他多一些动力。

“子山，都是老头子把你们拖累了。”老人那只能够动的手将衣衫掀起来，配合着杨芷擦拭胸口。

“爸，你这是说的哪里话。我们做子女的，该怎么做都是分内的事。你不要这样想，你看，这两年昕莘变懂事了吧。你说，还有什么比孩子变好更让我们宽心的。我们该做的事情做了，孩子看在眼里也会有想法、有他的思考和体会，知道什么才是他该做的。”

“昕莘从小就懂事，主要还是子山你教得好、做得好啊。”

“爸，你不要多想这些，睡醒了便看电视、听广播，也可以让另一边试着用劲，没准一下子手脚就能够动了呢。”杨芷将毛巾搓洗，重新拧干后给老人擦臀部、腿间和下肢。老人右腿虽不能动，但那只是神经系统受损，血脉还在流动。可是，这两年来都不能活动，右腿肌肉明显有些萎缩。擦拭后，杨芷将老人右腿抱住，两手在肌肉上用力搓揉，完全搓过后，握住脚踝让右腿被动地活动，压弯、伸直，慢慢运动几分钟。

也不能让老人在太阳下晒得时间太长，晒一会儿，他将床推回房间。床的一头可以通过电动支撑起来，让老人更好地看电视，老人左手能够动，自己能够控制。杨芷在家里时，总是帮忙将床弄好，说几句话，既是一种关心，也是为了更多地与老人交流，让他心境保持乐观。

“昕莘在学校还好吧，有没有来信？”老人还是习惯用老思维来想人们之间的信息交流。

杨芷也不多解释："有呢，昕莘每次都问外公恢复了多少。爸，昕莘说下个月会回家一趟，到时候天气会凉起来。"

"他不安心在学校读书，回来做什么。你跟他说家里都安好，我也好多了。荒废学业，怎么了得？"

"昕莘回来是有事呢，一是要看看外公的恢复情况，还有就是他们有一些同学一起过来，要到乡村去看看。说是在学校那边募集到一笔不小的钱，他们想把这笔钱送到乡村有困难的人家手里，让那些孩子能够安心上学。"

"这是好事，昕莘有这样的心是好事。但他们这样会不会耽误学业？"

"爸，你放心，孩子大了，该做什么他自己有分寸。"

"啊，那就好。"

院子有响声，随即有关门声。杨芷将老人安排好，走出房间见妻舅的爱人和妻子的叔叔一起进了院子。两人见了杨芷，说："子山回来了。"两人说完往老人房间去。看看老人，说几句话，都是一种人情。杨芷陪着他们进岳父房间，谈了几句，便要到厨房做饭，做好饭带到医院去。

厨房炖着鸡汤，老人要喝一些，也给医院那边带一些。杨芷开了盖子，散发出来的香气让他感到火候差不多了，便熄了火。妻舅爱人也进厨房来，她每一次都会进厨房帮忙，但对这里的设备不太熟悉也用不惯。杨芷不是不放心她，而是在自己家里，只要忙得过来就自己多做一些，总不能让客人做。她在医院服侍病者也不容易，自己多做一些，就能让她多得到一些养息。

妻舅爱人进来，手里拿着一沓钱，递给杨芷，说："子山大哥，昨天家里筹到一些钱，将住院费交了，这些你先收着。”

“这是做什么？”杨芷自然明白，这是他们在自己家里搭伙，要给伙食费的意思。杨芷家里确实不宽裕，夫妻两人都在学校上班，说起来很好听，双职工家庭。但是孩子读书的花销，家里又有一个病者要养息，那点工资确实不够。好在多年来没有大折腾，积蓄还有一些，如今用度开销还能够支撑，而孩子在大学里不要家里支出，削减一个大窟窿让这边压力减小不少。

“我们在这里吃用，这点钱肯定不够，但也算我们一点意思。子山大哥，你不要嫌少……”妻舅爱人说着有些急。

“这钱你多给病人买点补品，这边家里多一副碗筷不算什么。”

“这怎么成？子山大哥和大姐日子也难。”

“你不用再说了，妹子。我和你大姐到你家做客，是不是也要给伙食费？一家人不说两家话，不做生分的事，是不是？”

女人的手停在空中，手指弯曲，捏握着这一把零散的钞票。

三

杨芷掐着时间出门，在路上没有丝毫耽搁，提前五分钟进了学校。他取了宿舍大门的钥匙刚开好门，下课铃声便响起来。同时响起的还有杨芷的手机。

杨芷平时跟外人的联系不多，主要跟爱人相互通报家里的情况、采买生活用品等，再有就是学校这边的工作和一些临时通知，偶尔有班主任打来了解学生的就寝情况，便于做学生的思想工作。朋友之间的电话更少，有时候半个月甚至半年都不可能会打电话。

来电是短码，学校那边打来的。

杨芷接了电话，对方说："刘老师，我是郑响，我想问问我们班刘国保的情况，他在宿舍有没有异常？"

"刘国保？对了，高二九班那个大个子，是吧？"

"是的，就是他。"

"怎么回事？我这两天没感觉到他有什么不对劲。"

高二的住宿生已经到学校一年多了，杨芷对各班的人也有所熟悉。刘国保平时话不多，显得老实，喜爱的活动是打篮球。他技术一般，速度和弹跳偏差，但好在个子大、力量足，进攻内线有一些威力。跟同学打球能够发挥他的优势，常常能引起大家一片叫好声，或许这才是他最爱打篮球的原因吧。刘国保的学习成绩一般，甚至偏下，家里情况杨芷也有所了解。刘国保不是双阳市的人，他家里人到双阳市这边务工，收入不高，生活条件普通，又因为是外地过来的，在双阳市基本上没什么朋友。在班级里有两个同学跟他关系不错，都是球友。

"上午第三节课我在教室外见班里空了一个位子，一查是刘国保不见了。刚才下课问同学，说是他在上第一节课时课堂请假离开教室就没回来，我到宿舍看过了，没有见他。问了平时在一起玩的一个同学，也说不知道。我想了解一下他在宿舍的表现……"

"郑老师，不要急，我现在去找一找。"杨芷说。

杨芷在学校门卫处碰到郑响，她见杨芷到来，站起来说："杨老师，我在学校又找了一遍，也没有看见他，小芹这边也没见他出去。"

"怎么会这样？这几天没见他在宿舍有异常表现。哦，想起来了，这几天他没有打篮球了。看来确实有些不对劲，我以为他到高二转性，想安心学习了。”

“我不指望他能够给我们班争气，不闹出事来就很好了。”班主任对爱运动的学生多少都有些看法。一个人的精力有限，过多地将精力和时间放在其他方面，势必花在学习上的时间和精力就不够，至少不能很专心。

“再到宿舍看看？”杨芷不想多说学生的那些不足，先找到人才是最重要的。

“我和小芹、政教才到宿舍看过，他的衣服、用品等不见了，教室座位里的东西却都在。”

情况很明显，这个学生估计已经离开学校了。只是，以这种方式离开学校，对班级和班主任的考评都有不小的影响。作为班主任，郑响心里很不舒服。

学生出走，特别是从学校出走是很严重的事件，会严重到哪种程度还真不好预测。有些学生家长会将所有责任都推给学校，认为是学校管理不到位造成的。如果学生在出走期间没有发生任何意外还好些，找到学生后，大多家长或许因为学生还要继续在学校学习，不会过分地问责，但也有些家长会破口谩骂，什么难听的话都说得出来。如果学生出走出了意外，家长肯定会追究学校的责任、索要赔偿，甚至会狮子大开口，还会到学校来大闹。当然，也有家长很讲道理，并不将责任单一归给学校，毕竟学校对学生的管理不是看守所般滴水不漏，中间容易出现疏漏环节，即使不是管理上的疏漏，学生也很容易找到一些“缝隙”加以利用。比如，夜里翻墙出学校进网吧，住宿生睡觉后老师不可能不间断地留守在宿舍，更多的还是要学生能够自我约束。半夜爬出宿舍，再爬围墙，跳出去上网，要找学校管理上的疏漏也不是找不到，但实际上又怎么可能全过程监控。

有些事情不是单方面努力就能够做到，但责任还是多归在学校一方。学校要担责任，自然会将这些责任分解框定到下面具体负责管理的老师。班主任就是其中最重要的一环，也是要担起直接责任的人。

所以郑响对刘国保这样离校出走怎么还会有好情绪。杨芷也不知说什么好，如今最主要的是将人找回来，不出任何事情，这样大家才轻松些。至于班级管理扣分、评优无缘，这些都是后话了。

“郑老师，他家里怎么说？”

“联系不上，之前的那个电话号码已经是空号。”学校跟家长之间的联系一般都不以见面的形式，而是用“校信通”传递学校的动态。班主任跟家长之间也是电话联系，学生在学校表现不差不好，每个月定时联系一次，平时就不多联系，除非学生在学校里有状况。

家长也有自己的事，一些人对班主任的电话是不乐意接听的，因为班主任给家长打电话，意味着孩子在学校犯事而且情况比较严重。想要相互沟通、交流学生的情况，多是家长打电话来问，这样的交流就平和得多。

一个班级的学生共六十多人，这种每周打电话问孩子的家长也就几个，大多数都没有这样的心思。他们或是忙，或是担心打搅老师的工作和休息，或是根本就没想到联系老师。

一年多来，刘国保家里从没有主动联系过学校，即使每学期的家长会，也只有高一第一学期参加过一次，后来就不出现了。

联系不上家长而学生却不见了，这个情况就很复杂，也难怪郑响会脸黑得难看。

杨芷说："先不急，我找一找平时跟刘国保一起打球的学生问问，看能不能得到一点消息。"这方面他比郑响知道得要多一些，经常跟刘国保打球的人有好几个，都是其他班的，甚至还有其他年级的学生，郑响自然认不出。

有政教协助，找人不用等下课。请各班班主任将学生叫出来，杨芷一一问了情况。有班主任在旁边，事情与他们并不相干，他们也不需要担任何责任，学生们乐意将情况说清楚。

刘国保这几天确实没打球，球友们问他，他只是说没有情绪，他们也不多问，毕竟只是球友而不是生活上的朋友。

前后问了十几个学生，都没得到有帮助的信息。学校这边也急，这时候发现得还算早，及时出去找人有可能将人截获。问题是，认识刘国保的人并不多，不可能将学生带出去找人。而郑响还要在学校里先了解情况，虽然通报说刘国保家里联系不上，刘国保的家人也很久没有来过学校，但从报名资料上查找不难，再找出和刘国保住得比较近的学生，问一问他家的情况都是有必要的。

杨芷说："学校这边我可将宿舍委托小芹帮忙开门。我们到长途汽车站、火车站那边转一趟。政教处那边也可分出两人来，分开到车站去截堵，只要人还没离开市里，相对来说情况要好很多。当然，此时刘国保也可能是回家了，只是他不是从校门出去的，也不请假，又将宿舍里的衣服用品带走，出走的可能性最大。"

杨芷说完就前往长途汽车站，政教处的两人去火车站，两边距离并不远。他们商定了彼此互通消息，都急急忙忙往目的地赶。

四

双阳市外出的交通渠道不少，最主要的有三条：长途汽车、火车和客轮。客轮码头比较远，双阳市的人要外出都不会选择这种走法。长途汽车开通到外省省会和发达城市的直达汽车总计有三十多趟，卧铺很方便；而往省城的客运更便利，每四十分钟开一趟，跟公共汽车没有太大区别。火车的去向有三大方向：往北可达北京，往南可到广东省，往西甚至还有可纵深到大西北几省的干线。

这时候去车站堵人纯粹是一种侥幸的做法，但肯定要做。杨芷一路上在琢磨，从刘国保在学校的表现看，他学习成绩虽不好，但没有什么坏心思。在打篮球的学生里有不错的人气，说明他做人、性格都不是那种过激、好强斗勇的性子。这样性格的人怎么会出走？说明家里可能发生了状况，使得他不得不做出这样的决定。至于他不肯跟学校说、不肯跟班主任郑响说，又是怎样的一种心态？

学生的心态很难捉摸明白，这也是因为师生之间的代沟、彼此之间价值观、对待事物的心态、视角完全不同。

从一中到汽车站虽不远，但为了节省时间，杨芷出了学校外的步行巷子，便拦了出租车。到车站后他先是六个候车室一个个地看，之后又在售票处、过道检查处问那些人是不是见过这样一个人。前后将近两个小时，一无所获。郑响在学校也没什么进展，政教处那边的人也没收获。这也是学生出走最初时段里的必然结果，这结果对郑响而言却逼得紧，最有利的环节没有找到学生，接下去找人的难度就更大，找人的成本也会更大，各方面的压力同样会施加在郑响这个班主任的身上。

他们返回学校，商量下一步举措。学校也有了明确的意见，就是不惜代价要将学生找回来，具体的安排由政教处来组织。

郑响自然是最主要的一个，杨芷也是其中一个。找人首先要能够认出学生，要不然擦肩而过都不知，自然无法找人。

这段时间家里也丢不开，找刘国保会要多少时间也未知，但杨芷没有将自己的情况跟学校说。确实，要找人他是最适合的人选，既能够认出学生，又不影响学校的正常运转。男生宿舍那边，政教处会派另一个人来临时接替，不至于空出管理环节。

他们在学校吃了饭。杨芷、郑响和政教处副主任赵和尚一同出发，先去刘国保家，找到他家后先把这边的情况和学校所做的工作跟家长沟通，取得家长的谅解，再一起分头寻找。刘国保的家在城南区，郑响将抄在本子上的资料给杨芷看，杨芷说："那边情况我了解，大多数外地人租借房子都在那边住，看起来刘国保家也是租借房子。这时候去家里找，只怕也难碰面。"

"最糟糕的是电话联系不上，情况不能通知到刘国保家里，很难办了。"郑响说。

"这是特殊情况。"赵和尚说。

学校有硬性规定，学生一旦出现状况，最迟在一个小时内得告知家长。情况特殊，可稍延迟，但必须积极主动地做工作。郑响今天遇上这事，正好被套上，如果处理不当或造成后果，评优、晋级等都会被取消，班主任津贴也会扣除相应的金额。

这种事，哪一个班主任遇上都恼火。

杨芷说：“刘国保平时不是这样的人，先找到他家吧。”

他想，一个人突然做出跟平时完全不同的事来，往往都是有原因的。这种十几岁、性子未定的孩子在变故中更容易做出一些让人意想不到的事。

如果刘国保要辍学，那么同学、老师和学校肯定要劝解，但不会有谁强迫他读完书。此时，他选择这样一种方式离开学校，或许在他看来是最省事的，实际上却是最给老师添乱的，让老师承担的责任变得更大。

五

城南区不是双阳市建设的重点区，经济也相对落后，这边的建设显得散乱，像没有规划。三个人打车进城南区，街上的灰尘都明显多了起来，人流却少些。郑响没有到过刘国保家，第二次家长会刘国保家长没有参加，她是准备去走一趟的，跟刘国保谈话时，刘国保说他家长不在家里，之后她忙其他的事情也就打消了走访的念头。平时工作中，家访也不是一件容易的事，甚至家访也会让学生和他们的家长误会，如今思维和风气是这样，所以学生没有惹事到很严重的程度，老师是不会跟家长见面的。另一类见面就是要劝家长给学生开小灶。

此时，郑响有些后悔，当时就该过来走一走，了解一些刘国保家的情况，今天找人或许会顺利一些。她又想，班级里还有多少人的情况跟刘国保类似，琢磨着至少有二十人吧，自己是不是该一一走一走？

郑响在心里苦笑。

按刘国保在学校填写的住址，下车后，杨芷走在前面，在小弄子里转。这一片都是小产权房群，建设得凌乱，房子之间也不留空隙，楼下一两层都很黑，即使大白天在家都要开灯，住着很不舒服。不过，这边的房子屋主家都不住，而是将房子建成套间对外出租，收取租金。实际住户都是近些年到双阳市务工的人。

城西区是双阳市的工业区，有不少代工的厂子。这些厂子用工密集，工资不高，福利又少，员工都在外面住，到城南区这一片租借房子相对来说比较划算。这些因素，也注定城南区这一片租借房子入住的人员比较复杂，流动性也大，管理上自然有难度。

好在五年前城南区政府意识到了这样的问题，既然一时对这一片私人建房不可能全部拆除，便做了硬性规定，对弄子进行了命名建档。当初杨芷觉得这样做也算是政府有所作为，到这一片转了转之后，他又在城南区这边给几个孩子联系到了外面的救助帮扶，所以对这边熟悉一些。

但此时杨芷转了几条巷子，却走错了。三个人走回原先下车的位置，重新定位，钻入另一条巷子。他们七歪八拐地走来走去，总算找到字条上所写的街弄名。

天热太阳大，三个人都是一身汗。杨芷和赵和尚相对好些，郑响体形稍胖，这样走很吃劲。只是她心里为这事给急得都忘记累了。汗水流淌，背心和衣服前襟都是汗迹。背后湿衣贴身，后背内衣的黑色带子很显眼地突出来。杨芷走在前面没看到，赵和尚走在郑响身后偶尔看到，也不好直接提醒她。他们一家家对着门牌号，这些牌号不是很连贯，也不知当年做这些牌号的人是怎么回事。

他们终于找到字条上的号码，这是一栋跟周边几乎没有区别的楼房，五层，临街。临街一楼是门面，门面被分成两间，左边一家垂着黑布帘，门上挂有游戏室招牌和动画宣传图案。右边是一家小米粉店，里面也没什么人。双阳市民早上习惯吃米粉，肉末粉、酸辣粉、排骨粉、鸡汤粉等都是有名的。中午过后，米粉店一般说来就没什么生意了。

楼右侧有一通道，宽不足两米。刘国保家在四〇二室，也就是四楼最后那一套。这种房一套有七十几平方米，实际建筑面积可能要小一些。但这时候如果刘国保不回家，可能就找不到人，家里其他人不在家的可能性很大。在双阳市，不少务工人员举家前来，白天多在城西区代工厂子里上班，晚上才可能回来。但也可能这时在家，晚上上班。城西区的工人上班是三班倒，遇上没有订单时又会每月轮班。不熟悉他们的，都难以掌握这些人的行程。即使在同一层楼，如果不是来自一处，或在一家厂里做工，彼此之间都很难熟悉，也难碰面。

这时候过来找人，主要是存着刘国保会溜回家能够在家里逮住他的想法，这样学校那边的压力就减轻了。至少确定了刘国保的安全，郑响就可以跟学校汇报情况了。

他们往楼上走，楼梯间都没有刷白，可见这种楼修建的质量。走到三楼，郑响的脚步加快，杨芷听到她的喘气声，扭头看着她，说："郑老师，不用急。刘国保要是在家也跑不掉，不在家也不会因这点时间错过。"

郑响其实很累了，只是想着有可能见到刘国保而解决问题，她心里迫切得没有觉察到自己的状况。她对杨芷笑了笑，想说话辩解一声却不知从何说起。

杨芷又说："不管在不在，我们都要平静一些。"

"嗯。"郑响知道自己的性子，杨芷这样说是在提醒她不要在学生面前过于失态，在家长面前更不能惊慌失措。

这时候他们过来，出现在刘国保家里，其实是代表了双阳市一中，表现如何，都代表了学校的形象。

赵和尚说："这种房子保质期有多少年？"他故意将话题岔开，这也是调整人情绪的很好办法。

"农民自家修建房子，哪会在意保质期？一二十年后，再翻修也不会亏。"杨芷说。

他们上到四楼，楼上并没编号，四〇二想当然地在后排。郑响第二个上到四楼，杨芷侧身让她也深吸一口气，她平静了一下自己，刘国保真在家里也要忍着，不能发作，再说，上到楼上来气息不匀，见到刘国保家长说话也不能流利。她平静一下才敲门，却没听到有回应。

郑响捺不住，也不甘心，再敲门，也加大了一些敲门的力度。里面依旧没有响动。这情景让三个人都不知怎么办。或许，刘国保一家都不在；或许，刘国保窝在里面不肯开门。估计老师追到家来，他肯开门？如果真的不在家，下一步到哪里去找刘国保？不找显然不行，可又怎么去找？

郑响站了几分钟，再次敲门，随即拍门。她边拍门边喊刘国保，喊了七八声。郑响的声音显然变了，她自己不觉得，杨芷听得出来，说："郑老师，我们先下楼，楼下粉店可能了解一些情况。”郑响不甘心就这样离开。赵和尚也说：“我们知道他家在这里，晚一点再过来找。”

说完三人准备下楼，对面的门却开了。

一个女人很小心地把门打开一条缝隙来，似乎随时准备将门关上。三人听到开门声，杨芷看着那人说：“你好，四〇二是这边吧。”

那人说：“是，我家是四〇一。”

“刘国保家是在这儿住吧？”杨芷问。即使是对面屋子，也不一定会认识。“刘国保今年读高二，在双阳市一中，我们是一中的老师。”

那人将门开大一些，警惕性也放松不少，说：“四〇二不是姓郑，而是姓唐，他们家我认识。孩子才十一岁，没上高中。”

“刘国保家的地址写的是这里，难道不对？”

郑响将手里的地址递给那女人看，女人看了说：“地址是对的。哦，对面唐家是半年前搬过来的，之前是不是刘国保家就不清楚了。”

“一楼开粉店的会不会知道情况？”杨芷问。

“说不好，这边的人流动性很大，平时大家各自忙自己的事，真不好说。”女人说。

“谢谢。”杨芷说。刘国保家已经不在这里，得下楼问问看是不是有消息。

他们到了楼下，粉店女老板见三人进来，以为是来了客人，笑着站起来要招呼。

杨芷说：“我们是来问一个情况。”

女老板听了，笑脸也不收，说：“没事，大热天的，进来坐一坐吧。”说完她给三人每人倒了一杯冰水，郑响也去帮忙。他们坐下来喝水，杨芷说到楼上刘国保家在半年前搬走，而刘国保是双阳市一中的学生等情况，问女老板是不是知道他们家搬到哪里。

“是的，这家是半年前搬走的。具体在哪里我也不知道，不过，我家那位帮他们搬了家，他现在去菜市场买东西了，等他回来让他带你们去找找。”女老板说。

老师到家里来找学生，他们也乐意帮忙，肯定是刘国保在学校怎么了才会有三个教师一起来。女老板也不多问，这种情况通常都是惹出什么事了，问多了也不好。

等了将近一个小时，女老板帮忙催了两次，粉店老板才骑着人力三轮车回来。车后放着一些采买的东西，得知要找刘国保家，那人很不愿意。女老板让他给带路，那人不很情愿走这一趟。天热，出去走一趟并不轻松。赵和尚给那人递了烟，几个人才出门。

走了三四里路，这里离城区更远些、更偏僻，房子也更差，不少都是棚户。

刘国保家租住的房子不是棚户，而是那种很简单的一层平房，用水泥砖堆砌，顶上几根木梁，盖上预制石棉瓦。这种房子成本更低，随时都可能被拆除、重建，租金自然也更低一些。由此，也能够想象刘国保家里的变故，他会不会是因为家里的生活条件而不准备再读?

他们到了门口，见门没有锁，杨芷等人放心一些。带路的粉店老板推门进去，杨芷等人也跟着进了屋，里面确实不像样子，但也在想象的范围内。

家里有一个老奶奶，精神不怎么好。老人见有人突然进家里来，有些回不过神，茫然地看着他们。粉店老板解释了一番，老人似乎有些明白，又有些不明白，等她弄明白，说：“好好好，老师来了，老师们坐。”

见老人要给他们找东西坐，杨芷等人主动将家里的塑料凳找来坐下，跟老人说话。郑响问刘国保是不是回来了，刘国保父母不在家要怎么才能联系得上。但老人只知道刘国保父母都出去做事了，至于他们什么时候回来、在哪里做事，她并不清楚。郑响觉得还是要跟老人说一说刘国保从学校出走不见的事。老人听了不以为然，跟郑响等人说：“孩子大了，让老师费心了，他不肯读书就由着他去，不必再找他去读书。”

见这事确实跟老人交流不了，杨芷跟粉店老板说是不是有途径可以找到刘国保父母。这种事情不找监护人知会情况，学校这边始终是理亏的，也会担负更多的责任。

粉店老板说刘家搬迁之后，他们就没碰过面，这事确实帮不上，他对刘家的情况也不了解。杨芷谢了粉店老板，那人便告辞先离开了。

留在这边也没什么进展，三人决定先回学校。他们到学校都快放学了，但这边还有不少工作要做，几个人一边跟学校汇报，一边做情况记录。郑响和杨芷则找一些跟刘国保玩得好的学生，让他们在QQ上留言，看能不能联系上刘国保。学生之间的联系方法这时候显得比家长、老师都要便利，刘国保肯定也想通过学生了解学校和老师的情况。

学生知道刘国保出走，也肯配合，答应帮忙在网上找人。只是，学生要上网势必要得到班主任的准许，要到学校电脑房去上机，这些都要郑响、杨芷去做工作。

做好这些，也到了下午放学时间。这时候，即使再到刘国保家里去也不一定碰得上，杨芷便先回家一趟，跟爱人说了学校的情况。

六

杨芷吃过饭回学校，郑响和赵和尚都在，三人再次出发去刘国保家。因为知道了地方，赵和尚借了一辆摩托车，让杨芷和郑响坐车直接过去，来回也更便利些。

到刘国保家门前，见有灯亮，他们放心了些。刘国保、他父母都该回家了。他们推门进去，见白天见到的老人在屋里坐着。屋里还有另外一个女人在灶前做饭，女人见进来几个人，有些不知所措地看着杨芷他们。杨芷说："嫂子，我们是一中的老师，是来找刘国保的。"

女人停下手里的活走过来，站着。杨芷又说："嫂子，上午我们发觉刘国保不见了就开始找，汽车站、火车站都去找过。之后，我们到你们之前住的房子，再请粉店老板带我们过来，下午到这边只有老人家在家里，也无法联系到你们。我们想知道刘国保是不是回家了？"

"没回来。"女人说完哭了起来。这女人应该是刘国保的妈妈，她似乎对刘国保的不见并不紧张，这是很反常的。

女人哭着，杨芷也不好再说，郑响走近一些，说："我是刘国保的班主任，家里发生什么情况我没了解到，确实对刘国保关心不够。嫂子，刘国保他现在可能会去哪里？"

女人不说话，一直摇头，哭得更伤心。郑响也没办法，遇上这样的事情只能耐心等。过了一会儿，杨芷说：“嫂子，我们过来是想找到刘国保，让他回来上学，他这样的年龄不把书读完就耽误了。我们在学校想了很多办法都无法跟他联系上，也问了所有认识他的同学、朋友，都没有他的消息。不知嫂子是不是知道他的消息？”

女人收住哭声，看着杨芷等人说：“感谢老师这样关心他，他确实没回来。一个星期前，他爸病倒了，在医院住院。家里的情况他知道。那天他就说不读书了，要出去打工挣钱，我劝不住，也不敢让他爸知道，怕他心急。既然他今天从学校跑了，那就随他的意思吧。老师，你们费心了，我很感谢。”

刘国保的父亲是他们一家的顶梁柱，如今他病倒了，生活压力增添得不是一点儿。刘国保不能安心读书，也可以理解。

杨芷和郑响商议决定先回学校，汇报了情况后再看下一步是不是要将刘国保找到。从目前的情况来看，要找到刘国保还真没有什么线索。要想找到他，唯有看刘国保是不是跟家里联系或跟同学们联系。

杨芷说：“嫂子，刘国保也不是莽撞的孩子，他能够为家里着想说明他长大了、有担当了。这也不是坏事，你也不用太担心他。我想，过几天，他在外面找到事情做，安定下来了，肯定会跟你联系的。”

女人点点头，没说话，只是哭。想来也是，儿子出走，即使是出去打工挣钱但不回来见一面，做父母的哪会不担心。

“嫂子，我们先回学校了，如果有刘国保的消息，还请告诉我们。他这样将学业丢下很可惜。到外面闯一闯，吃点苦，说不定对他也是一种促进，回来就能安心读书了。”

郑响也想说几句，但想到刘国保家这光景，之前的不少怨气都散去了，这时想说话却不知从何说起。

本来他们还想问问刘国保父亲的病情，但想想，也实在不好多问。

七

他们到学校正赶上学生晚自修下课。杨芷、郑响到男生宿舍去找那些答应跟刘国保留言联系的男生，但得到的回复却都是没有回信。

看到郑响受到的打击不小，杨芷说：“郑老师，不会出事的。刘国保这次出走肯定是想外出打工挣钱，不比那些因为做错事或跟家里有冲突出走的学生。再说，他今天才出去，也不可能就跟同学联系的。”

想来也是，假如刘国保真是要出去谋事挣钱，那现在有可能还在路上。双阳市虽有务工的厂子，但他这样出走，不想让家里或学校找到，自然不会留在市里。

他们查过就寝情况，就匆匆到学校行政办集中，将这一天的工作跟学校分管领导汇报，等学校的进一步意见。学校肯定会继续找刘国保，直到确定他到底怎么回事，跟他家长有了沟通之后，学校这边才算完事。杨芷和郑响都明白这一点，如今对学生的管理不容易啊。家里娇惯是一方面，家长在对子女的教育中所灌输的价值观是另一方面，学生们在学习过程中跟社会有一定的联系，而同学彼此之间也有一定的沟通等，多方面决定了学生的思想意识是跟社会发展的种种相吻合的、变化的。社会负面因素对他们的影响会更大，也更容易让他们接受。冲动、逆反、个人为中心、爱虚荣、当明星粉丝、崇尚暴力等反面事例在不同的学生性格和行为里都有表现。

平时，杨芷觉得自己应该关心每一个学生的成长，尽最大努力去实践自己的想法。即使学生经受磨炼、经受锤打，也应鼓励他们自立、自强，进而建立自己一套对社会、对周围的人群、对家庭、对自己有益的价值观，形成阳光性格。与学生接触中，杨芷大多是将学生身上的闪光点说出来，让他们感觉到自己的优点被人看到，会在性格里添加这一面的能量。

《弟子规》里有几句：道人善，即是善，人知之，愈思勉。让一个人在心中对优点有了追求和培养，优点积累起来，肯定会让“善”的一面发扬放大。

肖副校长、政教主任、高二年级组长、赵和尚等人都在行政办，杨芷和郑响走进行政办，感觉里面的气氛很压抑。郑响心里的委屈真不小，遇上这样的事，其实也不能这样定论说是班主任工作失误。偶然性的因素将平时所做的工作都否定了，郑响心里自然不好受。另外，今后学校每一次在强调学生管理工作时，都会用刘国保的出走来举例，即使不点郑响的名，同事哪会不知。杨芷感觉到郑响似乎要哭出来了，当下说：“肖校长，我将今天的情况向学校报告一下吧，有不完善的地方，请郑响老师和小赵补充。”

杨芷平时爱听、爱推广传统文化，他将这些东西奉成经典，并用自己的行为影响学生。肖副校长等学校领导对这一套是抵触的，但杨芷在工作中对学生的关心，在男生宿舍管理上的细致、到位，又让领导们对他很尊重。

肖副校长点点头。双阳市一中是全市最好的中学，也是集聚地区优生的摇篮。管理上的每一点疏漏都可能影响到一中的名声，影响到一中对优生的吸引力，进而影响到一中这种处于超然地位的发展。

学生出走对其他学校来说可能不算大事，但在一中就是大事，特别是住宿生的管理方面。学生能够私自出校园，本身就说明了管理上有不小的漏洞。得知高二学生刘国保出走后，学校行政领导当即讨论，杨芷、郑响和赵和尚三个人一天下来在行动上是积极主动的，即使没有什么进展、没能联系上学生，但做了工作还是要总结的。

“肖校长，上午郑响老师在班级查上课纪律时，发现刘国保不在教室，当即到男生宿舍查看，随后在班级查问了情况。之后跟我联系，问刘国保近来的表现。确知刘国保离校出走后，我们立即跟政教处报告，分头到汽车站、火车站拦堵，没有进展。下午我们到刘国保家里没有遇上监护人，晚饭后再去找，遇到刘国保的母亲。刘国保家里遇到生活上的困难，他父亲几天前进了医院，因为家里条件差，刘国保不能安心学习。几天前他在家就提出要外出打工挣钱，他母亲不同意。家里需要钱，母亲又不同意他外出打工，这可能是刘国保突然出走的原因。郑响老师已经跟十几个平时与刘国保有往来的学生谈过话，在了解刘国保情况的同时，也请这些学生尽量跟刘国保联系，一旦有回信，就可确知他人在哪里。”

郑响听得出杨芷是在尽可能地帮自己说话，他将所做的补救工作说出来，郑响在学校领导那里的印象就会稍有改变。但自己工作上也确实有疏漏之处，她便说：“肖校长，我班学生刘国保出走一事目前还没有明显的进展，我会继续做工作，尽最大努力找到他，劝他回学校读书。刘国保的出走给学校工作带来被动，也是我平时工作有不足的地方，我接受学校的批评与处罚，在这里，也要感谢杨老师、赵老师这么辛苦……”

“处罚先不要考虑，先要做好班级其他学生的稳定工作，将刘国保的影响消除。”肖副校长说。

“我明白的。”郑响说。

“肖校长，刘国保跟家里不联系，目前跟学生也不联系，要找他暂时没有其他线索。接下来该怎么做？”杨芷说。

找人肯定要找，但怎么找却是要学校决定的。不论是郑响、政教处的人，还是他杨芷本人，在学校都是有本职岗位的，不可能离开岗位，空出岗位再出事更加不得了。

“学校也商量过，赵和尚会配合你们一起做这一工作。你们每次离校之前，先跟政教处打招呼，郑老师如果影响课堂上课，要先跟教务科打招呼，让他们安排好，不能影响正常教学秩序的运转，我们要将学生出走事件的影响控制在最小范围。”

杨芷等人默记下来。

“目前，刘国保家长并没有到学校来找麻烦，算是我们幸运，但并不能让我们有任何掉以轻心的侥幸。没找到刘国保之前，还得继续努力，多找途径。像刘国保这样的年龄、性格，在冲动的情况下跑出去后，过几天会发现外面的世界并不像他之前想象的那样，到时候会想到家里、朋友和老师，很有可能会主动跟这边联系。至于他会用什么途径联系，我们是无法确定的，只有多做一些工作。还有一点，就是我们一起祝福刘国保出走过程中能顺利一些，别出任何意外。”肖副校长发表了意见，这也代表了学校对这件事的处理意见。

八

杨芷回到家里已快半夜，忙了一天，他感觉很累。不过，他平时经常锻炼，体能上还承受得住。杨芷先到房间看岳父，见他还没有睡下，开着电视，只是将电视的声音调小了，便知道岳父其实是见他还没回来，在等着。他走到床边，摸了下老人的尿不湿。老人半边瘫痪，虽能够说话，但很吃力，他们更多是用目光交流。

杨芷将电扇定了时，叮嘱一句，才走出来。

杨芷冲洗了身子，精神反而高一些，错过平时的睡觉点，脑子反而变得兴奋，要平复一阵才能安静睡觉。爱人见他回来，看着他无声发问。

“一个学生出走了，因为家里父亲住院，想为家里分担压力。”

“学生家长没有闹吧？”

“没有。不过，目前只有他母亲知道，他父亲还在医院住院，不知道是不是知情。看他母亲的意思是先瞒着，免得他父亲担心，不能安心养病。”

“家里不闹算是幸运的，前两天听说三中一个女生跟家里吵架，到学校上课玩手机，被班主任说了几句，受不了跑了。家长一连几天都在学校闹，还揪住班主任厮打，提出一百万元的赔偿金。你看这事闹的，如今当老师也称得上高危职业了。”

“《青少年保护法》出台本来是一件好事，但被一些人错误解读了。”

“哪里是解读错误，分明是钻空子，谋求眼前利益。”

“现在都是利益当头，也不想想这样闹对子女成长有什么好处？即使学校赔偿一点钱，能够让一家人生活改变？子女今后也是这样的心思，后辈再难有有出息的了。”

“如今，有几个人还会考虑子女长大后的发展，都是看眼前的。”

两人议论了一阵，就睡下了。

即使再担忧社会的功利性对后代教育带来的灾难性变化，杨芷也无能为力，他平时领悟、宣讲传统文化，就是想让人们多接受一些古代传下来的精华，进而改变一些人的思想，尽力做好老师的本分。

九

接下来的几天，杨芷见到那些跟刘国保有往来的学生，都会问一句有没有刘国保的消息。弄得一些学生一见到他，总是先说没有联系到刘国保，这让杨芷觉得有些不好意思。但事情还得做下去。这几天，郑响将刘国保平时的事情了解得更细，甚至将他出走前身上有多少钱都了解到了。刘国保临走前跟两个同学借了钱，加上他自己身上存留的钱，总计有一百二十多元。按这样算，除去车费，到现在已经没有多余的钱了，如果没有找到事情做，就这样在外面流浪确实非常危险。

杨芷在市公安局有学生，他让学生跟省城、周边县市的警方联系，告知这件事情。假如刘国保在外流浪被警方见到，他们也能早点找到他，他也会少受一些罪。

每天在学生晚自修后，杨芷、郑响和赵和尚三人都会到刘国保家转一转，见一见刘国保的母亲，想从她那里获知刘国保的消息。对老师这样每天都来走一趟，他母亲也很感激，儿子去向不明，担心的并不是自己一个人，这多少让她觉得更有希望早点找到儿子。

寻找刘国保确实成为杨芷、郑响和赵和尚的负担，他们每天完成自己本职工作之余，还要查知刘国保有没有消息，也要到他家里走一趟。虽说有摩托车便利许多，但也需要花费时间。

这些无疑给杨芷家里增加了许多压力，家里很多事情本来该杨芷挤出时间来完成，如今，却要让爱人从学校回来照看。

杨芷觉得有必要找一个保姆看管家里，虽然找刘国保的事情不会拖太久，但家里真的不能空缺人，岳父目前的状况虽说稳定，但八十多岁的老人，能有多强的抵抗力？有一个人整天在家里，也会让人心里踏实些。他跟爱人说这事，爱人也是支持的，请一个人在家里开销会增大，但能够缓解杨芷身上的一些压力。买菜、做饭、给老爸换洗等具体的杂事交给保姆来做，对他的身体也有好处。

杨芷便跑了一趟市里劳务中心，将自家的情况、对保姆的简单要求都填写清楚。劳务中心的人也说，这种照顾老人的工作很少有人肯做，要杨芷耐心等待。杨芷之前请过保姆，知道这些情况。这种事也讲求机缘，不一定能够请到合适的人。在时间安排得当、不影响工作的前提下，学校领导也体谅老师们的一些特殊情况，不会要求其按部就班地上班。杨芷并不厌烦做家务，做家务也是一种修养身心的方式，只是，家里总会有一些时间没有人在家，老人万一有什么需要、有什么变故，身边没有人就有可能酿成无法挽回的严重后果。这种可能性是比较大的。

十

到刘国保出走的第九天，终于有学生收到他的留言。

学生出走，一般在三五天就会回来。刘国保这次却打破一般情况，这也说明他确实铁了心要打工挣钱。杨芷在家里接到电话时，正在吃晚饭，他忙将饭塞进嘴里就往外走。到学校时，他在门口见到郑响和那个学生，才知道情况并不太好。学生说刘国保在QQ上给他留言，很简单，只有几句话：一是他现在找到事情做了，跟一个表哥在一起，具体位置没有说；二是要留下的学生安心读书，真的到外面找事情做，是很艰难的；三是要那同学帮忙保密，他心里觉得对不起老师，也不敢见老师。

虽然情况并不好，但刘国保的留言至少让郑响等人放下心来，确认刘国保在外面是安全的，他找到了事情做，还跟他表哥在一起。至于在哪里、做什么就都不知道了。问完学生，杨芷让学生先去上课，说："虽然不知道刘国保在哪里，但我们先跟学校和他家里通报这些情况吧，再者，也可以找一找他表哥，或许可以从他表哥那里找到具体位置。"

"如今得知刘国保确实在外面打工，是不是该跟学校说明，让刘国保家里自己去找他？"赵和尚说，"学校政教处面对的学生更多，一个学期下来要处理的事情很多，对刘国保这样的事情自然要适可而止。"

郑响也不知该怎么做才好，她看着杨芷，想知道他有什么好的想法。

杨芷说："我们先看学校的意见吧。"

杨芷当即将得到的情况跟肖副校长汇报，虽然得知刘国保的一些消息，但并没有见到刘国保本人，从学校的角度来说并没有完全履行责任。

肖副校长说："基于目前的情况，还是要继续跟进。"

杨芷等人再次来到刘国保家里，告诉刘国保母亲，刘国保跟他表哥在一起，他母亲也弄不明白刘国保是跟谁在一起，更不知道在哪里。

刘国保父亲在医院没有什么进展，目前家里很艰难。刘国保母亲哪有什么主见与定性，听完之后她便哭起来，郑晌见了也忍不住陪着流泪。杨芷知道这样肯定不行，问题明摆着要解决，关键还是要知道刘国保的具体地点，最好能够见到他本人，至于回不回学校读书那都是之后的事。

"嫂子，家里遇上困难都是暂时的，过去了就会好起来，多朝前看。"杨芷说，"刘国保的表哥有几个？有哪几个在外面打工？"

刘国保母亲收住泪，想了想，说："我也不知道他表哥是不是出去打工了，可是他的亲表哥不多，三个。"表亲之间确实不熟悉情况，如今年轻人在外打工也没有定性。

"既然只有三个人，他们家里也会知道他们在哪里，会有电话联系吧？"杨芷问。目前要找到刘国保只有这个办法。

"我只知道他们几个这些年都在外面，但跟家里是不是有联系并不知，他们家都不在这边。"

刘国保家来到双阳市本来就是来务工的，表亲之间平时也不在一起。刘国保母亲说："这样吧，我到医院问问他爸，看能不能联系上。”

刘国保出走的事件总算有些眉目，这样的进展对郑响这个班主任和学校都能够减轻不少压力，但想找到刘国保本人要费的工夫显然更大，不能仅仅依靠他们三人。

他们回到学校，要学生继续跟刘国保保持联系，争取确定他具体的地点，再就是看能不能与刘国保表哥联系上。

十一

第二天晚自修后，杨芷三人再次来到刘国保家，等他母亲那边的消息。刘国保母亲见老师到来，这次没有先哭，而是直接说：“老师，孩子他爸给了我三个人的电话号码，我还没有给他们打电话。这号码要怎么打我也不是很懂。我不敢跟孩子他爸说孩子出走的事，只好麻烦你们再走一趟了。”

杨芷说：“嫂子，你把电话号码给我，我到学校去打，问出刘国保在哪里，我们会跟你说的。”

手机、电话在当时虽然已经很普及，但一些妇女平时接触不到这些，她们只要将家里的事务、务工做好，其他的事都由男人去操心。

刘国保母亲摸出一张字条，杨芷看了看上面写得歪扭、比较大的三组数字。每一组数字后写了一个姓，他顺便问了号码主人的名字。问清名字再打电话，对方才会相信。如今，骗子遍地是，很多人对陌生人打来的电话已经有排斥心理，不肯随意接听。

问清楚情况，三人回到学校。时间还早，三人便来到办公室用座机分别给刘国保的三个表哥打电话。郑响打的那个号码是空号，核对拨打三次都是一样的提示音，这让她多了一分担心。如果另外两个号码都打不通，找刘国保的事就会挂在半空不上不下的，甚至无法完成，她今后也会在这种担心和压力下工作与生活。

她走出办公室去看赵和尚和杨芷，两人分别在不同的办公室打电话。见赵和尚还在说，郑响不敢打搅，便站在旁边听。赵和尚先跟对方解释打电话的原因，才问是不是刘国保跟在身边，学校和班主任只是要确知刘国保的具体去向，而刘国保母亲也很担心刘国保在外面的情况。但对方的回答让赵和尚很失望。站在旁边听的郑响也听出了赵和尚语气里的失望，但不知对方怎么说。赵和尚最后拜托对方帮忙打听刘国保的去向，如果能够联系上，请他打电话告知。

等赵和尚将电话挂了，郑响才问："赵老师，对方怎么说？"

"刘国保这个表哥今年并没出去打工，就在家里，也没有跟其他亲戚联系，但他答应帮忙联系，尽快找到刘国保的去向。郑老师，你也不用急，刘国保到外面找到工作后，会进一步联系的。"

两人走进杨芷所在的办公室，见杨芷还在讲电话。听他的语气也是没有遇上，郑响便焦躁起来，只是不好打搅杨芷，见杨芷说话行头还足，东拉西扯的，又觉得这样做没有什么必要，只有联系上刘国保，三言两语结束，才好商量接下来怎么办。只是，在刘国保出走的事情上，杨芷和赵和尚都是在协助她，其实也是在帮她，主要任务还是她的，责任也是她的。想到这里，她忍不住要哭了。

虽说刘国保母亲没有丝毫要责难她和学校的意思，但她还没见刘国保父亲，郑响本来想早点跟刘国保父亲说这事，可刘国保母亲的意思是担心病者着急而引发新的病情。事实上确实如此，如今存在很大的风险和压力，万一刘国保在外面出事，刘国保父母追究学校和她班主任的责任，他们在工作上算不算出现失误或者给刘国保家抓到把柄？种种可能性并不是没有，这也是在寻找刘国保过程中让郑响压力一直无法减轻的根本原因。

对于刘国保的出走，郑响的心里杂感交错，一是同情刘国保家的变故，在这样的变故下，刘国保能够为家里有所担当，证明他是一个不错的孩子，让她这个班主任感到欣慰。二是又有些恨，刘国保这种出走的方式给学校和她带来多少压力，这么些天来一直无法了结，也不知要拖到多久，他们家会不会到学校来闹也是未知之数。自己在学校里的损失也很多，作为一个班主任，这种工作能力之外的变故，又让她怎么接受？

真想痛痛快快地哭一场。

郑响却不能哭，哭出来虽然心里痛快了，但在学校会给人传成笑话的，会有人当面来安慰，也会有人在背后当笑料讲。学生得知了也会将她看轻，今后她在班级威信会下降，班级会更难管理。

杨芷终于挂了电话，看着郑响说："郑老师，应该没事了，基本可以确定刘国保就在省城，再等一天就能够得知刘国保的具体情况了。刚才打电话的人知道刘国保出去打工的事情，前天还跟刘国保身边的表哥联系过。今晚或明天确定后会给这边打电话，你安心回家休息吧。这几天你压力最大，辛苦了呢。"

郑响没想到会是这样的消息，虽说没有联系上刘国保，但有了明确的消息。只要对方来电话，就可以跟刘国保家长说清楚。至少，可消除他们家到学校来闹的压力了。至于自己在学校这方面，班主任管理与评定上，怎么处理都认了，谁让自己遇上这种事呢？

“谢谢，杨老师。”郑响说完，眼泪有些控制不住，好在晚上自己背着灯光站，杨芷和赵和尚不一定看得见自己眼眶里的泪。

他们跟肖副校长汇报后，杨芷到男生宿舍转一圈，检查了就寝纪律，才回家。

十二

第二天中午，杨芷接到刘国保表哥的电话，随后，跟刘国保一起在省城的那个表哥也打来电话，确知了刘国保在省城跟他一起打工。只是，这时候刘国保在上班，他不敢给老师打电话，也不敢给家里打电话。

确知这一点，杨芷先到学校汇报情况，连具体的工厂名字和地址都已经得到，刘国保的去处总算是找到了。至少，学校这边的工作已经做到位，刘家那边再要找学校麻烦的可能性就很小了。肖副校长同意郑响正式跟刘国保家说清楚后，就将寻找刘国保的工作结束。

再一次到刘国保家，郑响有些紧张，虽然知道刘国保在哪里，但他父母会有什么反应？家里遇上变故，也是家里最脆弱的时候，刘国保这样做的出发点是好的，但没有想到家里会有怎样的担心。如今，也无法对他再做什么开导、教育，如果刘国保父母不能接受，又该怎么办？

刘国保母亲得知儿子在省城，对杨芷、郑响说了感谢的话后，就一直在哭。作为柔弱的女人，面对家里的变故与负担，她确实没有更多的办法来解决。医院那边每天离不开她，负担又重，家里这边还有老人，儿子目前有消息可以让她放心些，但她又不得不为儿子的前途而担心。

除了哭，她还能怎么做?

杨芷见她哭得伤心，不忍就这样离开，说："嫂子，省城并不远，来回两天就够了。刘国保同他表哥在一起，也有照应，不用担心的。我想，即使跟他爸说清楚，老哥也不会生气。"

"他爸就想他安心读书……"

"刘国保现在还有没有心思读书很难说，如果他有心读书，和班主任、学校这边好好说说，也不会不管他的。"杨芷说完看郑响，如果刘国保回来，班里还会不会接纳？郑响在情绪上确实不想再要刘国保回班级，只是，他母亲这样子她也不忍心说出绝情的话。她犹豫着，不知要怎么表达。

刘国保母亲知道郑响是班主任，家长对班主任的信任度是最大的，当即看着郑响，说："郑老师，孩子不争气，给你惹出这么大的麻烦，对不起啊，都是我们没教育好他。假如、假如孩子还想读书，请老师……老师原谅他这一回吧。"说完，女人走到郑响面前就要跪下去。

郑响马上反应过来，没等刘国保母亲下跪便将她抱住不放，说："嫂子，你放心吧。只要刘国保肯回来读书，我陪他到学校去检讨。"

刘国保母亲边哭着感谢了郑响和杨芷、赵和尚一番，又感谢了学校，至于刘国保怎么样，都随他了。

杨芷说：“嫂子，刘国保在省城，你这里走不开，周末我跑一趟省城看能不能找到他。当面跟他说说，你有什么话要跟刘国保交代的，都和我说说吧。”

往省城走一趟不仅要时间，往返路费也是一笔不小的开支，对工资固定的教师来说负担并不算小。杨芷不多解释，刘国保母亲也不多说，只是让杨芷帮忙将刘国保父亲的期望转达给刘国保，而并不强迫他回来。

十三

学校的工作并不会因为刘国保的出走而有变化。

郑响知道杨芷要去省城找刘国保，她心里虽也有一起去的念头，但真的要走其实非常困难。即使是周末，学校也有优生科目竞赛培训，班主任是不可能离开学校的。不知要跟杨芷说什么好，因此，郑响心里有愧，反而有些怕见到杨芷。

周五的时候，杨芷找到郑响，问她有什么话要带去，刘国保回不回来不好说，得做好两种准备。郑响说：“我是欢迎他回来，同学们也欢迎他回来。他给班上的同学也留言了，说在外面做事很苦很累，劝同学们有机会读书一定要拼死读书，如果他回来，肯定会用心读的。”

“好，我把这话带给他。”

即使有地址，在省城那边要找到刘国保务工的厂也不容易。杨芷找了两个多小时，还是没有找到，明知这个厂就在这一片儿，就是不见厂在哪里。他问这里的住户，他们也说不知道。杨芷给刘国保表哥打电话，对方却关机了。

知道刘国保所在的厂就在附近，杨芷也有耐心，边走边打听。终于遇上一个知道情况的，给他指了方位。地方没错，但还要往前走几里路。等杨芷走到那边，果然见到字条上所写的那家厂。简单的一个牌子，大门不算太破，但肯定是一家不正规的厂子。刘国保竟然在这儿工作，这样的条件对他来说能坚持多久?

厂名叫长青资源再生公司，初看以为是生物研究方面的。登记身份情况后，杨芷走进厂区才看到，厂子里随处堆放着锈迹斑斑的废旧钢铁，空气里有一股很刺鼻的味道。这种作坊式的小厂自然不会考虑环保，从眼前看，这里就是一家废旧钢铁回收回炼、加工的厂家。

刘国保在上班。杨芷说明了身份，厂方管理员没有拦阻他去找人。杨芷戴上安全帽，跟着厂方管理员往里走，一直走进生产车间。管理员告诉杨芷，这些区域本来不能让外面的人进来的，只是他是刘国保的老师，才做特殊对待。

杨芷走进生产间就感觉到一股巨大的热气，即使对外的窗子都开着，有空气流通，他还是感觉到很强的窒息感，似乎空气里本身就缺少氧气。杨芷不能真正走近生产车间，只好隔着十多米简单的围栏往里看。围栏里是很宽的场地，对面有熔化大炉和相应的设施，一根接一根红通通的螺纹钢从设备里出来，刘国保等几个工人要将那些从红色变暗变黑的钢条拖到另一地存放。虽然他们手上戴着厚厚的保护手套，但那些才出炉的钢条依旧温度很高，不少人都是赤着身子，仅留一件四角裤衩遮羞。杨芷从这个角度看不清他们的脸，更分不清刘国保是哪一个。

厂里管理员走过去，将刘国保带了过来，其他人还在继续做工。刘国保没想到会见到杨芷，当下说不出话来，嘴角抽了抽，眼里的泪水便滚落下来。他的脸很黑，流下来的泪水当即冲出两条沟，隐约漫过脸上灼伤的痕迹。手套在他过来前就脱在那边，杨芷看着刘国保的手，也有不少烧伤的痕迹。

杨芷走到刘国保身边，拍拍他的肩，说："刘国保，见到你我就放心了。"

"老……老师……"

"没事。今天我过来就是想看看你，当然，来之前，你班主任郑响老师、你母亲也都让我带几句话给你。"杨芷故意淡淡地说。

刘国保不敢看杨芷，他低头看着脚下满是尘埃的地面。

杨芷将带来的话转述给刘国保，问："即使不想回学校读书了，也得给家里打电话，是不是？"

刘国保站在杨芷面前，浑身都在颤动，那是在哭。

杨芷将他拉近自己，看着他的眼睛："因为，你永远都是老师的学生，是不是？"

桃李向阳生

李沐果：我是李子树上摘下来的“小李果”

楔子

窗外的风儿啊，请你悄悄地吹；树上的鸟儿啊，请你轻轻地唱。你看见了吗？院子里的李子树在风中静静地摇曳，那甜甜粉粉的李子冲着我微笑，一切都是那样亲切、温柔。

“李沐果，甜果…”童年时，小小的我亲自为李子编了首曲，奶奶伴着我日夜吟唱，轻柔的歌调蕴藏在心里，说不出的欢乐。

“李子李子！叫小伙伴们一起回来吃李子吧！”这个慈祥的声音来源于我亲爱的奶奶，你们可别以为是吃我呀！我的大名虽然叫“李沐果”，长辈们却叫我“李子”。我的家在西南山脚下一个叫“桃李村”的地方，既有桃子，又有李子。

我是村里小伙伴们的头儿，我家的后院有一棵漂亮茂盛的李子树，从我记事的时候开始，它就“屹立”在我的成长中，每到七八月结果的时候，大伙儿都喜欢来我家摘李子吃，大伙儿也经常围着它做游戏，小伙伴都喜欢跟我一起玩。

一天，我和隔壁的王二蛋在家门口堆沙子，王大婶抱着木桶和搓衣板准备去河边洗衣服，在屋里就扯着嗓子喊：“二蛋！娘去洗衣服去了！你回来看家！”

二蛋跟我一样，是个爱玩的孩子。他大喊：“娘！俺跟你一起去呗！我还想跟李子比赛打水漂呢！上次爬树摘桃俺输给他，俺得争口气！”

王二婶没好气地瞅了瞅自己的儿子：“你这石头缝里蹦出来的娃儿，快回家煮饭去，娘走了。”她整了整自己的衣服匆匆迈着大步离去。

二蛋也失了兴致，耷拉着脑袋摇摇头，无奈地看着我，拍拍我的肩膀：“李子，俺回家了，俺娘要俺回家烧饭。”

“得了，去吧！”我微笑地看着他，深表同情。

二蛋突然像想起什么事情，回头问我：“李子，俺怎么从来都没看过你娘啊？俺娘说我是从石头缝里蹦出来的，你呢？”

我愣愣地站在门口，一时不知道怎么回答。

回到家，奶奶正坐在院子的阴凉处扇着蒲扇，我悻悻地跑过去看着奶奶，奶奶摸摸我的头甜甜地笑：“李子啊，奶奶的宝贝哟。”我依偎在奶奶的怀里闭着眼睛觉得很安稳、很踏实。

“奶奶，二蛋他娘说他是从石头缝里蹦出来的，我是打哪儿来的？”我睁大眼睛看着奶奶。

奶奶笑笑拉着我的手说：“李子啊，你知道你为什么叫‘李子’？因为哟，你是你爹从咱家这棵李子树上摘下来的。你娘啊，是天上的仙女，美丽善良！咱家的李子可是个聪明的娃儿！”

原来我是李子树上摘下来的呀！

我爹是村里的木匠，前两年进城去了，爹说他要赚很多钱把我和奶奶都接到城里去住。其实我觉得我们桃李村也很好，我没有去过城里，知道的那些城里的事儿也都是听说，都是我爹隔三岔五回来告诉我的，城里好像比我们村要大很多很多。

此后夜里，睡觉的时候，我就会和“妈妈”说话，爹说我要是想娘，就这么跟她说话，娘就能听得到的。我爹还给我做了个娃娃，他说和娘长得一样，我把“娘”放在我的床头，每夜抱着她睡觉，还经常给她讲故事。

一

已经七岁的李子到了该上学的年纪，李子爸爸也做好准备把李子接去城里，李子爸爸想给李子最好的教育。

李子是个有好奇心的孩子，对外面的一切事物充满了新鲜感。奶奶告诉李子：“李子呀，去了城里就得好好学习，咱村里呀，可少有去城里上学的娃儿哟！也给咱家争口气呀，奶奶知道李子是最聪明的！”

过了这个夏天，李沐果就要跟爸爸去城里了，王二蛋和村里的小伙伴们可舍不得李子了，虽然孩子们还是像以前一样玩耍嬉闹，可心里也有了份心照不宣的不舍。直到李子走的那一天……

奶奶提前两天就给李子准备好了行李，里面吃的、用的都准备得妥妥当当。爸爸还特意从青城赶回来接李子。临行前，奶奶一只手抹着眼泪，另一只手握着李子的手：“孙儿呀，你从小没离开过奶奶，出去上学要好好吃饭、好好睡觉，以后好好听爹的话，放假了就回来，奶奶在家等着你！”

小伙伴们也都来给李子送行，二蛋还把最心爱的酥麻糖送给了李子："李子，俺等你回来给俺说说城里的故事！"

李子强忍眼泪跟奶奶道别，他和爸爸一起拎着行李，大包小包地坐上了去城里的大巴。李子透过玻璃车窗看到后面小伙伴们追着车跑，奶奶站在原地不停向他挥手道别。在车上，李子在爸爸的怀里默默地抽泣，爸爸抱着李子，给李子拍拍背。他什么也没说，静静地看着自己的儿子，不知道如何安慰。

二

爸爸给李子报了青城最好的学校，虽然生活有些艰难，但是爸爸这几年努力工作也为李子上学打下了基础。爸爸在李子学校附近买了套六十多平方米的小房子，以便李子上学。为了迎接儿子的到来，憨厚的老爸还特意去文具店买了九九乘法表和汉语拼音图，贴在李子房间的墙壁上。李子爸爸是个憨厚老实的男人，也是个粗人。他不会讲大道理，也不太会表达自己的情感，但也是个很热心、很踏实的人。

李子开学报到的前两天，爸爸带李子去了城里的游乐园，李子开心得手舞足蹈。李子觉得自己从来没有这样快乐过，他像城里的孩子一样骑着旋转木马，吃了爆米花，见到了好多新鲜玩意。在爸爸的陪伴下，李子开始学着适应这个城市的新生活，开始欣赏和发掘身边的快乐。

美好的时光是短暂的，李子无比激动地迎来了开学报到的第一天……

三

上学第一天，李子背着爸爸买的新书包随着爸爸来到了青城市第一小学。随后，李子来到了新班级——一年二班。

老师让大家自我介绍相互了解。“大家好，我是你们的班主任。我叫柳洁。”老师在黑板上写下自己的名字，“大家以后就叫我柳老师！首先欢迎各位小朋友来到我们的新班级，老师是一个和蔼可亲的老师，所以私下也希望可以和大家成为朋友，但是在你们淘气的时候，老师也是很严厉的哦！希望在我的带领下，大家会有一个愉快、轻松的学习旅程！大家有什么困难，也要及时和老师交流。好了，接下来请在座的四十位小朋友都自我介绍一下，大家相互认识一下。”

从第一小组第一个开始，大家纷纷开始了自我介绍。李子坐在第三小组，他心里怦怦直跳，手心攥得直冒汗，害怕自己说得不好，被大家笑话。

“大家好，我叫湛桐桐，今年六岁半了，我会弹钢琴、唱歌，还会下象棋。希望可以和大家成为好朋友！”桐桐的落落大方让大家都对她颇有好感，连老师也满意地冲她微笑点头。其实，这是昨天妈妈就教给桐桐的，让桐桐背了好一会儿呢。桐桐看着大家都对她投来赞赏的目光，心里可开心了！

“嗯，你们好……我是胡大东！我……我是‘威武大将军’！我会、会保护你们的！”胖乎乎的胡大东紧张得结巴起来，本来就肉嘟嘟的脸变得红扑扑的，大家都看着他笑嘻嘻的！

“哈哈，‘威武大将军’！怎么连话都说得那么含糊呢！”周围的小朋友起哄了。

胡大东不好意思地挠挠头，坐了下来，像首长一样向大家挥一挥衣袖。

三个、两个、一个，李子一个个倒数，仔细观察着其他同学发言，终于轮到自己了……

“大家好，我是李沐果，从前我的小伙伴们都叫我‘李子’，我来自桃李村！”大家一听，觉得他的名字真有意思。

老师疑惑地问：“李沐果，你为什么叫‘李子’呢？”

李子拍着胸脯自信地告诉大家：“因为我是从李子树上摘下来的！所以我叫‘李子’！”

听完，大家都笑得前俯后仰，有的觉得新奇，也有的表示怀疑。

李子见状有些着急了：“真的！我就是我爹从李子树上摘下来的！”李子急切地解释，他不理解大家为什么都不相信他，只好尴尬地笑笑。老师帮忙解围说：“李子的名字很好听呢！好了，大家不要议论了，下一位同学！”

自我介绍后，老师从矮到高重新排了座位。李子的新同桌是湛桐桐。桐桐有些男孩子个性，自来熟，所以很快和李子熟络起来。李子前面是一个说话声音很甜、看上去很娇小的女孩子“甜甜”陆小米，后面是小胖墩“威武大将军”胡大东。上学第一天，大家都很欢乐、很和谐地打成一片。

放学之后，爸爸来接李子：“李子，第一天上学，老师都让你干了些什么？开心吗？”

李子很开心地告诉爸爸：“今天老师让我们自我介绍，我还有了新同桌呢！”

爸爸见孩子开心的模样心里也踏实了。其实李子还想问爸爸为什么大家会笑他的名字，但是看着爸爸那么高兴，他很快就把这件事情忘到九霄云外了！

四

日子这样不紧不慢地过了半个月，爸爸朝九晚五地工作，李子认真快乐地上学。李子的适应能力很好，很快就适应了城里的节奏，团结同学，积极向上。偶尔小胖墩胡大东也会跟他开开玩笑。

一天午后，大家在操场上玩老鹰抓小鸡的游戏，小胖墩胡大东蹲在一旁大口地吃着一袋李子。

陆小米看大东吃得那么香甜，抿了抿口水："胡大东，你吃什么呢？"

"我爷爷给我准备的李子！"狼吞虎咽的小胖子自豪地回答。

"李子？李子在玩老鹰捉小鸡呢！"桐桐不知道从哪儿钻出来的。

"我说的是李子！不是李子！""威武大将军"帅帅地摆起了pose。

李子从一旁走过来："你们是在叫我吗？"

陆小米和桐桐不约而同地点头。陆小米和桐桐跟李子的关系都不错，李子一来她们便不理小胖墩了。

胡大东为了寻找存在感，插着口袋学周杰伦耍帅，哼哼唧唧地在两个小女生面前晃来晃去。

陆小米小声地说："胡大东，你别晃了！你晃得好难看啊……"

桐桐和李子在一旁听了捂着嘴巴偷笑。胡大东气极了，大喊道："你们干吗老跟这个'水蜜桃'一起玩？都不搭理我！他还撒谎说他自己是从李子树上摘下来的呢！"

一旁的李子赶紧解释："我没有撒谎！我就是从李子树上摘下来的！"激烈的争论引来了其他人的注意。虽然大家都相信李子是个好孩子，但是大家都不相信他是从树上摘下来的。很多小朋友都说："我们都是从妈妈肚子里出来的！"胡大东见到自己胜利了，翘着嘴巴吹着口哨回教室了。李子见自己不被大家理解，还被说撒谎，十分难过，一个人坐在操场上发呆，也不和人说话。

接下来的一个星期，大家也都觉得李子不如从前活泼、爱说话了。老师见李子心事重重的样子，便把李子叫到办公室和李子谈心。

"李子，是不是有心事？和老师分享一下，说不定老师可以给你出主意呀！"

李子耷拉着脑袋，心情沉闷地告诉老师："老师，大家都说我撒谎！他们说我不是从李子树上摘下来的！"

老师摸摸李子的头，温柔地笑了笑："那李子有没有撒谎呢？"

李子猛地摇摇头，坚定地告诉老师："老师我没有撒谎！奶奶就是这样告诉我的！"

老师稍微沉默，然后很有爱心地拉着李子的手说："李子，老师相信你。你不要担心同学们说的话，那是因为他们不是从李子树上摘下来的呀！"

李子听到老师的肯定，心情舒畅了许多。老师为了安慰李子，说了许多鼓励李子的话。经过老师的开导，李子好比吃了仙草灵药，慢慢恢复了往常的活力。

李子也开始相信自己有和其他同学不同的地方，他不再把这件事情当作一件不一样的事情，反而乐观起来。可是他也想有一个妈妈，像大家一样，有妈妈……

五

这天下午放学，爸爸给李子做饭的时候，就发现李子好像有什么话要跟他说，但又欲言又止。吃饭的时候，李子吞吞吐吐地跟爸爸说："爸爸，我的妈妈在哪里啊？"

爸爸一蒙，语重心长地告诉他："妈妈在天上看着你呢，妈妈是仙女。"

李子难过地抽泣起来："爸爸，我想要一个妈妈……同学们都有妈妈！"爸爸看着自己的孩子如此伤心，心里说不出的心疼，但是又不知道怎样告诉孩子真相。

李子的妈妈是生李子的时候难产去世的，李子妈妈临终前嘱咐李子爸爸一定要将李子培养成材，成为一个优秀的人。李子爸爸想起李子妈妈的托付，便说："李子，要爸爸给你找个妈妈也可以，但是你要答应爸爸一个小小的要求。"

爸爸话音刚落，李子便站起来直点头，真切地告诉爸爸："爸爸，只要能找到妈妈，我什么都答应。"

爸爸说："从今天起，你要努力做一个优秀的人。"

李子拍着胸脯保证："我一定努力做一个优秀的人！爸爸你放心！我一定要找到妈妈！"

爸爸微笑着点点头。

夜里，等李子睡熟了，爸爸便来到阳台上抽烟，他为孩子白天跟自己说的事情发愁。其实爸爸也不是没有想过给孩子找个妈妈，毕竟孩子的成长也需要母亲的关爱。可是这年头，对象哪有那么好找，城里人怎么会看上自己这个农村来的小伙子呢……

夜深了，喧嚣早已散去，慢慢沉寂，渐渐安宁，李子爸爸也回到房间静静地睡去。

湛桐桐：我要当“女侠”，我不是“小公主”

楔子

我叫湛桐桐，今年六岁半，妈妈总说我是在象牙塔中长大的小公主，可是我的愿望是成为“中原第一女侠”！我的爸爸是一个行侠仗义、拯救苍生的大律师！很帅吧！

大家都说我的爸爸是“海龟”，可海龟不是生活在大海里的吗？爸爸是海龟，我就是小海龟！

我的妈妈是一个很漂亮的妈咪，是钢琴老师。妈咪很爱我，给我买了好多漂亮的花裙子和蝴蝶结。可是妈咪总是让我学我不喜欢的东西，也不让我吃零食。妈咪说：“桐桐要成为一个淑女，要像妈咪一样。”可是妈咪每次批评我的时候，我一点儿也没觉得妈咪是淑女。

我很小的时候就开始学钢琴了，妈咪还给我找了歌唱老师，到现在为止我已经报过六个特长班了，妈妈说小孩子就应该多学习，要培养我的小名媛气质。可我根本就不知道“名媛”是什么意思。妈咪说小名媛就是很漂亮的小女孩。

上幼儿园的时候，老师就叫我“全能小公主”，但我还是很想当“女侠”，可是妈咪总是教育我女孩子不能舞刀弄枪，要学会琴棋书画。我的偶像是舅舅，他就是老师经常教导我们要尊敬的“警察叔叔”。舅舅武艺高强，是一个大侠。舅舅经常跟我说他抓小偷的故事，舅舅说警察身上有一种神奇的力量可以保护我们。

我的愿望就是当“女侠”，可以跟舅舅学武术，行侠仗义！我也要路见不平拔刀相助！

一

从那天过后，李子便开始越发努力学习，也表现得越来越优秀，已经被老师选为少先队员，还是副班长。他不仅为老师分担工作，私下里也常常为同学排忧解难。

一天课间，坐在李子前面的陆小米拿着一支漂亮的棒棒糖在那儿晃悠。陆小米是班里年纪最小的孩子，长得娇小玲珑，声音很清甜，所以大家都叫她“甜甜”。

淘气包胡大东最喜欢欺负小女生了，他跑到陆小米面前抢走了棒棒糖，还冲她做鬼脸：“来抓我呀！来抓我呀！”

陆小米急得嚎啕大哭，这可是妈妈上次回家给她带的礼物，陆小米像收宝贝一样收着舍不得吃，想妈妈了才拿出来看看。这下被胡大东这个“坏蛋”抢走了，陆小米可伤心了。

陆小米从书包里拿出妈妈给自己买的小手机，紧紧地攥着。妈妈告诉过她，如果遇到坏人了就要打电话给警察叔叔，要学会保护自己。陆小米害怕大东再欺负自己，于是她跑出教室，用手机求救。陆小米的手机里有妈妈给她存的“警察叔叔”的电话号码。陆小米按下了拨号键，手机屏上显示出三个数字——110。

“您好，请问是警察叔叔吗？”陆小米小心翼翼地问。

听到是一个小朋友的声音，电话那头的警察听蒙了：“你好，小朋友，我是警察叔叔，你找叔叔有什么事情啊？”

陆小米带着哭腔说：“叔叔，我被坏人欺负了！他抢走了我的东西！”

警察一听，忙道：“小朋友，你是哪个学校的，叫什么名字？叔叔马上就过来，你别怕！”

“我是青城第一小学一年级二班的同学，我叫陆小米！”

“好的，叔叔马上过来。你别着急！”

陆小米踏实地挂了电话，这下棒棒糖肯定可以要回来了。上课铃声响了，陆小米回到教室，看到胡大东还挥舞着棒棒糖向自己示威。陆小米冲大东做了个鬼脸，心里想着，还是妈妈说得对。

二

临近中午放学的时候，桐桐居然看到自己的舅舅在教室外和老师说话，桐桐很得意、很小声地告诉同桌李子：“瞧！那是我舅舅！他来看我了！”李子微笑着点点头，好奇地探探脑袋。原来桐桐舅舅是警察叔叔呀！陆小米凑巧也看到了窗外的警察叔叔，心里可激动了，只有小胖墩胡大东还稀里糊涂不知道自己闯祸了。

“铃……铃……铃……”

随着下课铃响，桐桐和李子、陆小米正准备一起去食堂吃饭，可是警察叔叔走进来说：“同学们留一下！请问，你们谁是陆小米小朋友啊？”警察叔叔走上讲台和蔼可亲地问。

陆小米怯怯地举起手，声音弱弱地说：“我、我是……”

老师站在旁边一头雾水，不知道这群熊孩子又闯什么祸了。

警察叔叔走向陆小米冲她安心地一笑：“小朋友，你遇到坏人了吗？是什么事情呢？告诉叔叔，叔叔会帮助你的。”

桐桐见到舅舅，心里大喜，同时也不忘可怜陆小米：“甜甜，这是我舅舅！你有什么事说出来！我舅舅可厉害了，他还会功夫呢！”

坐在一旁一直没出声的李子还自己琢磨着呢，就听陆小米说：“我的棒棒糖被胡大东那个坏蛋抢走了！妈妈说如果遇到坏人就打电话给警察叔叔！”

老师在旁边听了又好气又好笑：“我的小祖宗哟！这真是一帮有意思的孩子……”

桐桐的舅舅听了之后，先是一愣，然后捧腹大笑，告诉陆小米：“小朋友呀，以后抢棒棒糖这种同学之间的事情，直接告诉老师就可以了，知道吗？老师就会帮助你的。但是遇到危险了知道给叔叔打电话，这是值得表扬的！陆小米真棒！”

坐在最后一排的胡大东吓破了胆，躲在桌子下面不敢出来。棒棒糖早就在上课的时候被他偷偷吃掉了，他心想，抢了陆小米的棒棒糖本来就不对了，还在上课的时候吃零食，老师知道了肯定要批评他了！这个“威武大将军”这一下可难看了。

桐桐在那儿看着好戏，也为陆小米抱不平：“胡大东真是太过分了！就知道欺负甜甜！”

警察叔叔虽然对小朋友们进行了爱的教育，但将老师叫到教室外面后还是很认真严肃地说：“你们要让孩子知道什么时候应该报警，不能动不动就打110。有安全意识是很好的，但是也要分清楚轻重缓急。作为老师，还是要让小朋友有正确的价值观和人身安全意识。”

老师一边向警察同志道歉，一边心里念叨：怎么现在小孩儿思维那么活跃。老师很无奈，孩子需要教育不能批评，只好自己挨批评了。

舅舅进来跟桐桐打了声招呼，转身准备要走，陆小米却大哭起来：“可是我的棒棒糖还没要回来呢！”

看到陆小米这么难过，李子冲上去抱着桐桐舅舅的大腿不让走，一直大喊：“叔叔，请您帮忙把陆小米的棒棒糖要回来！”

李子用了九牛二虎之力，警察叔叔害怕李子受伤只好答应说：“好好，小朋友，叔叔答应你，你先放开叔叔！”

李子听到警察叔叔这样说才肯放手，站在一旁大喘粗气。一个七岁多的小孩力气还真的不太大，李子尽力了！

老师把桌子底下的胡大东“拎”了起来，小胖墩这下可红了脸，结结巴巴地说：“对、对不起！可是我已经把棒棒糖吃掉了，要不……明天……我要我爸来赔给你？”

陆小米听完又哇哇大哭起来，警察叔叔见状只好说：“陆小米，叔叔带你去买棒棒糖，给你买两支漂亮的棒棒糖好不好？”

陆小米心里这才好受些，觉得两支换一支，嗯，好像不错。

孩子的世界就是很天真很美好呀。就这样，胡大东被领到老师办公室进行了批评教育，陆小米被警察叔叔带去小卖部买了两支棒棒糖，李子和桐桐放心地去食堂吃饭了，这场闹剧终于结束了……

三

李子今天回家，看到爸爸的同事来家里吃饭，居然还看见了桐桐的爸爸。因为和桐桐是同桌的关系，有时候桐桐爸妈来接桐桐，李子也会礼貌地打招呼。

李子爸爸告诉他，桐桐的爸爸是个大律师，还一个劲地夸桐桐爸爸是个大好人，帮助了自己，所以今天李子爸爸和同事请他来家里吃饭。

李子心里也开始佩服桐桐，原来桐桐一家都是正义的化身！难怪桐桐那么优秀呢！

李子吃了晚饭，很快就回到自己的房间去看书了。李子虽然是农村来的孩子，但是学习成绩很优异，李子有自己独特的学习方法——每天预习新的功课。李子的学习，爸爸是不操心的，李子爸爸是个粗人，没有太多的文化，但是他相信自己的儿子是非常努力的，是一个让人放心的好儿子。

李子看书累了，便把自己的“玩偶妈妈”拿出来，开始和“妈妈”说话：“妈妈，你知道吗？我现在学习进步很快，这次期中考试我还考了前三名呢！老师也表扬我了，大家都很喜欢我，我觉得我跟妈妈的距离越来越近了，我很快就能看见妈妈了。妈妈，我会努力的！”

恰巧，李子的这一番话被门口的爸爸偷听到了。他这段时间也没闲着，忙里忙外忙相亲。可是相亲对象不是嫌弃他年纪大，就是嫌弃他带了李子，总是没有合适的。李子爸爸很努力地给李子找妈妈，一边看到孩子的进步很宽慰，一边也发愁自己不能向李子交差。

李子家里风平浪静，同桌桐桐家里却开始了狂风骤雨。

桐桐的妈妈又给桐桐报补习班了，要桐桐去学茶道。桐桐妈妈那天在朋友家里看到朋友的闺女会茶道，觉得既可以培养情操，又可以锻炼心境，便自作主张给桐桐报了名。

可是，桐桐对这些文艺小清新的特长一点也不感兴趣，桐桐妈妈态度强硬，一定要让桐桐去学习，桐桐气得在房间里生闷气，晚饭也不愿意吃，正拿芭比娃娃出气呢！

四

第二天上学，李子就发现桐桐一直闷闷不乐的，她一个人趴在课桌上哭。李子不知道发生了什么事情，上课的时候又怕老师发现，只能默默地给桐桐递纸巾。

下课的时候李子憋不住了，主动问桐桐：“桐桐，你怎么了？告诉我嘛！我帮你！”

桐桐在大家眼里是个坚强的女孩，所以桐桐哭了大家都很好奇。陆小米和一些小女生都围着桐桐安慰她，连小胖墩胡大东都来哄桐桐开心。小胖墩为了哄桐桐高兴，还当众跳起了骑马舞，总算把桐桐给哄乐了。

桐桐一边笑一边哭：“我妈妈总是逼迫我去上补习班，我平时除了上课，还有上不完的补习班，可是我只喜欢武术！妈妈总是把我的课余时间全部塞满了！”

陆小米听了很心疼桐桐，陆小米的妈妈从来不会逼迫她去上补习班，平时放假的时候陆小米的奶奶就带着她去公园玩。可是陆小米不知道怎么安慰桐桐，只好帮桐桐拍拍背，又从自己的课桌里掏出了一支棒棒糖给桐桐，这可是上次桐桐的舅舅给陆小米买的两支棒棒糖中的一支哦！

李子半天没有说话，他在想着怎么帮助桐桐，就在中午快要放学的时候，李子给桐桐递了张字条，上面写着：桐桐，你别难过，我已经帮你想好办法对付你妈妈了。

桐桐冲李子笑了笑，李子在桐桐眼里是个脑子特好使的人，总是会想到好办法。所以她还真想听听李子有什么好办法，毕竟，多个人多个办法嘛！

五

放学了，李子鬼灵精怪地拉着桐桐到一边说话："桐桐，我爸告诉我你爸爸是律师，对不对？"

桐桐呆滞地点点头，问："怎么了？"

"我记得老师上课跟我们说过，我们也有自主学习的权利，我们也可以为自己争取自由的时间！"

桐桐别扭地看着李子，双手捏着裙子，心里想："妈妈可是无敌大金刚，我要怎么争取自由啊。真是让人欲哭无泪！"

"那我们要怎么办啊？"桐桐还是一脸失意。

"我们可以去找你爸爸呀！你爸爸是律师，一定会帮助我们的！"

桐桐半信半疑地问："这能行吗？被妈妈知道了非扒了我的

皮啊！”

李子坚定地看着桐桐点点头：“你爸爸工作的地方在哪里啊？”

“青城一路湛宇森律师事务所。”

青城一路在青城一小的邻街上，李子拉着桐桐朝校门口跑去。

正在值班室的柳老师看到了李子和桐桐，心想这俩小孩又要搞什么名堂，她可不想一波未平一波又起。

柳老师赶紧从值班室出来截住了两人：“湛桐桐、李沐果，你们两个要去哪里？”

糟了，被老师发现了。

李子像个大男人一样站出来说：“老师，我们要去找桐桐的爸爸！”

“哦？湛桐桐，是这样吗？”老师又把目光投向一旁的桐桐。

桐桐点点头。老师担心两个小孩子出去不安全，正好自己也要去青城一路办事，就说：“老师带你们过去吧！小朋友自己上街不安全，老师送你们。”

李子连忙说好，心想要是遇到坏人我不能保护湛桐桐怎么办，有老师在就万无一失！于是，老师左手牵着桐桐，右手牵着李子，朝青城一路走去。

柳老师还是第一次来到桐桐爸爸的律师事务所，看到明亮宽敞的办公楼、严谨认真的氛围，感觉非常专业有序。

“您好，我是湛宇森的女儿，我叫湛桐桐，我找我爸爸！”

桐桐在前台找到接待员，接待员微笑着跟桐桐打了招呼，便进去报告湛律师了。李子探着脑袋左看看、右瞧瞧，他还是第一次看到律师办公的地方。只有柳老师很淡定、很端庄地坐在那里，静静的。看上去还挺美的！

桐桐爸爸帅气地迈着步子走出来，他穿着笔挺的西装，英气勃勃！再一看，是一个有几分绅士、有几分成熟的“老帅哥”，就连柳老师都小小地犯起了花痴。柳老师只听说桐桐爸爸是海归，事业有成，没想到如此有风度！

柳老师不好意思地咳嗽了两声：“湛律师您好，我是桐桐的老师，柳洁！”

桐桐爸爸礼貌性地跟柳老师握手：“您好！”

“叔叔您好！”李子和桐桐爸爸已经认识了，主动地打着招呼。

“李子你好！”桐桐爸爸依旧风度翩翩地回应。

最后，桐桐爸爸一把抱起了自己的宝贝女儿：“宝贝，今天怎么跑到爸爸这里来啦？”桐桐爸爸话刚出口，一想连老师也来了，暗暗担心是不是自己的女儿闯祸了，反射性地问老师，“老师，是不是桐桐犯了什么错误，您亲自过来了？”

柳老师连忙解释道：“没有没有，桐桐在学校很乖的。中午我在校门口碰到他们，他们说要来找您，正好我来附近办点事，就带着他们来了！”

桐桐爸爸这才放了心：“谢谢老师了，给您添麻烦了！”

柳老师急着去办事，跟桐桐爸爸寒暄两句便走了，临走的时候还不忘嘱咐：“下午要及时回去上课，不要迟到啦！”

桐桐和李子都点头表示知道了。

桐桐爸爸领着两个小朋友进了办公室，又给他们倒了水。

“说吧！来找爸爸有什么事呀，两个小朋友。”桐桐爸爸一边翻着文件一边问。

“叔叔，我们是来求救的！”李子比较机灵地答道。

桐桐爸爸一听，求救？感觉有点意思，他放下了手中的工作，坐到两个小朋友的面前。

桐桐立马从凳子上跳下来很有诚意地看着爸爸：“爸爸，我想维护自己的权利，想有自己的自由时间！”

桐桐爸爸这么一听，心里一下子乐了。不愧是我湛宇森的女儿，虎父无犬女啊。

“那么，桐桐想怎么办呢？”

桐桐这么一听有点蒙了。

“爸爸你等一下啊，我跟‘军师’商量一下。”说完，她便拉着李子跑到一边讨论对策。

“李子李子，怎么办？”

李子转了转脑子，跟桐桐说：“你可以要你爸爸帮你，起诉妈妈的侵权行为啊！”

桐桐一听，有点胆怯。但是心里想，这样我就可以有足够的时间去学武术啦！桐桐给自己壮壮胆，故意把腰杆挺得笔直，大摇大摆地走向爸爸说：“爸爸，我要你帮我跟妈妈打官司！我不要上我不喜欢的补习班了！”

桐桐爸爸一听，心里大惊，却也大喜！

“好，爸爸答应你！”

爸爸为女儿有自己的主见，小小年纪就有如此的魄力感到宽慰。面对女儿的要求，桐桐爸爸向来是言听计从的，更何况这是一件好事。虽然面对的是敬畏的老婆大人，但在自己的宝贝小公主面前还是得“俯首称臣”啦！

“可是请律师是需要费用的，你们有吗？”桐桐爸爸以略带玩笑的口吻问着眼前的这两个小朋友。

李子掏遍了自己身上所有的口袋，只找出来今天早上出门的时候爸爸给的一块钱零花钱。桐桐也只有一块钱零花钱。于是两个人凑齐了两块钱递给桐桐爸爸："这是我们所有的钱了，全部给你！"桐桐一脸认真地看着自己的爸爸。

桐桐爸爸很意外也很乐意地收下了这两元人民币的佣金。

桐桐爸爸抱起自己的女儿大大地亲了一口，这场景哪里像之前那个帅气逼人的"男神"，简直是"奶爸"一个。

桐桐爸爸开心地看着李子和女儿："这件事情爸爸已经知道了，爸爸会帮助你的，宝贝放心回去上课吧！"说完，他也不忘对李子说："叔叔一定会帮助你们维护自己的学习自主权利的！"

李子和桐桐开心地击掌，桐桐还唱起了"胜利"的歌谣："我们的祖国是花园……花园的花朵真鲜艳……"

桐桐爸爸请助理把桐桐和李子送回了学校。他开始思考起来，在这个法律意识淡薄的社会，小朋友们知道用法律武器保护自己，这是一个很好的趋势。再说了，委托人还是自己的宝贝女儿。女儿请爸爸当律师，湛律师想，这大概是自己这一生接过的最有意思的case了吧！

六

事情解决了，桐桐一下午都心情大好，连听课都比往常认真了呢！李子倒是累坏了，第一次差点上课"钓鱼"了。

"铃……铃……铃……"

放学的铃声总算响起，李子和小伙伴们挥挥手再见之后就自己回家了。桐桐妈妈今天依旧出现在学校门口。妈妈还是用迷人的笑容迎接桐桐，桐桐今天放学特别活力充沛，老远就大声地和妈妈说：“Hello！”

桐桐妈妈牵着桐桐上了公交车，其实桐爸桐妈都有私家车，但是为了从小培养桐桐吃苦耐劳的精神，所以不赶时间的情况下都让桐桐乘坐公交车上下学。

正值放学高峰期，她们上车的时候就只有一个空位了，桐桐今天变得特别“懂事”，主动给妈妈让座，妈妈拗不过女儿的一片孝心，只好自己坐了下来。

桐桐靠着妈妈，心里想着爸爸答应自己的事情，别提多美了！妈妈可能因为工作了一天太累了，竟然在车上打起了盹儿，可在公交车上哪能疏忽大意。在到站下车的时候，桐桐被拥挤的人流挤到了车门边，一个没站稳，生生地摔了出去。

“哇——”桐桐疼得大哭，好心的叔叔阿姨也围在桐桐身边询问情况，周围也有围观群众热心地拨打了120。桐桐痛得大哭，完全听不到周围的人跟她说话，大家都在寻找桐桐的家长。

直到动静大了，桐桐妈妈才反应过来，发现桐桐不见了，随着哭声寻过去，发现自己的女儿坐在地上大哭，膝盖和手腕都摔破出了血。心急如焚的妈妈冲进人群，抱起桐桐就向医院跑去。

七

桐桐妈妈急得像热锅上的蚂蚁，还好医生说并没有骨折之类的大问题，只是擦伤，接下来就是留院观察，看有没有脑震荡之类的不良反应。

看着宝贝女儿的伤口，作为妈妈，她内心无比心疼和内疚，如果不是自己疏忽，女儿就不会受伤。桐桐妈妈也在第一时间通知了桐桐的爸爸，桐桐爸爸在火速赶往医院的途中。

桐桐妈妈坐在病床前看着女儿流下了眼泪，桐桐用包扎好的小手给妈妈擦眼泪，坚强地告诉妈妈：“妈妈不哭，桐桐不疼！桐桐是女侠，桐桐不怕疼！”看到女儿这么懂事，还来安慰自己，桐桐妈妈更加难过地将女儿拥入怀中。

桐桐不知不觉地睡着了。此时，桐桐爸爸也悄悄地来到桐桐的病床前，他把桐桐妈妈拉了出去，桐桐妈妈把事情一五一十地告诉了桐桐爸爸。

桐桐爸爸也没有责怪桐桐妈妈，因为他知道，桐桐妈妈心里也是非常难受的。桐桐爸爸在窗外一边静静地看着病床上的女儿，一边静静地拥抱着自己的妻子。

桐桐爸爸想起了中午女儿跟自己说的话，便跟妻子说：“你知道吗？中午女儿去找我了。”

“嗯？”妻子疑惑地抬头看着丈夫。

桐桐爸爸温柔地说：“桐桐说，来找我求救。”

“求救？”妻子更加疑惑不解。

“桐桐说她没有自由的时间，你总是让她学她不感兴趣的东西，她想要用法律武器打败你哦。”桐桐爸爸半开玩笑地说。

妈妈低头沉默了，开始反省自己。

“你看我们桐桐多好，她喜欢学武术，就随她去嘛。我知道，你给她报特长班是出于好意，想要培养出优秀的女儿，但是你看，现在我们桐桐多优秀，人见人爱。”桐桐爸爸带着劝谏的口吻跟桐桐妈妈商量。

桐桐爸爸是一个非常开明的人，对于妻子对女儿的高要求他之前也反对过，但是看女儿没吱声他也就没说什么了，如今女儿都去找他求救了，作为“一家之主”的他自然要想办法为女儿做主。

桐桐妈妈看着懂事乖巧的女儿，内疚、心疼，再加上丈夫的这番话，她也就妥协了。毕竟女儿快乐地成长，才是最重要的。

桐桐妈妈朝桐桐爸爸重重地点点头。两个人一起到病床边守护着熟睡的女儿，仿佛在守护着沉睡的天使一般。

陆小米：我要成为勇敢的“美少女战士”

楔子

我是陆小米，我的另外一个名字是“小乖乖”。我今年六岁了，上小学一年级。我最喜欢的人是我的奶奶，因为一直都是奶奶照顾我。我的奶奶可活泼了，唱歌跳舞她都会。奶奶经常跟我说起她年轻时候的故事。我很想妈妈，可是爸爸妈妈因为工作，很久都没有回家了。我可是有手机的小朋友哦，这是妈妈送给我的“标准配备”，小朋友们可羡慕我了。我每天都会跟妈妈打电话，可是我也会因为想妈妈，躲在被窝里偷偷地哭。妈妈说我是世界上最乖的小朋友，老师也说我是最听话的小朋友。

我最喜欢玩的游戏是飞行棋，最喜欢的卡通人物是美少女战士，可是有些人叫我“胆小鬼”。我的房间很大，我有好多的娃娃，都是妈妈送给我的，我最喜欢和我的娃娃们一起玩了。我想快快长大，这样就可以天天和爸爸妈妈在一起。

我想变成美少女战士一样勇敢的女孩。“我要代表月亮消灭你！”是不是很拉风啊！哈哈！

一

桐桐出院后第一天来到学校，就给同桌“军师”带了礼物，为了买这份“大礼”，桐桐差点把存钱罐掏空了。桐桐听李子说过他想学画画，就送了李子一小盒蜡笔，感谢李子解救自己获得大解放！

坐在李子后面的胡大东看不过去了，心想明明我比李子长得帅，比他更加威武，为什么大家都喜欢他、都围着他转呢！

小胖墩冲上去一把抢走了李子的蜡笔。小胖墩这次跑得可快了。虽然他比较胖，李子比较瘦，但跑起步来小胖墩还真不逊色。最后由赛跑变成两人扭打成一团。

桐桐好不容易赶上来，发现胡大东和李子扭打在地上谁也不让谁。最后还是动作敏捷的李子占了上风，小胖墩胡大东被痛扁了一顿。别看李子身板比胡大东小，力气还挺大。看小胖子“鼻青脸肿”的样子，就知道了！

小胖墩虽然被K.O了，但还是紧紧守护自己的战利品。为了躲避李子的攻击，胡大东耍起了赖，小胖墩直接把蜡笔塞进了裤裆，这下李子急了，不知道如何是好。

桐桐的“女侠”风范顿时爆发，她冲上去一把扒了胡大东的裤子。可怜的胡大东屁股光溜溜地暴露在空气中，只好眼看着桐桐像土匪一样，把蜡笔抢了回去。这看似游戏的场面却被正在巡逻的校长看见了。

校长迈着威严的步子走过来，严厉地呵斥：“这位同学！把你的裤子穿起来！”

听到校长一声令下，小胖墩再次被吓坏了，他赶紧把裤子系好，翘了翘嘴巴，知道自己这下“大祸临头”了。

“你们三个人，全部到我的办公室来！”李子和桐桐相互看了一眼，俨然一种患难兄妹的感觉。于是，三个人迈着“艰难”的步子，跟在校长大人的后面……等候发落……

二

校长姓钱，名叫钱小森，学校里的小伙伴们都八卦地说校长是“两弹元勋”钱学森爷爷的亲戚。为了拉近和同学们之间的距离，校长开学典礼的时候说请大家亲切地称他为“小森校长”，虽然这个外号听上去幽默风趣，像个“顽童”，可是在孩子们闯祸犯错误的时候，小森校长还是很有校长的派头，很严肃。

敬爱的小森校长把他们领进了平日里孩子们好奇无比的校长办公室。可惜，今天不是来参观的——是来接受批评和惩戒的！

小森校长首先询问桐桐事情原委，桐桐一五一十地交代了。听完之后，小森校长只说了一句：“以后要注意，女孩子不可以随便去扒男孩子裤子，桐桐是好孩子，知道了吗？”

桐桐很坦诚地承认错误，对校长说：“小森校长，对不起，我知道错了，我甘愿被罚值日一周，请小森校长原谅我。”

校长看桐桐是女孩子，认错态度诚恳，向桐桐点点头后便没再多说什么。

接着，校长很严厉地呵斥了胡大东：“你是一个男子汉，怎么可以抢别人的东西呢？还把东西塞进裤裆里！男子汉要顶天立地！知道吗？”

胡大东心里也委屈着呢，心想我可是被揍得更惨的那一个，可还是屈服在校长的“威严”之下，只好憋屈地点点头，强忍眼泪，红了眼眶。

校长知道李子是个好学生，很多任课老师都表扬过他，但是一码归一码，李子做错事也是少不了批评和责罚的。

“李子，作为一个学生，可以随便在校园里追逐打架吗？出了安全事故谁负责任呢？就算胡大东有错在先，你也不能动手！君子动口不动手！这个道理都不懂吗？”

李子很惭愧，明明答应父亲要做优秀的人，现在却闯祸被校长批评了。李子低着头不说话，反思自己的过失。

在三位小朋友被校长训话的同时，班主任柳老师已经默默地通知了他们的家长。因为她从没想到，六七岁大的孩子能让她如此束手无策，简直焦头烂额。现在闹到校长那里去了，柳老师也不知道怎么办，只好找来了家长。

柳老师也被叫到校长办公室，跟孩子们一样，接受了批评。“正所谓子不教，父之过。教不严，师之惰！”校长虽然没有严厉地责怪柳老师，却也让柳老师羞红了脸。这……长这么大还没有这么丢人过，竟然是因为这帮熊孩子让自己出洋相，柳老师自己也不知道心里是什么滋味……

三

李子爸爸在工地上忙不开，连电话都没有时间接，所以就没有来学校。胡大东的老爸是包租铺的老板，今天忙着收租金，所以也不能来。最后，只有今天正好休息的桐桐妈妈来到了学校。

桐桐妈妈接了老师的电话了解了事情的经过，就马不停蹄地赶了过来，并且十分气愤。到了校长办公室，桐桐妈妈便气极了，说：“小男孩怎么这么流氓呢！”

一旁的小森校长听了，可不高兴了。虽然小森校长很严厉地批评了胡大东和李子，但是校长还是护犊子的！

“这位家长，小朋友犯错是很正常的！知道悔改就可以了。怎么可以这样说孩子呢？”

桐桐妈妈理直气壮地跟校长说：“这样的小孩怎么教育？怎么随便抢我们家孩子的东西？男孩子跟女孩子应该保持距离！”

校长还是面带微笑，保持着风度：“但是在我眼里他们都是很优秀的学生，我是校长，我认为我的学生都是很听话、很有可塑性的！您认为呢？”

桐桐妈妈一时语塞，和校长客套了几句就把桐桐领回家了。桐桐妈妈一路上阴着脸，因为老师召唤得比较急，桐桐妈妈自己开车来到学校。这回去的路上，因为心情的关系，差点闯了红灯。

桐桐也知道自己犯了错，乖乖地不说话，妈妈说什么便听什么，今天一点儿也不淘气。吃晚饭的时候，她还故意端着妈妈之前教过的淑女吃饭的样子。桐桐以前吃饭都是狼吞虎咽，可今天却一口一口故作矜持，吃完了还不忘表示性地轻轻擦擦嘴。这场面可是从来没有见过的，桐桐妈妈看着女儿别扭的样子又好气又好笑。不清楚情况的爸爸以为女儿在玩游戏，为了不影响女儿的兴致，一直憋着笑，吃饭的时候差点笑喷。

桐桐妈妈叫桐桐去洗澡，桐桐便扭着小腰踩着小碎步去了，这下妈妈彻底被逗乐了，趁着桐桐不在，自己笑了好一会儿。

李子回家以后，爸爸才想起今天老师给他打电话的事。爸爸问李子：“今天你们老师给我打电话，有什么事吗？”

李子顿了下，说：“哦，没事！是我借老师的电话打的！我忘记带钥匙了，怕我回家的时候你不在。”

李子爸爸显然很相信儿子的话：“爸爸今天忙完了就赶紧回来了。”说完埋头继续吃。其实，钥匙就在李子的裤兜，可是为了不让爸爸难过失望，李子选择了善意的谎言。因为李子也知道错了，可是他真的很想快点见到妈妈。他怕爸爸知道了，就不给自己找妈妈了。

而胡大东这边呢，“威武大将军”挂了彩回家，可把爷爷奶奶心疼坏了，全家还召开了紧急家庭会议。

胡大东把这件事情生动形象、手舞足蹈地描述了出来，但是小胖墩也是个诚实的孩子，并没有掩饰自己的错误。只是他心里很气愤——这个臭李子，竟然让我在湛桐桐面前这么丢脸！

在家人你一言我一语、叽叽歪歪了半天之后，小胖墩的爸爸大胖墩说：“儿子，爸爸明天陪你去学校！我去找你们老师谈谈！”

胡大东以为爸爸要去给自己“讨回公道”，还强装淡定地说：“没事！”其实心里可开心了，让你这个“臭李子”揍我！

四

第二天一早，小胖墩的老爸开着奔驰、戴着金边墨镜，看似气势汹汹地来到了学校。

柳老师早上在校门口买早餐的时候还吓一跳，心想，这孩子不是叫他爸爸“寻仇”来了吧。现在这个社会上就是有许多仗着自己家条件好、包庇孩子犯错误、还要指责老师的“脑残”家长。柳老师假装没看见，自顾自地走得飞快。

到了办公室，柳老师还特意叫正准备去上洗手间的男同事留下来，说可能马上来一个家长，已经到校门口了，需要同伴“留守阵地”以待支援！同事一听说，想着柳老师一个姑娘家万一吃亏了可怎么办，便强忍这“三急”中的“一急”，留了下来。

胡大东还是很按时地进了教室早读，胡爸爸大步流星地走进了老师办公室。胡爸爸身宽体胖，看上去一米八的个子、二百斤的体重，再加走起路来自带威武的“包租公”气势，每走一步都让人感觉房子震一下。其实呢……是老师的心在震！

柳老师把心提到了嗓子眼，正在酝酿着怎样牵强地拉扯出一个微笑。

突然，胡爸爸上来就紧紧地握住了柳老师的手，激动地说：“谢谢老师啊！谢谢您啊！谢谢你们教育了胡大东！让他长记性啊！”

柳老师被这突如其来的“转变”弄得有些眩晕，但是为了应对这位“奇葩”家长，只好微笑着说：“这是应该的，应该的！您先坐，慢慢说！”

胡爸爸往办公室里的沙发上一坐，摘下了墨镜，告诉老师：“老师，您是不知道，这小子，我老早就想收拾他了！您别看他是我亲儿子，在家里可是‘无恶不作’，玩具买了一大堆，家里的家具也被他弄坏了好几次！我要收拾他，我老爹老娘死活不答应，这才宠坏了这孩子！”

听完胡爸爸的话，柳老师表示十分汗颜，只好尴尬地说：“嗯……嗯？好吧。”

胡爸爸还没有察觉到柳老师的异样，又自顾自地说：“感谢你们这样用心良苦地教育他！真是感谢啊，我可是欣慰了一夜呢！”

于是，柳老师彻底没辙了。但是柳老师对面的那位男同事已经彻底崩盘了，如果再迟半分钟去厕所，也许就憋不住了。

在柳老师和胡爸爸看似和谐的场景中，有个男子箭一般地冲出了办公室，目的地——出门右拐五十米的男厕所！

胡大东：我是帅帅的“威武大将军”

楔子

“快使用双截棍，哼哼哈兮！快使用双截棍，哼哼哈兮！习武之人切记，仁者无敌……哼哼哈兮……”

我是胡大东，外号“兔八哥”，我的偶像是周杰伦。我爸说我是他的“小祖宗”，我妈说我是他的“心肝宝贝”，爷爷奶奶说我是“独苗”，他们说“独苗”的意思就是独生子。嘿嘿，还好爸爸妈妈只有我一个儿子，这样就没有人跟我抢玩具了。每次只要我耍赖，大家都拿我没办法，嘿嘿。

我长得可帅了，上幼儿园的时候老师们都这样说，还有小女生给我递糖吃，妈妈说这是因为我长得帅招人喜欢。嘿嘿，我的爱好是踢足球，我可是前锋，跑步很快的，人称“无敌小旋风”。不过，我的梦想是成为“威武大将军”！“大将军”是世界上最帅的，比周杰伦还帅，是最威武的人！

一

胡大东下课之后才知道爸爸走了，还以为自己能出出风头呢，结果什么事情也没有发生，平静得像没有被风吹过的湖面。小家伙心里开始还有些小小的失落，可是因为最近班里流行跳长绳，和同学们玩闹到一块儿之后，很快他就把这件事情抛到九霄云外了。

俗话说，光阴似箭日月如梭。学习的日子很充实，很平稳，天真烂漫。可是时间，总是这么一晃就不见了。这不，一个学期过得很快，转眼就到期末了。

大家都投入期末复习的浪潮中，别看这些孩子平日里很调皮，可是面对考试，大家都很认真，都想考出一个好成绩。李子临考的这一个星期，每天都在家复习功课，每次都忘了时间，还是爸爸劝着上床睡觉才去休息。因为李子想，只要考出一个好成绩，就可以见到妈妈了！

功夫不负有心人，一分耕耘一分收获，最终李子的成绩进步了，成为班上的学习尖子，考了第一名，老师还给他评了“三好学生”。

李子开心地回到家，很有志气地跟爸爸说：“爸爸你看，我现在是一个优秀的人了吧？”

爸爸欣慰地看着李子，兴奋地点点头称赞：“乖儿子，你是爸爸的骄傲！”

李子接着问爸爸："这样我是不是可以见到妈妈了呢？"

面对儿子直面击来的问题，李子爸爸显得有些无措和沮丧。他转过身背对着自己的儿子，因为他不知道怎么面对自己的儿子，不知道如何告诉儿子真相。

李子不依不饶地绕过去站在爸爸跟前，扯了扯爸爸的衣角，用央求的语气对爸爸说："爸爸，我的妈妈呢？"

爸爸看着儿子这般，心里更是难过。他拉着李子，声音有些低沉地告诉儿子："儿子……儿子对不起……爸爸……找不到妈妈了……"这句话不知用了多大的勇气，却又显得有些无力。

李子一时间接受不了这样的回答，流着眼泪冲爸爸大喊："爸爸！你骗人！你答应我会把妈妈带到我身边的！"李子气冲冲地跑回房间将房门反锁，一个人抱着"妈妈"大哭起来。

这是一个孩子心碎的声音。他哭得那么无助，他那么渴望温暖，那么渴望母亲。

李子爸爸听着儿子的哭声，自己也瘫坐在沙发上。他掏了掏口袋，抽出了一支烟，点火，看着烟雾弥漫的样子，不知道是被熏了眼还是怎的，李子爸爸竟也落下泪来。这是一个男人对逝去妻子的思念、对孩子成长的歉疚以及对家人那一份无尽的爱。

良久，李子房里的哭声停止了，爸爸也没有去敲孩子的房门请求孩子的原谅。因为作为父亲，他不知道怎样安慰自己的孩子、抚平他的伤口，他只能静静地守护着自己的孩子。

一个小时过去……两个小时过去……他也累得睡在了沙发上。

他做了个梦，梦到了自己的妻子，梦到了已经长大的李子，梦到了年迈的母亲，梦到了一个完整幸福的家，梦到了李子笑得那么开朗，那么灿烂……

二

第二天醒来，太阳已经高高升起，李子爸爸走向孩子房间，却发现门是虚掩的。他走进去才发现李子不在房间里。李子爸爸在家里找了个遍，也没有发现李子的踪影。李子爸爸心急如焚，不知如何是好，打电话找老师帮忙，这把老师也给急坏了。

很快，才一个上午的时间，李子不见的消息就在一年二班中传开了，问到最后，大家都不知道李子去哪里了。

桐桐找遍了校园里李子可能去的所有地方，都没有李子的踪影。胡大东等一行同学，也到处在找，可是一无所获，只能干着急。陆小米在座位上坐立不安，怕李子有什么意外，握着棒棒糖祈祷李子快点回来。陆小米是李子的“小跟班”，跟李子的关系和桐桐一样好。陆小米相信，李子是被坏人抓走了，所以她决定一定要将李子救回来！当然，这些都只是陆小米自己的想法罢了。

陆小米掏出了粉色的小手机，心想：“这一次我打警察叔叔的电话就算再挨一次批评也没关系，救李子要紧！”于是，陆小米再次走出了教室，还是那个位置，她又拨打了警察叔叔的号码。

这一次接电话的不是上次的警察叔叔，陆小米松了一口，但又很急地说：“警察叔叔，我们班上的同学失踪了，可不可以帮我们把他找回来？”

警察一听，有儿童失踪，这可是非常严重的事情，他问了陆小米学校地址和基本情况就立刻行动起来，召集了几个同事马上向青城一小赶去。其实，所谓的基本情况就是陆小米说了学校地址和自己以及李子的名字。其他的，她什么也不知道，都是她自己想象出来的。

警察叔叔赶到的时候，李子爸爸正在学校和大家一起想办法。柳老师一直在犹豫要不要报警，这会儿看到警察，就像看到了救星一样，她连忙问："是谁告诉警察叔叔的呀？"

陆小米这一次大胆地站出来说："是我！"

柳老师朝她点点头："真是聪明的孩子！很棒！"

陆小米也认为这一次自己做得很对。

老师才没那么多工夫表扬陆小米呢，马上和警察开始沟通，拼命想办法找李子。同学们被叫到教室待着，只留几个大人在外面商量对策。

经过所有的人不懈努力，终于寻到了李子的下落。

原来，有好心邻居看到李子早上出门的方向，警察通过监控系统一条街一条街地找，老师和家长循着李子走过的路线挨家挨户地询问。最后，他们总算知道了，原来李子去了青城火车站，坐了清晨第一班大巴回了老家。

一年二班这个看似淘气的班集体在这个时候很有凝聚力，大家都努力劝说自己的父母同意，决定要一起去桃李村找李子。也许是听说了李子的故事，许多家长都认为这是一个坚强勇敢的孩子，都很想帮助他。于是，班上的同学、老师、家长不约而同地纷纷前往桃李村。

李子爸爸不想让年迈的母亲担心，他给家里打了个电话问候母亲安好，听着母亲亲切的唠叨，李子爸爸心里五味杂陈。李子爸爸主动提李子，但是母亲也没有提到李子回家，反而问李子在城里的状况，李子爸爸便知道了，李子没有回家。

经过两个小时的颠簸，大家终于来到了传说中的桃李村。

这里真是一个美丽而宁静的地方，有清澈的小溪，有茂密的树林，有古香古色的建筑，一片田园静好的氛围。可是，在欣赏美景的同时，大家也没有忽略这一次来的主要目的。

大家开始分头寻找李子，大人们分东西南北四个方向。桃李村并不大，可是要找个人还是有点困难的。所有的小朋友全部集中在村口的面馆里，由好心的面馆大婶照看，桃李村的乡亲都是热心肠，李子爸爸从前也帮了乡亲们不少忙，所以邻里乡亲都很乐意帮助他。

李子爸爸找了几条街都没有看到儿子的踪影，他走到自家门前也没敢进去，害怕母亲担心。

就在他“走投无路”的时候，隔壁家的王二蛋迈着小步子走出来了。“咦，这不是李子他爸吗？叔，您咋回来了呢？”二蛋笑吟吟地问。

“叔回来办点事，对了，二蛋，你瞧见李子了吗？”

二蛋摇摇脑袋再摆摆手赶紧说：“没有没有！他不是在城里吗？俺好久没见他了！”说完，一溜烟地跑了，跑得比兔子还快。

李子爸爸觉得二蛋看上去有些奇怪，心想这二蛋和我家李子从小一块长大，一起滚泥堆，一起爬树摘桃，他们俩关系是最好的。当初李子去城里的时候把二蛋送的酥麻糖当宝贝似的护着，也许二蛋能找到李子也不一定呢。于是，李子爸爸偷偷跟着二蛋。

果然，二蛋来到了村里的小河边，李子正在岸边打水漂，二蛋悠闲地走到李子身边：“你爹寻你来了！你真不回去？”

李子继续打着水漂，说：“我不知道。”

二蛋叹了口气，陪着李子打水漂。

李子爸爸不知道怎么和儿子沟通，担心贸然上去儿子又跑了。于是他躲在后面的草丛里偷偷地给班主任柳老师打了电话。柳老师接到电话以后，就召集所有的小朋友和家长一起来到了河边。

“李子！李子！李子！”大老远就有人在叫李子，不用问，肯定是李子的“小跟班”陆小米。李子起初还以为自己幻听了，他不以为意地只是摇摇脑袋。后来他发现，好像是真的。他回头一看，只见陆小米飞快地朝这边跑过来，后面还跟着桐桐。再后面，他看到了胡大东，因为比较胖，虽然他跑得很卖力，可是速度还是跟不上来，最后他还看到班上其他同学，柳老师都来了。

李子激动地和陆小米挥了挥手：“陆小米！我在这里！这里！”

一旁的二蛋也帮着李子挥着手大喊：“我们在这里！”

李子有些激动：“你们怎么来了？”

陆小米翘着嘴巴说：“还说呢！老师说你不见了！”

桐桐貌似也很生气：“李子你怎么可以不跟本女侠汇报一声就独自行动！太不够朋友了！”

只有胡大东一如既往地欠扁：“李子！你揍了我就想跑啊！”

大家都被小胖墩这句话给逗乐了，同学们也纷纷上来对李子献上关心。李子有些惊喜、有些不可思议，他觉得，自己从来没有被这么多人爱过，从来没有这么温暖过。

柳老师和家长们拉上李子爸爸加入了孩子们的谈话。

“李子，爸爸对不起你，爸爸没用！”李子爸爸抱着自己的儿子再一次流下了眼泪，“孩子，你不要离开爸，爸爸不能再失去你了。”

看着如此伤心的爸爸，李子也为自己的离家开始自责，爸爸浓烈的爱，再加上小伙伴们千里迢迢来到这里给自己送温暖，李子的泪水中带着感动也带着后悔。

桐桐妈妈也加入了这一次的“送爱之旅”，她走过来一只手拉着桐桐，一只手拉着李子：“李子呀，上次是阿姨不好，阿姨批评错了，李子是很勇敢、很有正义感的孩子，如果李子能原谅阿姨呢，就让阿姨做你的干妈妈，好不好？阿姨会像妈妈一样疼爱你的！”桐桐妈妈是一个善良的女人，这是她发自内心的一番话，她很想为李子做点什么。

一同前来的家长中的其他妈妈也纷纷发出了邀请，都表示愿意做李子的妈妈。李子一下子多了好多妈妈，很开心，感觉自己很幸福。突然之间，他觉得，他也是有妈妈疼的孩子了。而他的爸爸，比任何人都要爱他。李子对于这份突如其来的惊喜感到格外兴奋，这种感觉真美好，并且真实。柳老师也感动得落下了眼泪，为了不哭得太难看，她一个人悄悄地到旁边哭去了。

李子邀请大家一起去家里做客，宁静的小院突然热闹了起来。

李子在门口就大声喊：“奶奶！奶奶！”

是孙子的声音呀！奶奶闻声小跑着出来迎接，看到自己的儿子还假装责怪：“你咋没有告诉我你们今天回来呢！我好去村口接你们啊！”

李子挽着奶奶的手说：“大家好，这是我的奶奶！”

所有的小朋友异口同声地喊：“奶奶好！”

奶奶看到来了这么多客人，有些乱了阵脚："大家好，大家好！去院子里坐吧！"奶奶赶紧去准备水果招待李子的朋友们。

大家在李子家的李子树下坐成了一个圆圈，他们听着李子和二蛋说小时候的故事，大家还玩起了"丢手绢"的游戏。

傍晚，吃过晚饭后，大家都要回去了。一下午的时间，二蛋也和城里的小朋友们成为朋友，大家也纷纷邀请二蛋去自己家做客。

李子爸爸和李子奶奶还有李子送大家伙儿去了村口，一直等到大巴没有踪影了才回去。路上奶奶加紧脚步撇下他父子二人先走了，她要赶紧回去收拾碗筷。剩下这俩人，爸爸拉着儿子的手慢慢散步，不断说着李子小时候的故事。大手拉着小手，在夕阳的余晖中父子俩的影子显得格外亲近。

随着夜幕的降临，这父子俩的心更加贴近了。曲折的一天伴着夜莺的歌声逝去，美好的明天终将到来，不对，是对未来都有美好憧憬的，每一天……

春风是希望

梨花借风香满楼，

与尔共赴十年约。

梨花满堂

一

说起来，这座小堂村已经有几百年的历史了，祖祖辈辈靠种地吃饭，没出过什么名人显贵，倒也平平安安过活了下来。村东头供着一座土地庙，据说是清朝乾隆皇帝那会儿建成的，如今逢年过节村民们还会去上香。

二十世纪九十年代初期，村里有人去了趟海南，回来办的第一件大事就是把土地庙修葺了一番，还重塑了一对儿鎏金的土地公公和土地奶奶雕像。

土地，是庄稼人的命根子，这是祖先流传下来的真理。

王桢阳第一次去小堂村是他五岁那年。这里是他姥姥的娘家，虽然建设时期四个兄妹分散在全国各地，但还有一个二哥一直住在祖宅。王桢阳那时候还小，正是调皮捣蛋的年纪，生养在大城市的小孩没见过成群的家禽，更没见过活的大牲口，一天到晚不是赶鸭子、薅羊毛，就是追着村里的土狗跑，疯玩了一个月，等到要回城里的时候，坐在地上耍赖大哭，说他的家就在这里，他哪也不去。

十三年后，他又去了一次。那天姥姥醒来突然坐在床上发呆，她和王桢阳说，自己梦到了儿时的梨园，漫天的梨花，那个香，那个漂亮，穿着蓝花裙子的自己，还有身旁的哥哥姐姐们，爸爸忙着给果园干活，妈妈擦着手喊他们回家吃饭……于是，那年高考完的暑假，王桢阳一家又陪着姥姥从北京一路开车回到了这座河北小山村。

只是不赶巧儿，王桢阳这两次回乡都没能见识到令姥姥魂牵梦萦的漫天梨花香。尤其是第二回，不知道是不是因为长大了，山里的一切对他仿佛不再那样吸引，又或是村里人口日渐稀少，少了过去的活泛气息。总之，他对这里完全没有了小时候的那种迷恋，他只想赶快回到城市里，那里有他的小伙伴，他们会英语、会网球、会弹琴，他们可以一起去3D影院看好莱坞最新大片，可以去设施一流的体育场打网球，还可以随时随地找到符合自己兴趣、需求的培训学校，哪怕今天想学二胡，明天想弹吉他。这些新鲜玩意儿，小堂村可盛不下。

王桢阳连上大学都没出北京，从家坐十站地铁就到了学校。但是大二那年，王桢阳加入了一个文学社团，不知怎么突然就迷上了Jack Kerouac（杰克·凯鲁亚克）。他开始欣赏并幻想那种“在路上”的流浪生活，并一发不可收拾地爱上了旅行。大学这几年他也算走过了不少地方，结识了不少同道中人，加上毕业那一年很流行“间隔年”的说法，他索性为自己规划了一趟耗时一年之久的西北游。

从甘肃到青海再到西藏，有时候他是环保志愿者，有时候他是单纯的旅拍客，就这样走走停停。他始终觉得自己很幸运，如果一直待在那座熟悉的城市，他不会知道这个世界有多大、有多美妙。

王桢阳再次回到家的时候，父母差点没认出他来，觉得儿子怎么好像一下沧桑了十岁，这一年不像是旅行，倒像是种地去了，整张脸黑红黑红、还皱皱的。可当王桢阳顺势把自己的想法和计划说出来时，他父母又觉得他好像回到了十年前的叛逆期——怎么说话都不经大脑呢？

按理说，王桢阳的学历不错，双一流学校有档次，人本身也聪明，自己找工作不是难事。何况，王家经过三代人在北京奋斗，多少也有些资源人脉，托人引荐一个好去处也不是难事。

但王桢阳说，他打算去青海，种青稞。

王家父母发动身边亲友，好说歹说，想把独生子留在身边，可王桢阳连车票都买好了，显然去意已决。最后是姥姥把娘家那个当过村支书的二哥田广胜叫来，和王桢阳彻底长谈一番，帮他分析了“父母在，不远游”和“广阔天地，大有作为”之间的平衡性，三代人才勉强达成一致意见，同意王桢阳和他二舅姥爷回小堂村，去那里施展他的乡村梦、田园梦、故乡梦，条件是为期一年，干不出什么名堂的话就赶紧回北京，听话上班。

二

当王桢阳第三次踏进小堂村，距离上次已有五年光景。

五年，足够让一座城市焕然一新，尤其是对从小生长在北京的孩子来说，大都市的变化简直可以用日新月异来形容，新鲜事物扑面而来，令人目不暇接；可是，眼前的这座小山村却依然是过去模样，倒真应了那句歌词“山也还是那座山哟，梁也还是那道梁”。

这一路上也没见到几个年轻人，甚至路过的有几家门窗紧闭，破破败败的样子，看起来已经很久没人居住了。俗话说“人往高处走，水往低处流”，现在谁不知道，村里的年轻人都愿意往城里跑，就连二舅姥爷家的儿辈、孙辈也是在省会城市工作、读书，也就逢年过节回趟家乡看望老人。

王桢阳一直很明白，那种生活才是主流，而异类的是他自己。

“舅姥爷，你直接带我去地里看看吧。”即将施展心中抱负，王桢阳显得有些兴奋。

“好嘞。”田广胜背着手，一路走在前面，遇见点儿新鲜事就给身后的年轻小伙子讲两句，比如这是谁家新买的货车，那是谁家搭的兔子窝。

两个人踩着土路，最终走进一片果林。田广胜站定田垄，大有挥斥方遒的气派，说：“从这里，到那里，都是咱家的地，你就可着这片林子折腾吧。”

“舅姥爷，”王桢阳笑了一下，说道，“我可不是来给您捣乱的，我是诚心要做点事情。”

田广胜看着他那十亩地里的小一百棵梨树，从兜里摸出一支烟放在鼻子上嗅嗅，然后又揣回烟盒装了起来。

“小子，你前儿个说你大学里是学啥的来着？”

“计算机。”

“这里可没计算机，你也看见了。”田广胜摇摇头，想着从北京回来前，王家人还在悄声拜托他，让他尽力、尽快把王桢阳劝回北京。

王桢阳拍了拍眼前那棵并不怎么壮硕的梨树，又绕着头排的几棵树走了一小圈，站在地里对田广胜说道：“我知道啊，我也不是来搞计算机的。”

“我还是不明白你这孩子咋想的，人家都挤破脑袋往城里跑呢，你倒好！”

“我不是和您说了，我的梦想不在那里，我年轻呢，总该去看看不一样的风景。”

“北京容不下你？”

“哈哈，容不下我。”

“这村里好看？”

“好看啊，以后会更好看。”

田广胜又摸出兜里那盒烟，这回点了一根，送进嘴里狠狠吸了一口，然后慢慢吐出一缕白烟。他搞不懂这个年轻人的想法，总觉得这小子并没有和自己说实话，但也希望这只是年轻人的一时好奇或是一时糊涂，盼着那股新鲜劲儿过了就赶紧给他送回城里。

田广胜蹲下来，认真抽了几口烟，对王桢阳说：“我是搞不懂你们年轻人的想法了，赶明儿我给你介绍一人，你们都是城里读过书的，应该说得上话。”

“谁呀？”

“大学生，就是咱看的养兔子那家的，陈文平。”

三

田广胜带着王桢阳找来的时候，陈文平正在院子里拿着一本英语书晨读，脚边是几只羽翼未满的绒黄色小鸡在啄食。

王桢阳扫视了一遍这院子的环境布置，破旧的窗户上挂着一串串不知何时的辣椒和大蒜，剥落的墙皮安静地堆在角落，房梁处偶尔几声清晨鸟鸣，还有就是面墙而立的、视若无人的陈文平。

王桢阳看出来了，显然，在这里，陈文平和自己一样，是个异类。

“老陈！文平！”田广胜向敞开的院里招呼着，并向王桢阳示意，院子里那个奇怪的人就是之前提到的大学生。

陈文平转头看过来，阳光刺得他眯起了眼睛，嘴巴也扁了扁，可五百度的近视让他分辨不清一米之外的人是谁。“爸，来人了！”他一边回头呼喊，一边走过来打开低矮的院门，他脚旁的那几只小鸡急忙四蹿开来，躲避着“灭顶之灾”。

“文平啊，学习呢。”田广胜背着手，笑呵呵地打量着陈文平，这是村子里少有的大学生之一，而且要论尚留在村里的，那还要加上一个“仅有”。

“啊，是老支书爷爷。”陈文平眯着眼睛，连带鼻子也皱了起来。

田广胜看看他，又看看站在自己身后的王桢阳，然后得出结论：显然大学生和大学生也是不一样的。

王桢阳一直站在后面默默观察，他看这陈文平木木讷讷的，瘦削的脸上带着几分莫名的羞涩和憨气。说不上为什么，即使穿着打扮一样，有心人也能够一眼看出那些年轻人的背景，是来自城市还是乡村。

田广胜和陈家人寒暄了几句，就把这个来自北京的外甥孙好好介绍了一番。

陈文平也打量了几眼王桢阳，但他好像对此并无兴趣，只是面无表情地站在一旁陪客。

他上面有两个姐姐，姐姐们的学习成绩一般，家庭条件供着也费劲，都是读完初中就去北京打工了，父母就是普通农民，收入有限，也不懂太多文化知识，总之学习上全凭他自己摸索。穷苦人家祖祖辈辈出了这么一个独苗大学生，也算是烧高香了。

陈文平考上北京邮电大学那一年，平日里过得抠抠搜搜的陈父在村子里摆了二十桌流水席，大红鞭炮崩了个山响儿，开学报到那天还是村里专门派车送出去的。

四年过去，确实拿回来一纸文凭和一份城里工作，让老陈家在村子里走路都挺直了腰杆。可谁能想到，本以为前途无限的小儿子就在城里待了两年，然后毫无预兆地突然回了村子。这次，陈文平带回来的是两张医院的诊断证明：肾炎，中度焦虑症和轻度抑郁症。

陈文平读书的时候就偶有失眠，没承想工作之后压力更大了，经常成宿睡不着觉，本来加班到家就很晚了，人还没怎么休息，第二天一早又要昏昏沉沉地挤公交去上班。说起来他的工资并不算高，一个人在北京打拼开支又大，但好歹是一份体面的白领工作，在家乡说出去也令人艳羡，他就凭着心中这股劲儿硬是咬牙坚持了下来，直到有一天开始尿血，他才意识到问题的严重性。

他开始吃药，包括精神上的药物，但是效果甚微。他发现自己越来越抗拒工作，甚至不想再接触人群，他觉得周围的空气压迫得他喘不过气来。他不太擅长处理复杂的人际关系，到北京上学以来就没交到什么朋友，在公司也是独来独往，身体出现的问题和精神上长期的孤立无援令他开始萌生逃离北京的想法，只是他不敢说、不敢做，他实在害怕父母失望的眼神。

就这样又耗了将近一年时间，因为长期失眠导致的体力不支和精神委顿，他的工作开始频繁出错，赶在被公司炒鱿鱼之前，脸皮薄的陈文平先打好了辞职报告。又在出租屋躺了半个月，他终于下定决心，毅然决然回到了家乡。

有人说他是读书读傻了，脑子读出了毛病；有人说他是本来就资质愚钝，所以经不住大城市的考验。总之，幸灾乐祸的远比真正关心的人要多得多，这也在陈文平的预料之中。在母亲的眼泪面前，他也发誓自己不是逃避问题，而是要换一个起点，找寻一条更合适的道路，让一切重新开始。到底父母心疼儿子，陈文平就这样在家里住了下来。

而他的“重新开始”却不知道何时开始，没人知道，他自己似乎也不知道。

四

老村支书说得对，到底是年轻人在一起有话说。但王桢阳和陈文平的第一次会面并不客气，几句言语下来，他们彼此都觉得看穿了对方的“真面目”：王桢阳认为陈文平就是个“小镇做题家”，除了会答卷子之外一无是处，抗压能力还奇差，基本就是回乡“逃难”的；陈文平认为王桢阳这种人就是“中二病”，喜欢标榜与众不同，一时兴起到乡下来寻找存在感，不必谈什么事业理想，不过是来玩的。

田广胜建议说，既然年轻人决定在乡村发展，到底不能坐在家里空谈，让他们一起去地里转转，尽早拿出规划方案。陈文平家里虽然也是种植果树的，但他从小就没怎么下过地，家里好不容易出了一个爱学习、会学习的孩子，哪里舍得让他浪费时间在地里，所以陈文平确实空有一个农民身份背景，对务农并不知晓太多。王桢阳更不必多说，那是高楼大厦里泡大的孩子，端到眼前的都是深加工食品，就没见过庄稼是怎么从田地里长出来的。

何况，两个人还互相不服气。

接连转悠了几天，看着那些稀稀疏疏的梨树，还有不少已经无人管理的荒园，王桢阳能想到的也就是“好好种树”，至于该从何入手，他觉得自己观察思考得还不够，现在谈不出太多。陈文平的心思其实并不在田地里，他想的退路是回到乡下当个公务员或者教师，最好就在本村，最远不能出镇，在熟悉的环境里会让他感到心安，有了正经编制也不枉他埋头苦读十几年，但在备考的这段日子里，他总不能赖在家里吃喝而什么都不做。

两个人各怀心思，倒是每天不约而同来果园转转，有时候也讨论几句，但因为两个人都不懂，可以互相借鉴的几乎为零。

“你们村总缺水不行，你看这树都干成什么样了，没水怎么长，结什么果儿。”王桢阳学着田广胜的样子，背着手满果园溜达，瞧瞧舅姥爷家的，又要去瞧瞧陈文平家的。

陈文平并不打算理他，自顾拿着一个手机在刷题，累了就抬头看看远处的山。他小时候总在想，什么时候才能翻到山的那一边，去看看课本里伟大的首都和天安门。小小的他想不通，为什么明明这样近，北京是那样的，他的家又是这样的，那里的人和自己村里的人又有什么区别？

后来，他终于去到了山的那一边，那里真的很好，就像电视剧里看到的那样色彩纷呈，但他也终于醒悟到，或许属于他的、适合他的还是山这边的青天、黄土、绿树，他终究是属于这片田地的。

“你们村这浇地的水源从哪来，你知道吗？”王桢阳喊了陈文平一声，看他低头皱眉的样子就气不打一处来。

陈文平确实懒得理他，只伸出一根手指，向东比画了一下。

“喂！”王桢阳没好气道，“我看你根本就没想过整好果园吧，你出来纯粹就是怕人说你是宅家的寄生虫！”

这回，陈文平放下手机，推了推鼻梁上的酒瓶底眼镜，抬头看着面前那一位气得直瞪眼的公子哥。

“嗯。”陈文平想了一下他的话，然后认同地点点头，马上就把注意力转到了那个蕴藏着他前途的手机上。

“陈文平！”王桢阳的叫声惊扰了树上两只正在说悄悄话的小鸟，扑唰唰地就齐齐飞走了。

陈文平觉得和王桢阳说话简直是浪费自己的时间，他也不认同王桢阳所说的那样将心思投到了果园上，一个五谷不分的城里娃懂什么呢，还不是三分钟热度来淘气的，自己要是把前途搭在他身上才是真的蠢。王桢阳大不了甩手回北京，人家有退路，他陈文平有什么，他已经退无可退了。

五

田广胜告诉王桢阳，小堂村的水源是从邻村引来的，本身管道口径就不大，加之年久失修，也就是聊胜于无凑合用用，碰上好年景雨水多还可以，碰上天气旱那只能是干瞪眼。

王桢阳问：“村里为啥不自己打井？”课本的知识告诉他，靠天吃饭和靠人吃饭终归都不是最优办法，肯定还是要凭自己才可靠。

田广胜苦笑了两声，两撇花白胡子在鼻子下面一翘一翘的，他说：“怎么没打过，二十年前就打过，唉。”

王桢阳看二舅姥爷这里也没什么办法，干脆又去了地里转悠。

这几天他吃住在这里，虽然有些不习惯，但情绪依然很饱满，他的事业才刚刚开始呢，他觉得自己有的是力气，就像这春天山里的树枝上刚刚萌发的小芽一样，他需要一点雨露，他想要快快长大。

“哎，孩子，你等一下。”田广胜叫住他。

“咋啦？”王桢阳发现自己说话的语调都快和这村里人一样了，融入得倒很快。

田广胜招呼他坐下，解释道：“你先等等，我从镇上给你找了个专家，不对，专员，你等等，人家今天就过来咱这看看。”

王桢阳看看表，已经快十点了，他可不想让人说自己是吃白饭的，他必须尽快找到切入点，把果园的事情搞起来，家里留给他的时间并不多，只有一年，再说这果树可是见天生长的，活物不会等人。

王桢阳催道：“谁要来呀？要是陈文平那样的就算了，也帮不上什么忙。”

可不是吗，陈文平那是做事的态度吗，只不过是利用自己来满足他的避世需求，以此保护他那脆弱的自尊心，让外人看起来他是在做正经事而已。

田广胜好笑道："怎么，你们有矛盾啦？"

王桢阳道："没有。"都没话说，能有什么矛盾。

田广胜又示意王桢阳坐下，少安勿躁，他说道："你们都是年轻人，都读过书，有想法，有事大家好好商量，都是为了同一个目标嘛。"

王桢阳一点也不认同二舅姥爷的话，不过看在陈文平确实命运不济怪可怜的，就不准备在众人面前拆穿他了，反正他来之前也没想要什么搭档帮手。

"舅姥爷，到底谁要来？"

"这个女子啊，说起来了不得。人家是石家庄市里的人，爸爸是副区长，妈妈是大学教授，人家自己还是北大研究生哩！"

田广胜说得兴奋，胡子又跟着翘起来。

王桢阳心道，哦，和着要来个官小姐，大概是来基层转一圈，回去好升官的。

"听说人长得也没得说！呵呵！"田广胜自己把自己说乐了。

王桢阳哑然道："您是要给我相亲啊？"

"胡说。"

"那她到底干吗来的？"

"帮你来的啊。"田广胜顺手又擦了擦茶壶，"人家欧同志是咱镇里的扶贫专员，都来了五年了吧，从省会扎到咱这穷乡僻壤的地方，不容易啊。"

王桢阳想不出这个欧同志到底是什么样的人，倒是她在镇上办事，又经手扶贫这块工作，那和她搞好关系，为果园要来一点扶持资金倒不是一定不可行。

王桢阳想到这里就忽然有了耐心，他坐下给自己沏了一杯茶，慢悠悠地还哼上了小曲，心里盼着那位镇上的“财神爷”赶快来。

六

小堂村是银泉镇有名的“困难户”，天时、地利哪个也不占，村里人大部分就靠种植果树过活，先不说收成一般，就是近年来低迷的市场价格也让农户苦不堪言，年轻劳动力不愿意守着这片荒地，纷纷去了城里谋生计，就算是去卖苦力，也比在果园里辛劳一年颗粒无收强得多。所以，如今的小堂村连这点“人和”也不占了，有的家里就剩下了老人孩子，索性把地彻底荒了。可怕的是，小堂村这样的情况并不是个例，单就银泉镇来说，这样的村子就不下三五个。

欧旭锦是学社会学的，当初的论文研究方向就是“新时代农村劳动力向城市流动的变迁”。在城市读书时，她只看到经济繁荣之下人口涌动的正向一面，可是没有意识到不断向城市输入劳动力的农村地区却越来越像被抽干了血的空皮囊，难免日渐凋零。

银泉镇是欧旭锦读研究生时期的田野调查重点区域，下面大大小小的村落她几乎走了个遍，或许是路走多了、人遇多了，仿佛就对这里有了感情和寄托。毕业的那年，她通过考试如愿来到了银泉镇政府工作，虽然有人不理解，还有人在背后揣测她的动机，但她还是做了自己内心想做的事情。

学生时期，她只是看到问题，用理论分析问题；那么毕业

了，她希望自己能来到这里实际解决问题。

这一晃，居然五年就过去了。

王桢阳见到欧旭锦的时候眼前一亮，因为欧旭锦和他想象中不太一样。他以为那会是个娇滴滴、不可一世的官小姐，或者是个爱打官腔的油滑专员，结果迎来了一个讲话慢条斯理、待人不卑不亢的阳光女孩。

“你好，我是欧旭锦。”欧旭锦自我介绍道。

“你好，姐。”王桢阳悄悄把手在裤子上擦擦，刚刚手上洒了一些茶水。

欧旭锦一笑，田广胜忙将她让过来：“欧主任，你坐，你们先聊着，我去外面看看，买点东西。”

王桢阳也听到了，那是沿街卖豆腐的叫卖声，做豆腐生意的是个快七十岁的孤寡老人，平日里田广胜若是听到了就会去买上一块。

“欧主任。”王桢阳改口道，他发现自己竟然有些声颤，突然很怕给这位欧旭锦专员留下不好的印象，所以连眼神都不自觉小心翼翼的。

欧旭锦笑道：“那是老支书和我客气，我就是办事的，叫主任倒把人叫生疏了，我长不了你几岁，叫我旭锦就好。”

王桢阳不好意思地点点头，在心里叫了一声“旭锦”。

欧旭锦继续道：“你的情况我听老支书说了，你能有这份心真的很不一般，你这也算逆流而上吧！”

“不不，和你比不了，你都来这里五年了。”王桢阳说的是实话，他确实没想过要在这里待很久，也许一年，也许三年，但绝对不是五年。

欧旭锦喝了一口茶，顺便擦了一下额头上的汗珠，她一路骑自行车过来，土路不好走，颠簸了一个小时才到。她说："你和我不一样啊，我毕竟就是这里的人，建设家乡没什么说的，你是北京人呢。"

王桢阳被她一番话说得更不好意思了，忽然很想出去透透气。于是他站起来道："旭锦姐，咱去果园看看吧，边走边说。"

"好啊，"欧旭锦也站起来，应和道，"老支书说得简略，你再和我详细说说你对果园的规划。"

两个人一前一后，就这样出了门，王桢阳觉得他比第一天来村里的时候更高兴了。

七

王桢阳觉得二舅姥爷应该早点把欧旭锦带来。倒不单是因为欧旭锦长得好看，关键人家讲起话来也是有条有理、思路清晰、表达简要，只几句话就把村里的灌溉水源问题说了个明白。

听欧旭锦说，小堂村二十年前就开始打井了，当时正是田广胜主持村里的打井工作，可是前前后后几年时间打了不下五口井，竟然没有一次是成功的，最后把村里的专项资金花完了。田广胜自认是自己工作不到位，给村里造成了损失，回家就把自己的老本儿掏出来，又请来打井队打了两回，结果还是一无所获。村里有人开始说风凉话，说是村支书把资金贪污了，打井队没收到那么多钱所以不给好好打。田广胜虽然一笔一笔账记得清楚，但也抵不过流言蜚语暗里飘散，而且打了那么多年没有成效也确实让人灰心，慢慢地，也就没人再提打井的事情。

王桢阳听了止不住叹气，他没想那个总是乐呵呵的二舅姥爷还有这么一段辛酸史呢。

“这么说，这村里就是没水？”王桢阳疑惑道。

欧旭锦摇摇头：“说不好，这又十年过去了，或许是当初的设备落后也说不定。”

王桢阳赞同道：“也对啊。水太重要了，靠现在那点从别人村里引来的水，浇灌个小园子倒是够了，可咱村里那么多户，那果园加起来怎么也得有一百来亩地吧，这哪够？”

欧旭锦转头一笑，对他说道：“你还想发展全村的果园？”

王桢阳挠挠头，笑得有些憨气：“那我又不是来给自己家干活的，我确实想给村里干点事儿。我舅姥爷到底怎么和你说的啊？”

“是啦，是啦。”欧旭锦连声应道，继续向前走着，“老支书来镇里说，你是从北京来这里自愿参与扶贫的大学生，准备在果园大干一番，是吗？”

“呃……”王桢阳琢磨了一下，然后应道，“差不多也可以这样说。”

“嗯？”欧旭锦好笑道。

“旭锦姐，我心里确实是那样想的，但你说我的扶贫路线是走技术投资、资金投资，还是体力投资、精神投资？”王桢阳倒真想不出他能为小堂村做点什么，虽然他什么都愿意做，但哪方面好像又都欠缺点儿。

“不要担心，你有这心就一定能做好。扶贫不是一朝一夕的事情，我们得找准方向，目光放远些。”欧旭锦工作这些年也看到了林林总总不少事情，对于王桢阳这样的刚毕业不久的大学生还算了解，如今像他这样肯把自己“下放”农村的学生本就不多了，何况还是城里的孩子，甘愿放弃大都市的繁华，青春年华守着这样一份寂寞，这份心就难能可贵。

两个人说着就来到了果园。王桢阳一眼就看到了靠在树下刷题的陈文平，心里这气就不打一处来：这家伙，从头到尾就没给自己带来任何帮助，每天却还不得不朝夕相对，互相碍事，简直烦死了！

“你好！”欧旭锦听老支书讲过陈文平的情况，她微微弯腰，主动伸出手道，“我是镇上扶贫办公室的欧旭锦，你就是陈文平吧？”

“嗯……嗯？”沉浸在刷题里的陈文平还以为是那个公子哥又来视察果园了，没想到今天怎么突然多了一个人，还是个很漂亮的女孩。

“哼。”王桢阳站在不远的地方低声哼了一下。他看着陈文平傻呆呆发愣的样子，心里就油然生出一股鄙视，他用眼神告诉陈文平：瞧你那没出息的样子吧！见到美女眼睛都不转了，都不知道怎么办好了！

“你、你好。”陈文平站起来，目光一直在欧旭锦脸上，一时手上没注意拿稳，手机就掉了下去，好在是松软土地，没有摔坏。两个人都忙着弯腰去捡，陈文平冒冒失失的，两个脑袋就撞到了一起。

“哎哟。”欧旭锦不由得轻呼了一声，看到陈文平内疚的眼神，又忙说，“没事没事，打扰你学习了，不好意思。”

两个男生互相瞪了一眼，两个人一时都无话。

八

欧旭锦的到来确实让这个死气沉沉、形同虚设的果园改造小组活跃了起来。在听了王桢阳的初步解决灌溉问题的想法之后，欧旭锦表示认同，也答应会向镇上汇报，争取能尽快申请一笔打井资金。王桢阳那天表现得比平时更积极，不仅发表了对打井的看法，还把自己今后想要包下整片果园并且成立农业公司，把整个村的梨树种植规模化、产业化的想法统统倾倒出来，听得欧旭锦越笑越灿烂，陈文平就咧着嘴角不吭一声。

陈文平也不是没心没肺没想过村里的那些问题，只不过这个公子哥的说辞天花乱坠，和以前那些来过村子里的人没什么两样。但是，曾经那些信誓旦旦要改善村庄、要增产创收的人，如今都哪去了呢？若是胡想八想的理想主义者来村里折腾一遍也就算了，但有的人根本就是骗子性质，到村里说什么集资搞设备，结果卷着钱就跑了。那都是农民面朝黄土背朝天的血汗钱呐！好在近几年村子也没钱，断了这些骗子的念想。

那么，王桢阳就是那种夸夸其谈的幻想家吧。折腾吧，反正这里不是他的家，他不怕折腾；折腾吧，反正村里已然这样了，也没什么再坏的可能了。这就是陈文平的真实想法。他没对王桢阳说过，但他已经让王桢阳感受到了他的态度。可是，面对一心来小堂村做扶贫工作的欧旭锦，陈文平绝对说不出那样的话。

欧旭锦不是每天都来村里，王祯阳听了欧旭锦的建议，这几天一心泡在网上找资料，希望能找到一个靠谱的地质专家，来帮他们建立机井房。

王桢阳不是莽夫，他知道这一次找打井队要慎重，若是再失败了，寒了村里人的心不说，自己今后想在小堂村开展工作也会变得更难。所以这几天，他没日没夜翻看地质打井相关论文，希望能从技术角度并结合小堂村的实际情况，自己先筛选预演一遍，确保最大的成功率。

终于，五天后，王桢阳在网上锁定了一位中国地质大学的教授。他很开心地打电话给欧旭锦，说了自己的工作进展，欧旭锦鼓励他干得不错，并且告诉他申请资金的报告已经得到了领导的口头批复，让他放心大胆地去干事，只是预算有限，让他有心理准备。

王桢阳觉得事情顺利极了，仿佛小堂村的大门已经为他展开了一道缝隙，他就快能看到里面的风景了，他嗅得到那里传来的青草香。

兴奋的王桢阳甚至去果园找了陈文平，把自己的理想规划又对陈文平诉说了一遍，然后半邀请、半挑衅地告诉陈文平，他在小堂村的伟业就要开始了，若是陈文平想搭顺风车，现在加入还来得及。

坦白说，王桢阳并没看上陈文平身上那点学识。陈文平是学英语专业的，可这村子方圆八百里有一个外国人的踪影吗？难道对着果树念一遍英语课文就能把果子卖到太平洋那头吗？王桢阳只是觉得，如果只是一个人做事，确实有点寂寞呐。

而陈文平回应他的，依然含糊不清、模棱两可。他像是不愿为果园的事情出力，但他又每天准时来果园报到，看着王桢阳忙东忙西，这着实令他回村后的枯燥生活里泛起了那么一丝乐趣。

九

因为经费有限，也为节省时间成本，王桢阳只是给那位中国地质大学的秦教授写了一封电子邮件，但在邮件里，他详细描述了小堂村的现有情况，还情深意切地把村民们这么多年苦于无水的困境翔实描绘了一番。两天后，王桢阳就收到了秦教授的回信，刚好他们就在山西一带帮困难村勘察打井，如果顺利的话，一周后应该就可以带队伍去小堂村看一看。

接到消息之后，王桢阳一路骑车去了镇政府找欧旭锦，正好镇长刚给扶贫办公室的同事开完会，欧旭锦直接把王桢阳带到了镇长面前，说这就是从北京来的扶贫大学生。镇长听说王桢阳为小堂村请来了地质专家，当即拍板简化资金申报程序，为这次打井工作特批了一笔专款，交给欧旭锦的办公室管理。

回到村里，乡亲们听说这个新来村里的大学生在镇长面前露了脸，还要给村里建立机井房，都纷纷来到田广胜家了解情况，凑起了热闹。

有一个叫谢敏的女孩表示，如果有需要，她愿意给王桢阳帮忙，还说自己家里的果园近年来已经无人顾暇了，若是王桢阳愿意，她家也愿意把地交给王桢阳一并建设管理。

这谢敏是小堂村土生土长的姑娘，论起来还是陈文平的表妹，人长得文静，说话也和气，高中毕业差几分没考上大学，就去了镇上的饮料厂做工，平时每周回来一趟。王桢阳的事业刚刚开启，若是将来事情多起来，少不得要人帮忙，可他现在又没有公司吸纳别人，也无法给人开工资，所以不敢贸然答应。

倒是谢敏提出的代为打理果园让他很感兴趣，这与他之前的构想不谋而合。

如果只是把田广胜的十亩果园搞起来，运作再好也不过如此，何况他的目标远不止这一点地方。

他希望的是能改变整个小堂村的面貌，就像他毕业那年的西北行中看到的，一个村因为某个人的扎根深耕，彻底改变了一方百姓的生活，这就是他心中的英雄主义。

如果留在城市里，按照既定轨道，毕业后去办公室吹空调敲电脑，他不知道生活中还会有什么令他兴奋的事情。他行走的那一年，他的所见所闻所感，让他太渴望当个英雄了。陈文平说他是“中二魂”爆发，似乎也没什么不妥，但若结果是好的，为什么不放手一搏呢?

谢敏的那番话让王桢阳一整晚没睡好，他又开始在心中描绘他那张理想蓝图了，他觉得冥冥中似乎有一双手在推动帮助他，他正在迈出第一步。即使一个没有信仰的人，此刻也多么希望真的能够好人好报，让好事在小堂村发生呢。

一周后，秦教授和他的团队风尘仆仆地到了小堂村，这不在他们的计划中，但是了解到小堂村的情况后，尤其是王桢阳发过去的那几张地质照片，让秦教授起了兴趣。

明明周围村子都有水源，这里没道理打不出水。秦教授在村子里实地勘察了一圈，然后肯定地告诉村干部，你这村里肯定能打出水，二十年前大概设备受限，可现在不一样了，我们拥有很先进的设备，请村民们放心，今年肯定可以吃上自己村的地下水。

轰轰烈烈地打井工作开始了，村民们都盼着喷泉一样的清水一冒而出，但在开了四口井之后，依然像二十年前一样，除了工人的汗水，地面依旧干涸一片。

那些沉不住气的围观村民早就散了，说是又白高兴一场。王桢阳心里也急，可他更怕秦教授轻易放弃，这是他好不容易找出的头绪，而且不把灌溉问题解决，果园建设从何谈起呢？

“王同学，你要沉住气呀，小堂村是有水的。”见多识广的秦教授好像并没有把村里那些叹气声听进心里，他知道这些百姓心中的盼想，而且他是科研工作者，既然选了这条路，就足够耐得住寂寞。

又是几天过去，打井的事情依然不见成效。村子里开始传出了闲言闲语，有人说，真不愧是一家人，老的贪完了，又换了个小的来贪，这小的还不知道从哪儿冒出来的，到时候卷起铺盖一跑，连人都找不到。慢慢地，这话传到了镇上，欧旭锦亲自过来和村干部开了个会，商量由村干部出面安抚村民情绪，至于秦教授和他的队伍，就交给了老支书和王桢阳负责。

十

当王桢阳把所有心思都投入打井工作的时候，北京家里突然来了电话，让他立即回家。起初，他还抱着侥幸，以为是家人骗他回家的计策，谎称老人摔倒了。回程的大巴上，他想的还是那口井、那片果园，可当他回到家里，看到姥姥躺在床上，右腿还打着石膏，他的喉咙一下就被什么堵住了，看着姥姥说不出一句话。

“没事啊，姥姥没事，乖乖。”姥姥抱着他的头，贴在自己怀里拍了拍。

王桢阳的妈妈站在一边看着，叹气道：“姥姥把你从小带到大，你也和姥姥最亲。现在姥姥年纪大了，该是需要人照顾的时候了，你听话，就别往外乱跑了。”

王桢阳没说话，他觉得心里疼极了，他虽然放不下小堂村刚刚有起色的境况，但是如果姥姥需要他，他也真的可以不走。

姥姥还是轻轻拍着他的脑袋，说道：“没事没事，姥姥知道呢，你是给姥姥种梨花去了，等你的梨树都开花了，就把姥姥接过去，姥姥还陪着你。”

“姥姥。”王桢阳紧紧抓着姥姥的袖子，那一次他是真的有点动摇了。如果说陈文平那些人回到家乡的理由还可以添上一条守在家里尽孝，那他跑到那里是图什么呢，他的那点浪漫英雄主义吗？

妈妈告诉他，姥姥是因为想他，站在小板凳上擦墙上装着外孙照片的镜框才摔倒的。虽然理智上不能归错到自己，但王桢阳心里依然不是滋味。他在北京留下了，至少他无法马上离开。

欧旭锦不是只管小堂村的扶贫工作，她的主要办公地点仍然在镇上，平时也是各处跑调，自然无法帮他盯住小堂村打井的事情。秦教授倒是在工作一线，但他一心打井，并无暇顾及其他。二舅姥爷年纪大了，只能打打电话，根本就不会用智能手机。唯有陈文平是合适的联络人，只是不知道那个“做题家”会不会搭理自己。

王桢阳给陈文平发微信，请求他替自己盯着打井的事情，并希望他能把消息即时传给自己。没想到陈文平这回倒是很好说话，每天都“嗖嗖嗖”发来几张现场图片，而且忠实地喜忧悉数全报，连村里有人在背后骂王桢阳拿钱跑路了都要清楚地让他知道，搞得王桢阳哭笑不得。

“兄弟，流量还够吗，用不用我给你充点话费？”王桢阳问得很真诚，他实在不想欠下人情，让陈文平为自己的事情破费，何况陈文平现在没工作。

“。”陈文平简单回应了他一个句号。王桢阳猜测，那可能是让他闭嘴的意思。

后来，王桢阳听二舅姥爷说，陈文平在村里给一些亲友的孩子补课，家长们会给他一些钱或物，凑起来也顶得上谢敏她们在镇上打工了。

北京家里这边，姥姥的恢复情况说不上多快，但好在一天天也渐好转。王桢阳有时候会推着姥姥去楼下逛逛。四月了，花陆续开了，空气里弥漫的都是春天的气息。

“今年又看不成梨花咯。”姥姥坐在轮椅上，自言自语道。

王桢阳索性蹲下来，安慰道：“姥姥，明年我带您回小堂村，我还您一个百亩梨园，保证让您看到的就像梦里那样、像您小时候那样。”

“好啊，乖乖。”姥姥拉过王桢阳的手，放在自己手中拍了拍。

祖孙俩正温情，一阵电话铃响起，王昭阳低头一下，是陈文平打来的视频通话。

“这家伙搞啥……”

王桢阳疑惑着接通了，陈文平的大脸一闪而过，紧接着画面转换到施工现场，周围零散站着几个围观的村民，潜孔锤一次次重重地砸进土里，听不清周围人的议论声，但能猜出一定是从期待再次转向了失望。不过一会儿，那零星的群众也走散了一大半。潜孔锤就像一头老黄牛一样，不知疲倦地继续和土地死磕。

“出水了！出水了！成功了！”

喷出的十几米高的水柱让在场的所有人顿时沸腾起来，手机里传来一片大呼小叫声，陈文平还在画外小声说了一句：“恭喜你啊，王桢阳。”

王桢阳立刻给秦教授去了电话，千谢万谢不过如此。

后来，姥姥看着王桢阳犹犹豫豫的表情，就率先开口道：“回去吧孩子，姥姥还有你爸爸妈妈呢。”

十一

王桢阳再次回到小堂村的时候，是村干部亲自到村口迎接他的。王桢阳有点受宠若惊，毕竟他没出钱，也算不上出力，只不过坚持己见地给地质专家写了封电子邮件而已，接下来的事情他也没在现场帮上更多忙。但村里人还是很感谢他，毕竟这不仅关系到果园的灌溉问题，还极大地解决了村民日常吃水的问题。

如今坐在机井室，只需要摁下按钮，就会有清冽的清水从导流渠汇入储水窖，最终流向家家户户和山上的百亩果园。

陈文平对王桢阳说：“你知道吗，大家现在都叫你‘井长’。”

“哈？”王桢阳挠挠头，他觉得自己运气实在不错，大概可能就是生活的“男主角”。他也很敏锐地发现了陈文平对自己态度的转变，至少陈文平愿意和他多少说两句话并听他絮絮叨叨他那些乡村梦了，虽然陈文平还是认为王祯阳有严重的“中二病”且无药可救。

所谓水到渠成，机井的事情解决之后，有些思想前卫大胆的村民开始主动和王祯阳接触，说他们也愿意把自家的果园交给王祯阳打理，反正那些地闲着也是闲着，家里老的老、小的小，也没有精力去管。

王祯阳谨慎地思索了这件事，他不知道自己现在有没有能力接下这么一大摊子事情。他去和二舅姥爷商量，田广胜说：“我年纪大了，你们读过书，有主意，你们年轻人看着办。”于是，他又跑去找欧旭锦问意见，欧旭锦给他找了一堆文件材料，都是一些乡村农务治理的成功案例。等周末闲下来一点，欧旭锦还带着他们跑了几个重点村，看了人家的农业基地模式。陈文平也去了，按照陈文平的说辞，这是关乎小堂村的事，所以小堂村必须有个代表参与这件事，而他就是那个代表。王桢阳发现陈文平这人其实一点也不呆，至少和欧旭锦在一起对话的时候，头脑清楚着呢，整个人都清爽得不得了。

王桢阳和陈文平这段时间就跟着欧旭锦跑来跑去，爱美之心人皆有之，这倒也无可厚非，关键是，在相处的这段时间，他们越来越佩服欧旭锦的智慧、魄力和胆识。要知道，做农村扶贫工作并不是一件容易的事情，虽然听起来像是帮助人的，走到哪里应该都受欢迎，但先帮谁、怎么帮，会不会达到村民预期的效果，这些运作起来都是问题，何况一边是村民利益，一边作为政府工作人员还要考虑镇政府的立场。一个城市里长大的女孩子，放着大好的前途不要，跑到农村做这些琐碎、基础的工作，若不是心中有大爱绝对坚持不下来，可欧旭锦一干就干了五年，从青涩到游刃有余，这是王桢阳和陈文平都想做却做不到的。

王桢阳问陈文平：“你说欧旭锦是不是也是‘中二病’，也有英雄主义情结？”

陈文平白他一眼：“人家没你那么幼稚。”

王桢阳就笑笑，又说道：“你表妹说你这人从小就不招人待见，说的真是没错啊。”

陈文平拿着手机，头都不抬地说：“我哪个表妹？谢敏？她理你干吗？”

但谢敏还真是很喜欢理王桢阳。作为王桢阳的首批支持者，王桢阳对谢敏也是客客气气，并且非常乐于从她口中了解村民对代理果园的想法。经过一番考虑，王桢阳找来陈文平和谢敏，说要开个重要会议。

会上，王桢阳开门见山，说了成立公司的想法，现下要运作的第一件事就是代理果园。公司实行股份制，原始股东就是他们三个人，由他出资二十万元，让这个事情运转起来，然后不管谢敏和陈文平各出资多少，最终王桢阳占股百分之四十八，谢敏和陈文平平分剩下的百分之五十二，这样三个人可以互相制约，避免公司搞“一言堂”，也避免两方分歧不好办。而且，王桢阳考虑到这毕竟是小堂村的事情，他那二十万元，除了自己大学勤工俭学攒下的五万元，另外十五万元是从镇上办的大学生创业贷款，如果未来真的有事情发生，他希望将最终决定权交给可以代表小堂村的谢敏和陈文平。

谢敏囊中羞涩，却愿意辞了镇上饮料厂的工作，倾其所有掏出一万元，回村里和王桢阳一起管理果园。

陈文平在会上忍不住笑了又笑，说王桢阳你真的很“中二”，你电视剧看多了吧？然而，在谢敏的言语刺激下，陈文平最后也愿意拿出两万元。

十二

王祯阳说干就干，三个人商定好的第二天，他就找到村委会，把开公司成立果园基地的事情说了一遍。村干部开了个会，全票通过，没什么意见。王桢阳又熟门熟路地跑到镇里，把事情和欧旭锦说了一遍，欧旭锦自然也是支持，还说小堂村的果园若是能做起来，倒是帮了镇扶贫办的大忙呢。

写申请，办手续，拿执照……半个月后，新阳农业有限公司正式挂牌，因为没有办公室，村里还借了两间闲置的活动室给这三个创业的年轻人。

跑手续的这段时间，王桢阳和谢敏也没闲着，他们白天晚上挨家挨户搞调查，问询村民意愿，讲解公司政策，最后差不多收上来六十多亩果园。碍于资金和人力有限，公司只能一年后付给农户租费并核算分红，但是有意愿的人现在就可以申请给果园打工，还像往常一样打理自家果园，每月领取工资，只是身份从“农民”变成了“工人”，和果园形成雇佣关系，大小一切事务由果园统一管理。

公司的钱，除了硬件需要投入一部分，王桢阳还打算聘请一位懂行的专家来做果园技术指导，给农户们开展培训，甚至那些没有代理需求的农户也可以报名参与基础培训，条件是等果树收成后，新阳公司拥有同价位的优先收购权。

王桢阳还建议谢敏去学会计，现在简单的账目他们自己可以处理，以后要是公司业务做大了，还是需要专业人士打理。至于陈文平，王桢阳的态度是人各有志，他愿意去考公务员就去考，只是公司有事的时候他必须到场。

陈文平也知道王桢阳的意思，毕竟他是一个外来户，说不好听的，搞不准哪天就不见人了，他要用的是陈文平这个大学生在村里的声誉和信誉，是抬出陈文平给公司做担保。虽然王桢阳背后还有一个隐形担保人——老支书田广胜，但这毕竟是几个年轻人搞起来的新事物，他们中一定要出一个人担起这个责任，那么陈文平就是最好的人选。对于陈文平而言，这个担子着实不轻。可是，陈文平越来越好奇王祯阳到底有多大能耐，所以也没含糊，一口答应下来。

王桢阳也明白，陈文平终于愿意相信他了，相信他那些说得天花乱坠的蓝图理想，否则陈文平不会这么肯定就把事情应下来。

另一头，联系果园技术人员的事情，王桢阳早就拜托欧旭锦帮忙物色人选，因为王桢阳催得急，欧旭锦就在邻村找到一个可以兼职的技术员庚辉。要说起这个庚辉也不是小堂村的外人，他的大舅家在小堂村，小学时候和谢敏还是同学。

庚辉来的时候，王桢阳十分礼貌地迎接了他，他对庚辉委以重任，也给出了绝对不低的工资。庚辉这人仿佛不太擅长客套，自始至终也没见他露出笑脸。王桢阳不知道是不是自己有哪些礼节没注意到，无意中得罪了这位重金聘请的技术员。他私下问谢敏，谢敏告诉他：“没事，庚辉就是面瘫，咱们只要把钱给足了，庚辉会给办事的。”王桢阳就回想了一下，好像是在说报酬的时候，庚辉抽了一下嘴角。谢敏说，那就是表示庚辉笑了。

村里提供的两间房，一个拿来做了三人的办公室，一个拿来做了会客厅，没人来访的时候，陈文平就一个人进去躺着。陈文平还说，要是在北京碰见你这样的，我就不回来了。王桢阳权当陈文平在夸他厚道包容。

正是梨花飘满园的时候，王祯阳终于见识了姥姥描述的童年景象。

一阵春风吹过，白色花瓣像香雪一样将人包围起来，落到人的发梢、肩头，只要认真待它们，只须等待秋天，这枝头就会缀满沉甸甸、黄莹莹的果实，那是一年勤劳的成果，是庄稼人换取一家口粮的资本，是村里孩子们走出大山去看世界的希望筹码。

王桢阳太想太想把它们变成黄金，落进小堂村人的钱袋子里。

陈文平对此的评价是，“中二病”没好，又得了妄想症。

十三

王桢阳请来的培训师分种植和销售两种课程授课，所有人包括非代理农户都可以来听种植课，旨在提高果树产量质量。把四十五岁以下的几名工人单独分一组，统一安排学习电商销售。虽然不是每家都有电脑，但中青年人手一部智能手机还是不成问题，家里实在困难，会客厅也提供两台办公电脑。

“只要想学习，公司就会满足需求。”王桢阳说。这条算是公司文化第一条。

王桢阳一发话，谢敏就真当回事了，还跟着他拿笔和本子记了下来。

陈文平说：“你当他是孔子啊？！”

谢敏说：“那他不是董事长嘛。”

陈文平说不过这两个人，也就不再开口。

王桢阳有点得意。陈文平白他一眼，走到办公桌前，从抽屉里翻出一份手写资料。

“看看。”陈文平说。这是他花了好几个晚上综合了网上各种规章模板，再结合果园实际工作制定出来的完整的规章手册。

“嗯，不得了。”王桢阳没想到陈文平也开始对果园的事情主动上心了，不由得有些惊讶。

王桢阳说：“委屈陈董了，公司已经在采购二手打印机了，差不多下周能到吧。”

谢敏也凑上来看了看，然后瞟了一眼她表哥：“你这种爱较真儿的人，还真是干这种事情的一把好手。”

确实，连唯一的兼职技术员庚辉都有一套完整的奖惩体系。不过当谢敏递交到庚辉手里并通知他公司有严格制度的时候，庚辉表示“钱到位，人到位，其他不必多说”。

那些果园务农的人里，稍微有点年纪的几个都不认字，可是会议上把精神一传达，白纸黑字一张贴，再加上严格执行了几次纪律，且奖惩分明，慢慢地，这些“散兵”一样的农户也有了工厂纪律意识，而且都是为自己干活，干好了年底有分红，谁会故意偷懒呢。

当果园初见规模的时候，王祯阳在大学同学群里发了个电子邀请函，邀请同学们来小堂村两天一晚乡村游，车费自理，新阳公司包食宿，名额限定十个，先到先得。因为小堂村距离北京市中心的车程差不多只有三个小时，还算方便，所以最终来了七个同学。

这些城里来的年轻人初到小堂村，第一天看哪都觉得新奇，乡下空气又好，到处都是青天绿树、白云悠悠。走到果园里，深深吸上一口气，就能陶醉在梨花香气里。晚上，王桢阳把大家伙儿聚在村广场开了个烧烤晚会，啤酒、肉串，可劲地造。王桢阳还叮嘱谢敏要把这两天的每一笔账目都记清楚，哪种东西消耗了多少要记明白，至于晚上睡觉的问题，三位董事每人负责往家里带两三个，也就解决了。等到第二天，这几个年轻人的力气用完了，好奇心也用完了，就开始觉得百无聊赖。王桢阳问，那你们想干点啥？大家伙说，歇着，瘫着，吃，玩，看电影，打牌，什么都行，反正不想动。还有人说要是能骑马什么的倒也能动动，可你这里啥也没有啊。

等到送走了这七位首批小堂村乡村体验游的游客，王祯阳立马召开公司董事会，让谢敏把情况一一梳理清楚：城里的客人来到小堂村偏好什么，消费最高的酒水、食品是什么，等等。王桢阳还不厌其烦前前中中后后亲自做了客户随访调查。这一连串整理下来，三个人心里都有了大概。

陈文平说：“你做这些是不是早了点？”

王桢阳摇摇头：“不早，今年不一定来得及了，但是明年这个配套旅游项目一定要上。”

谢敏有些犹豫道：“那是要建山庄？那得多少钱啊……”

王桢阳笑了，叹了一口气：“那要看咱今年的收成如何咯！”

陈文平又说："你还记得咱们当时和欧旭锦跑白蒿子村去调研，人家怎么发财的吗？"

王祯阳知道他要说什么，但还是装作不知道的样子，请他继续说下去。

于是，陈文平继续道："卖普通山货能卖多少钱，就是产量翻倍也不过如此，何况庚辉说了，就咱们村那地，也别指望翻倍的事情。但是，精品路线是可行的。"

王桢阳点头道："说得对，是个好路子。搞不好咱走外销了，你的英语又能派上用场了。"

陈文平今天的话格外多，只听他又说道："这事找庚辉就行，他对这种能赚钱的项目最感兴趣也擅长，咱们给他的聘金也不低了，再谈谈年底分红，不怕他不上心。"

那晚上，三个人一起研究了好久，最后做好了分工。王桢阳负责秋季销路和来年乡村游的事情，未雨绸缪，提前和镇上打招呼、寻资源；陈文平找庚辉帮忙，研究辟出一块试验地，专业培育新品精品，走高端礼品路线；谢敏负责和之前打工的镇上饮料厂联系，看看饮料厂有没有可能收购一批后期可能出现的滞销品。

也是经过这一晚，王桢阳才真的感到他们是一个具有策划力和执行力的小团队。

他们的公司就要"起飞"了！

十四

所有的事情都在紧锣密鼓地进行着，这期间，王祯阳忙得没回过一次家，倒是每晚和姥姥、父母通电话，他兴致勃勃地给姥姥讲小堂村白天发生的事情，讲他的果园进展，讲他小团队里的伙伴。姥姥每回都说，让他好好干，明年就把姥姥接过去，姥姥身子骨还硬朗着呢，可以给他看园子。

逢过节的时候，田广胜的儿孙们从城里回来看他，田广胜就给他们讲王桢阳的事情，说人家大老远从北京跑来都能干出一番事业，带着乡亲们也有盼头了，你们咋还总认定外面才能淘金呢，咱这山这水不是金子吗？

最酷热的时候，也是果园最忙的时刻之一，连放暑假的小孩子都被家长派到果园帮忙。马上就要收成了，市场上最早的一批果梨已经上市，小堂村的这批货眼看要经受市场检验了，所有人心里都是又兴奋又紧张。

陈文平问王祯阳："你心里有底吗？"

"有。"

陈文平就没再说话。

王祯阳说："怎么，我'中二病'的嘛，你问我我当然会说有，不仅有，还大有特有。"

王桢阳拿出一摞文件夹递给陈文平："看看。"

陈文平打开一看，原来王桢阳正在申办绿色农产品商标。确实，他们今年这批货在庚辉的指导下，全程改用了无毒无害的天然化肥和天然杀虫剂，绝对不是那种自家种的自家不吃的市场"坑货"。

陈文平认真看了资料，然后拍了拍王桢阳的肩，肯定道："你可以。"

九月一到，树上密密麻麻缀上了大果小果，这时候，他们的绿色农产品商标也批复下来了，当初那批培训的电商销售终于派上了用场。当其他果农还等着外面的人开车来收货的时候，新阳公司的第一批果梨已经通过网络销售一空，打的口号就是“果农基地自产自销，纯天然绿色无污染”。

这种时候，没有人会看着钱吹来的方向而不动心，农户们指望的就是这一年的收成。但是为了公司经济利益，也为了保护当初那批愿意走代理路线的农户的积极性，王桢阳他们的对外收购价格并不高，甚至还略低于市场收购价，只是时效上更快，一个村子几步路而已，这头从树上摘下来，那头就能拿到现金。

此外，王桢阳对吞下这另外四十亩货的能力也不担心，只是有一条，坚决贯彻绿色商标规定，凡是使用过违禁药物的，公司一律不收。

这规定一出，公司收购点每天都会有来哭闹的农户。谢敏面子薄，做不来拒绝别人的事，再说都是看着她长大的乡里乡亲，她实在磨不开这个面子。陈文平说，王桢阳作为董事长也不应该出面办这事，所以就由他来做这件得罪人的事情，反正他“从小不招人待见”。

还有一个不招人待见且不得不出席的就是检测员庚辉。有一次，王桢阳亲眼见到一个老婆婆担着两筐梨子来收购点卖梨，庚辉说她家的梨用过催熟剂，不符合收购标准，老婆婆倒是没骂人，但突然嚎啕大哭，像个孩子一样。躲在背后的谢敏看不过去，就把老婆婆拉进房里安慰她，还给她倒水。王桢阳跟着进了房间，对老婆婆说，这批货是肯定不能收了，不然影响公司信誉，损失的将是全村果农的利益。可是老婆婆一直哭，还和王祯阳、谢敏说，以前都是这样用的，大家都是这样用的，不然果子留到后面就不值钱了。王桢阳又说，咱以后不这样了，果子就会更值钱。最后，他还宽慰老婆婆，虽然这批果子他不能收，但是他的果园现在有一些挑拣分类的简单工作，可以日结工资，如果老婆婆愿意可以来帮忙做工。

检查完收购点，王桢阳又转到果园，看着那些忙着采摘的农户，他心想：等到明年就不用这样辛苦了，不仅不辛苦，还会转化为经济利益，因为他的乡村游里还有采摘这一项。等到明年想办法再收一片地，筹一笔钱，种上一些随时可供采摘的大棚蔬菜，那时候乡村游才算真的搞起来了，小堂村也不必一年等一次结果卖钱，到时候就业岗位多了，说不定村里那些出去务工的年轻人也会回来，就像谢敏一样。王桢阳想了很多很多，他觉得自己有太多的事情要做，只恨分身无术，不能把自己的计划一股脑全部转变为现实。

十五

王桢阳来到小堂村不到一年，村里的果园就建立起了全新模式，果农们也切切实实拿到了钱，村里人感谢他，领导也感谢他。镇上决定开表彰大会，让王桢阳来做报告，给大家讲讲小堂村的果园发展模式。

陈文平说：“现在你是英雄了。”

王桢阳一笑，又回头看看谢敏，玩笑道：“一个好汉三个帮！不过我觉得自己真是很幸运，我的那些‘中二’幻想居然就实现了，也许我真的是男主角！”然后他顿了顿，表情认真地说道：“我想我最幸运的是遇见了你们，谢谢！”

陈文平一转车钥匙，用非常不屑的眼神扫了一眼副驾上的董事长：“不用煽情，到了台上再煽情，说不定还能给公司引来投资。”

王桢阳哈哈大笑：“借你吉言，恭喜发财。”

陈文平的驾驶技术相当一般，但这辆白色捷达是公司的第一辆车，王桢阳坐得舒服极了。

陈文平也不再成天念叨考编制那点事，因为他也终于找到了自己的方向，兴趣、成就、利他，这不就是最好的出路吗，何必要人云亦云非要走同一条路呢。

很难想象，如果陈文平依然留在北京会是什么境况，长时间的加班会让身体变得越来越差，赚的钱虽然多，但是房租、交通等开销也大，最重要的是，人确实需要根据自身特性择地而居，像他这种有些孤僻的性格，很难适应在陌生环境中生存，频繁而密集的社交活动对一部分人来说可能是享受，但对陈文平来说确是时时刻刻的折磨。相反，在一个相对熟悉的小环境里，陈文平可以做到身心舒展，不再紧张、焦虑。从另一方面来说，家里父母年纪已经大了，亲子关系早都发生了逆转，不再是子女需要父母，而是父母越来越依赖子女，如果能陪伴在家人身边，那不是最大的幸福吗？

谢敏在王桢阳的劝说下，坚持学习会计，还报考了成人自考的会计专业，用不了太久就能拿到文凭。高考的失利不再令谢敏抱憾，因为只要想学习，永远都不晚。谢敏还记得王桢阳半认真半玩笑的那句话，公司文化第一条“只要想学习，公司就会满足需求”。这一年，她跟着两个大学生东奔西跑，说是合伙，其实她一直从他们身上吸收学习，思维方式、目光眼界、行为模式，她一开始以为自己与他们之间有隔阂，因为背景不同、学历不同，人家是大学生，她是高中毕业的打工妹，可是慢慢地，谢敏也开始相信人是可以通过学习掌握自己命运的，学习会让一个人变成自己想成为的人。对于未来，她说不好，会不会去更大的世界看一看，因为她和他们不一样，她还没看过外面的世界，但她坚信一条：不论在哪里停留，她的根基始终在这里，她最后还会回来。

王桢阳看着眼前飞驰掠过的村景，这一年，这条路不知道走了多少次，走到后来已经不会再有本地人对他好奇张望，他们早已把他当成了自己村的一分子，当成了令自己感到骄傲的家里的那个孩子。

成为了英雄吗？也许吧，得到了一些成绩，却还有更多的理想在路上。

或许真的被陈文平说中了，最初的他只是想标新立异、想追求不一样的环境和刺激，想要做一些离经叛道却最终俘获人心的事情，来满足他那内心的虚荣，可是在一次次为果园挑灯夜读查找资料的时候，在一次次跑在村里的土路上为果农们忙乎的时候，他知道他正在做一件脚踏实地而且正确无比的事情。他不敢说他改变了别人的命运，但他相信他改变了自己的命运。

“喂，姥姥，我在路上呢，对，去镇里开个会。您身体好吗，我过几天就回家看您，我把我这儿的梨子给您带过去，保证您喜欢，是新品种，我们试验田的独一份！”

“哎，二舅姥爷，您说，我在路上了。田恬毕业要回来啊，好啊好啊，我这当然缺人手，过了年就要筹建山庄了呢，肯定需要人，好的好的，咱回去细说。”

村子里的小洋楼

一

空旷宽敞的大坪前，耸立着一栋漂亮别致的小洋楼。暗红的琉璃瓦、雪白的瓷砖，楼前景致布局错落有致，又与楼宇配合得合理恰当。秋天，屋后满山的竹叶飘飞，打在光滑映人的红瓦白砖上，起起落落，似雨非雨，非常动人。

有太阳的日子，年过六旬的李老总是坐在这小洋楼前晒太阳。别人看到这洋楼的时候，因为惊叹，眼睛总会越睁越大，而李老在对这楼做一番打量时，眼睛则会越眯越小。他是在得意呢！这栋位于村寨西边依山而建的小洋楼，是他一生的杰作，或者说，是他穷极了一生的精力。

李老在退休以前一直是这个村的小学教师。妻子秋云曾是他的学生，初中毕业后回到这所学校当了一名代课教师。他们的婚姻就像小孩子成长一样自然，顺理成章。

后来，他们的孩子接二连三地出生了，老大是个男孩，老二、老三是一对龙凤胎，老大与他们俩之间相差两三岁。一个儿女双全的五口之家，看起来实在是太完美了。

李老从出生到现在一直生活在这个叫羊库村的地方，这是个较穷的地方，海拔较高。但真正到了这里，眼前却一片平展，视野开阔。这里一年四季嘉树成荫、鸟儿啁啾，一年四季有采摘不完的野蕨、竹笋、松菌。梅雨季节松菌一团一团，抱着、围着生长，大如簸箕，把整个林子都香透了。

李老一直留在这儿，有人猜测是因为这里有特别凉爽的夏季和总也吃不完的山珍；还有人猜测是因为他是这里的土著，能听懂土语，有沟通的优势。而具体的原因，则是因为这里是他祖辈的居住地，他觉得似乎有责任在此一代一代延续下去。

当然，一切只有他自己明白。

他刚结婚时，父亲还在。父亲个头矮小，鼻梁和嘴的轮廓较突出，是典型的土著蛮人相。老人家个性倔强，内心刚强而身体羸弱，很多事都力不从心。乡下有句俗话叫“人硬硬不过命”，父亲认输了。李老结婚后，父亲像卸下了一副重担。他对儿子说，他老了，什么本事也没有，还说他这一生无多大才能建树，甚至不能建一栋稍微像样的房屋……父亲的话很长一段时间一直震动着李老的心。他听出了父亲话中的愧疚、羞惭、自责和无声之叹。

在这个地方，一栋房屋就是一个人的脸面，是一家殷实的展示，是威望的体现，是祖先的根基，是一个人可以一生为之奋斗的全部。你可以无衣衫、无食粮，唯有乞丐和流浪汉才无房子。

老人家的话，李老懂。父亲传给他的东西，便是一根希望之棒。

结婚一年后，老大出世。儿子出世后，李老也开始了修建房屋的准备：选定基地、破岩石、整屋基。

本来，如果建一栋跟本地房屋一模一样，用冷杉做柱、杉木做梁、椿木做门窗，再以青石块砌墙的木石结构吊脚楼，也未尝不可。因为那些材料产于本地，除了多花力气，多吃些皮肉之苦，并不需过多的钱财，用不了几年便可心想事成。

无奈妻子秋云是一个非常讲究而存有许多幻想的女人，她非要建一栋跟城里一模一样、气派宽敞而雅致的楼房。她说对于外面的世界，她并没有过多的向往，除了这栋房子。

秋云并不知道自己内心真正的渴望，但李老知道。

而城里人的生活日新月异，城里人的思维只有鬼才跟得上。因此，他们的构图也在日新月异地不断变换着。

夫妇二人开始了马拉松似的存储积蓄。除了微薄的工资，他们并没有其他收入。就这样一分一角、一块一块地积攒，他们艰苦卓绝、持之以恒，走上了一段永远也望不到尽头的“长征路”。

这一走，三十年光阴就系在了“长征路”的两端。

三十年，经过了许多事。

三十年，老大大学毕业，作为拔尖生公费留学国外；老二从一所民族师范毕业，嫁作他人妇；最小的老三也因学业优异，留在省城一家规模较大的高科技公司，从事高新技术的研究与开发。

二

阳光把李老的影子映在地上。地是湿的，他的影子也仿佛沾上了湿气，有些皱巴巴的。即使对于整个建筑延伸部分的门前坪地，他也从未敷衍过。他没有像大多数的乡下人一样用面平光滑却生硬死板的水泥地，而是弄来了许多花草的种子播撒，每天精心地浇水、施肥。他想待到明年春天，这儿该是一片花红柳绿了吧。

他不知道自己为什么总在不经意间模仿城里人的品位和格调，自从儿女们一个个出息了之后，他心里便有了一些莫名的担忧。他唯一能做的，便是造一个舒适的、能令他们接受的“巢”。有几次，他都跟妻子秋云提到一件事，那就是希望儿女们至少有一个能回来。这儿才是他们永远的家园，是他们肉身和精神最应该留恋、留存的地方。

可怜的秋云几年前患了子宫癌，子宫已被完全切除，虽然还保留着一头天然的鬈发，也依然乌黑，但她的思想不再茂盛。她像完全变了一个人似的，脸色苍白，皮肤浮肿，眼睛有些木然，仿佛不再有任何幻想。她几乎足不出户，她担心别人会恐惧她，担心被她传染，会躲她，会对她种种嫌弃。但她得的是并不会传染的病，这些只不过是她过于自卑、顾影自怜罢了。

想到秋云，李老才想到应该搀扶她出来晒晒太阳。

近日来，妻子成了他的一块心病。虽说子宫内的毒瘤已切除，但谁又能完全排除潜伏的危险？妻子一生与他患难与共、勤做苦攒，到头来却让她受这样的苦，实在是上天的不公平。人只有越走越天亮，哪有越走越天黑的理！

李老走进大门时又看了看自己的房子。银灰的铝合金门窗嵌着一方一方蓝色的玻璃。连门都是铝材做的，一推一拉，窗帘就在两边隐隐浮动。他的心又愉悦起来。

“太阳多好啊，出来暖和暖和吧！”他对妻子说。

秋云正坐在床沿上，眼睛红红的，似乎哭过。李老的声音大了点，她有些受到惊吓，一时也未回答丈夫的话。

李老又继续说：“出来吧出来吧，坐在坪地里看我们的房屋，要多大有多大，要多漂亮有多漂亮，我看到死也看不够！”

秋云说：“是啊是啊，漂亮得看到死也看不够。”她突然转变了口气，说：“李老，你去小镇上的邮局给老三打个电话好吗？”停了一下，又说：“还有老二。”

“有什么事吗？”

“问问他们，几时放假，回来过年。”

李老想说离过年还远着呢，着什么急。但马上又觉得应该顺从妻子，随即答应。

从羊库村到小镇上不过两三里地，一条平坦的毛坯子公路，还算好走。李老走在路上时就一直在想，儿女们见到自家这么大的房子时会是什么表情。他想，他们每个人都可以回来住，就是拖儿带女、拖家带口也住不满。到时候，楼顶上可以做露天舞厅开派对，客厅可当音乐茶座咖啡厅，即使儿子带洋媳妇回来也行。

李老在回家的路上更是兴奋得有点手舞足蹈，因为他拿起话筒很顺利就听到了老二、老三的声音。当告诉他们家里的新屋已落成，并有模有样地描述了一番后，他感到他们在电话那一端激动得几乎跳了起来，回家的心情明显趋于迫切。

李老把这一消息告诉了妻子，秋云脸上欣慰的笑容久久没有散去。

那天晚上，他们相拥着说了许多话。他们说到了老大的忠厚老实，老二的任性泼辣，也说到了老三的机智和淘气。

“知道吗，有一次老二和老大打架，她哪里是老大的对手，可老大让她，逃跑假装认输，老二还气不过，将家里的碗、雨伞、脸盆当成出气筒，摔了个稀巴烂！”秋云愤愤地说。

“还说呢，老三跟老大吵架，居然互相骂娘，他们不知道对方的娘就是自己的娘吗？臭小子！”李老说。

两人说着说着，发现自己全数的是儿女们的短处，便打住了。

秋云在入睡前打了一个长长的哈欠，说：“知道吗，我这一生最值得骄傲的是，我生育了几个有出息的儿女。”

她迷迷糊糊地又问李老：“你呢？”

李老想说这一生最令自己骄傲的是自己建了一栋气派的房子，但他并未说出口，他看见妻子已经睡着了。

三

年前的等待使得这一对夫妇的日子天天充满期待，特别是秋云，病体离弦而飞，满身满脸的枯木逢春。刚进入冬月，她就开始忙过年的准备。磨豆腐、打糍粑、熏腊肉、酿酒，还从一个猎人手里买回了一只被套住的、活的野鸡。李老倒成了一个无所事事的人，一天到晚这里走、那里串，一颗心都快跳出来了。

老二和老三果然在年到来之前如期而至。老二还带来了自己的丈夫和女儿。天异常冷，小孩的鼻子和小手冻得红通通的，像刚出土的胡萝卜。秋云忙着生一大炉炭火，而李老则忙不迭地带着老三屋前屋后、屋里屋外地转，他太想给儿子一丝惊喜和震撼了。他还暗示老三，这由他亲手创立起来的家业和财富，以后都属于他和老大。

但老三并没有如父亲所期望的那样，他的眼睛里反而有一些忧伤，也许是体验到了父母多年的甘苦辛劳吧。他的确也真正感受到了父亲的骄傲，但最后，他只说了一句："爸，你真傻……"

就像鼓槌落在鼓面上，李老的头轰然一响。

这就是儿子对自己一生千辛万苦的总结？

大年三十的晚上，李老喝了很多自酿的苞谷烧酒。他醉了。恰如一些人以大骂或傻笑来表现自己的醉，李老则是以一种哭来表现自己的醉。他呜呜地哭泣着。老二的丈夫和老三把他扶到床上，他还哭个不停。老二、老三都责怪自己，不该让父亲喝那么多的酒。但母亲秋云说："是他自己想喝，你们又怎能拦得住？"

接下来的日子，家里的气氛突然沉闷起来。老三感觉到了这一点，仿佛要讨好父亲似的，用自带的相机，站在屋门前让老二给自己拍了一张又一张的照片，这使父亲又有些高兴起来。

后来有一天，父亲居然坐车去了城里，找到他当年的学生，现为教育局主管人事的副局长。他问："如果将老三调回来，行不行？"

这位副局长一听到老师的话，喝进嘴的茶都笑喷出来了。副局长说："要是老三愿意回来，我这个副局长的位置都可以让给他。"

副局长还说："怎么可能呢？人往高处走，他怎么还会回来！"

老三在假期还未结束就走了。他回来的唯一目的就是看看父母，与家人过一个团圆年。既然父母也看了，他也该走了。

尽管父亲一直认为这里才是他永远的驻留地，而他还是固执地把他的工作和事业放在更为广阔的地方。

家是什么呢？人本来就没有家，祖先也没有。祖先们其实也是这样，不断地迁徙，不断地走，走到哪儿累了，就在哪儿停歇下来，给自己安放一个家，房子其实不过是蜗牛身上的壳。

四

李老在一个阳光灿烂的日子收到了老大的来信。看看日期，是春节之前写的。老大在信中说自己还在攻读博士学位，很紧张，也因不能漂洋过海回家看望双亲，只能在信中预祝二老春节快乐、身体康泰。老大在信中最后写着：

我想念你们，想念一年四季都有野蕨、竹笋和松菌的乡下老家……

也是这一天，李老发现自己一向结实如古树根般的双手开始抖动。他甚至握不住一张薄薄的信纸，他对妻子说：“你看啊看啊，我的手怎么了，我的手怎么像落叶一样抖起来了？”

秋云走过来，看见他这样子，发了一阵呆。然后，突然抓住了老伴的手，放到自己又开始浮肿起来的脸上。她说：“你太激动了，儿子还未回家你就激动了！”

李老说：“儿子终归是儿子，是儿子就懂得老子……”

他们两人就这样一直静静地坐到下午。

李老的声音让风吹得有些嘶哑：“你说老大会不会回来？”

秋云说：“会回来。”

“是啊，老大一直都那么老实、听话、孝顺。”

“他是你儿子。”

“是啊，再说，落叶归根，古人还少小离家老大回呢。可惜我们都老了，时间太快，我们不知不觉都老了。”

秋云说：“你会活到一百岁。”

李老突然悲伤起来：“我情愿走在你前面。”

秋云说：“那样我就会害怕了，那么宽敞的屋子让我守一个孤魂……”

李老将仍抖动着的手抽出来，放到妻子头上。

岁月催人老，唯独妻子的这头自然鬈发，一直还在，显示着一种勃勃生机，一如她年轻时的许多幻想。他抚摸着，胸口突然有些疼痛。

五

春天来了，可门前的坪地里却没有长出红花绿叶。

妻子秋云去世了，时年五十三岁。她走时没有显出任何迹象，就像睡着了，不再醒来。李老没有通知任何人，他悄悄地将妻子埋入了屋后的竹林。他想，他寿终后就埋在她的旁边，看护自己的家。

他每天依然坐在门前的坪地上晒太阳。他常常想，也许老大有一天会回来，继承这一份家业。

大雁北往还要南来，谁知道呢？

学子吟

一

秋天的田野一片金黄，沉甸甸的稻穗弯腰嬉笑，小河在美丽的村庄荡漾。在这个收获的季节，当农人忙着各处扛扉挞谷、田野充塞着禾把磕禾桶的咚咚声时，刘珍珠的妹妹刘丽珠一蹦一跳地从远处走来，笑容像花儿一样灿烂。

她边跳边挥舞着手中的信封，嚷着："哥呀，你考上大学了，考上大学了！"

听到妹妹的呼喊，刘珍珠停了手中高举起正准备狠狠往四方扉桶上砸的禾把，眯眼看着那些饱满的金黄色的谷粒，眼睛有点花。当刘丽珠挥着圣旨般的那张薄薄的纸片，呼啦呼啦一阵风跑过来时，他一把抢过那封信，拆开一看，是京城一所名校的录取通知书。

他不敢相信自己的眼睛，他和妹妹拥抱着，一时激动得说不出话来。

整整一个假期，他都帮着父母在自家的责任田里辛勤劳动。太阳和汗水，让他的脸更黑，身子更单薄了。刘珍珠自从上了高中以后就很瘦，那是因为他天天早起晚睡努力学习。他心里明白，自己是一个农家孩子，上无靠山下无关系，只能靠自己。上大学是唯一改变自己命运的“通道”，走过这条“通道”，就走进了光明的日子，而父母望子成龙和光耀门庭的殷殷期望更使得他义无反顾。

高考完之后，他便进入了一种焦虑的等待。命运成了一道让他无法着手去解的X方程式。那份命运的答卷啊！沉重的思想负担就像鞭棍抽打陀螺一般，弄得他头晕目眩。

陀螺可以起死回生，人生把握不好却无力回天。

一种紧张和惶然闷在心里，造成他神经衰弱。为此他努力劳作，就像欠了父母一般，流下许多汗水，似乎身体的折磨可以减轻心里承受的重压。

如今终于有了消息。

知道了消息的刘珍珠突然觉得自己整个身子都瘫软下来，连举起禾把往桶上磕的劲儿都没有了，像绷了太久的弓弦和鼓胀不已的皮球，一下子崩断、泄气。心灵的等待太苦太难了，得到了什么就像什么也没得到的感觉。

刘丽珠说：“哥，你看看吧。”

刘珍珠说：“好吧，让我看看。”

眼前的字，黑黑的，一个一个就像钢铸的一般，极有分量。但刘珍珠再看第二遍时，那字又晃动起来，他看出了一种迷蒙蒙的白。

太阳晃着眼睛，汗也闪着光。刘珍珠有一些气恼。

“哥，妈让你回家，谷子不要打了。”

“我再打一会儿，妹你来帮忙。”

“妈说了，过几天村里人会帮忙，一天就完事了。”

刘珍珠想了想，说："好吧，我们回家。"

说完，刘珍珠用筛子筛起谷来，把粗叶和秸秆空壳全筛出扔了，精谷全弄到箩筐里，刚好满满的两担。

刘珍珠筛谷，刘丽珠就忙着拔草和整理草垛。

刘丽珠比刘珍珠小一岁，但读书的时候父母让他们同一年上的学。学校离家较远，夏天下河洗澡、冬天摔跤滑倒是常有的事。两人一道总有个约束照应。

刘丽珠年幼一点，来年可以留级，多读一年书打好基础也不错。那时母亲还很健康，没有生病，虽然母亲没有文化，却非常精明，看问题也看得远，她知道有知识、有文化的人将来肯定会比没有知识、文化的人强得多，所以自己再累再苦也得拼命让孩子们读书。兄妹俩也很争气。刘丽珠年龄虽小，也较贪玩，但从未留过级，在班上的成绩算中等偏上。她常想，其实她是受了哥的影响，是抓着哥的衣角爬上来的，因为哥一直是班上的尖子生。但是因为学习上不思进取，刘丽珠也挨了刘珍珠不少打。有一次她鼻血都被打出来了，气不过，就跑回家将脸盆、瓷碗和雨伞给砸得稀烂，结果又挨了母亲一顿竹鞭。母亲打完了刘丽珠又去打刘珍珠，打到最后，三人都觉得打错了，抱成一团哭。

刘丽珠正堆着草垛，刘珍珠问她："今年考得怎么样，心里有数吗？"

刘丽珠的目光黯淡了一下，说："不知道。"

考试结束后，她曾同刘珍珠交换了一下答案。她的数学有几道题的题式列对了，却算错了。她常常很粗心，这结果并不意外。她在心里暗暗叫苦，却不敢说她算错了。

她怕哥骂她，更怕哥伤心失望。

刘丽珠心里唯一的希望，是本省的一所医科大学，这所学校每年的分数线都不很高。刘丽珠之所以报考本省的医科大学，是源于母亲的病。

他们的母亲是一个残了一条腿的人。母亲的那条修长的腿被毒蛇咬伤，不得已残了。那年刘珍珠和刘丽珠双双考上了县重点高中。

兄妹俩所在的那个乡中学考取县重点高中的仅仅有四个学生。考上那所高中就意味着拿到了大学的门票，因为每年从那所高中落选的不过三四个人。

学校在县城，几年的学费和伙食费对于一个老实巴交、只事耕耘的农民够让人咂舌的。他们一家为此焦头烂额。当时山坡田亩的收成寥寥无几，母亲便想到了喂猪。两只母猪一年可以生四胞崽儿，卖的钱可以够他们俩花费。能装下不少猪崽儿的母猪的肚子也能装下为数极多的吃食，母亲想着它们即将带来的收益，又不得不起早贪黑地扯猪草来先填饱它们的肚子。

那个夏天，那个有着浓得让人睁不开眼的雾气的早晨，母亲背着背篓出现在名叫麻蛇的山弯里。那里有一丛长得非常青郁繁密的水麻叶，水麻叶上露珠晶莹剔透。母亲觉得那些露珠太多，就想将露珠抖去，然后割下丢进背篓里。她将脚往那丛水麻叶中伸去。她刚一伸过去就感觉软软地踩到了什么东西，接着她感到了猛烈如锯齿割肉般的剧痛，再接着是很麻木的沉沉坠落的感觉，此后脚再也抬不起来了。

母亲的右手还握着刀柄。她用力将叶子拨开，就看见了那条比刀柄还粗的竹叶青蛇。蛇大概也尽了全身的气力拼命放完了一腔毒汁，肚子白白翻着，动弹不得。

母亲吓得差点昏死过去，但她的思维还很清晰，她本能地就想到应该割下自己的长辫绑在腿上，防止毒血回流。母亲的辫子粗且长，一直拖到屁股。

母亲就这样做了，咔嚓一下青丝断落。

头发保住了她的性命，却保不住她的腿。当母亲被人抬到医院时，医生说唯一能救她命的便是锯掉她那条已被毒汁浸染的腿。

那个夏天，母亲失去了一头过臀的长发和跟长发一样修长的腿。

刘丽珠一想起这事就想哭。她想自己以后一定要当一名医生，要亲自给母亲接条与她失去的那条一模一样的腿。

刘珍珠挑着谷子到田埂上去了。谷子湿湿的，很重，压在他肩上有点不堪重负，整个人头重脚轻的样子。太阳晃动着，有一种很不真实的感觉。

刘丽珠说："哥，你慢点啊。"她喉咙酸涩，步子也凌乱了。

二

刘珍珠回到家门口时，见母亲提了张椅子在晒谷坪里摆来摆去，不知是赶麻雀，还是准备翻晒稻谷或别的什么。母亲自从失去了腿后，就一直拿木椅当腿，撑住一半的空缺。天气依然燥灼，热热的气流如地底的山泉一般膨胀。母亲的额上冒出豆大的汗粒，她的脸整个看起来像聚了许多又像欢乐又似焦急的愁苦。刘珍珠喊："妈，妈……"母子连心，离愁像剑一般提前在他脑际一晃而过。

母亲抬起头来，立即把愁苦变成了一种愉悦。她慌忙将自己移了过来，想帮刘珍珠把谷筐放下。刘珍珠躬腰的时候，偶然露出了被扁担压得红通通的肩，母亲的目光敏捷地捕捉到了，于是她的目光又变得怜惜起来。儿子的肉都粘连在娘心上，即使不显山露水她也能触摸得到。她觉得刘珍珠这阵子把他自己累狠了。

母亲吩咐刘珍珠去灶房洗脸，喝壶里的凉井水，然后说从明天起他不用到田里去晒太阳和流汗水了，因为四邻八舍都跑到家里来说要帮忙，只需一天工夫众人联手就能将他们家的稻谷收割完，倒进谷坪，只等晒干后装进粮仓。他们可不希望别人说他们村的状元郎是个又黑又瘦的光杆子。

乡亲们的话是真诚的。晚上陆续有村民到屋里来贺喜，刘珍珠也看出了他们的真心和实意。父亲煮了一锅花生招待客人，听到别人的恭维与尊崇，一张脸红红的，有一种很不好意思的谦虚。

待大家走后，母亲往一个蓝白相间的印花袋子里装一些东西。母亲对刘珍珠说："明天一大早就动身去县城看看班主任，把这个消息告诉他，让他放心。"班主任是刘珍珠第一个要感激和不能忘记的人。

刘珍珠觉得母亲太性急了些，有些不太情愿："妈，老师肯定比我们还先知道这消息呢，我过一阵再去。"

但母亲的意思似乎不容改变和违拗："你要先去看老师，以后剩下的时间留下来陪妈。"

母亲这么一说，刘珍珠也不好再说什么了："那好吧，我明天就去。”

母亲停了手中的忙碌，将一只手搁到了刘珍珠的头上，脸上有了些笑容。母亲年轻时，笑起来就有浅浅的酒窝和白白的牙齿，而今岁月的风霜仍然没有将属于她的美丽磨去，这是刘珍珠觉得欣慰的地方。他突然也有些依恋母亲。

刘珍珠说：“我过一天就回来。”

母亲又说：“看完老师后直接到二姨家去看看，跟她道个别，然后再去三舅家。”因为二姨家和三舅家都在离县城较近的两个乡，顺路罢了。何况二姨很疼爱刘珍珠，平时进城常炒了好菜去看他，而三舅比刘珍珠大不了几岁，从小就像情同手足的兄弟。他们都是必须去看望的亲人。

刘丽珠已经帮刘珍珠准备好了两套换洗的衣服，刘珍珠默默地接过，算是应承了。

父亲一直在门外烧艾叶薰草努力驱蚊子，这会儿带着满身草叶的烟香走进来。父亲一辈子老实本分又实在，他交代刘珍珠，如果二姨和三舅一定要留他住几天，他最好也别犟着马上回来，因为他去外地读书有四年，四年的时间总让人牵肠挂肚的，如果跟二姨和三舅多处些日子，他们会更高兴一些。

二姨是个有些啰唆的女人，刘珍珠知道一旦去了她家，一定脱不开身。他掐指一算，等他回到家时，最早也是一星期后。

第二天，刘珍珠早早地就上路了。山里的雾气太浓，像一层一层飘然而至的细纱布，温润而又稠密、爽朗又似乎喘不过气。来送刘珍珠的只有刘丽珠，兄妹俩就像平时每次去县城读高中赶早班车一样，每人提一些行李，默默地走，没有太多话。

珍珠跳上车离去之后，雾仍没有散去。刘丽珠的眼睛突然有些湿润，不知是凝结在脸上的雾水，还是溢出的泪水。

母亲安排刘珍珠的出行是有用意的，只是刘珍珠不知道，但妹妹知道。刘丽珠回来的路上，一下子觉得自己成熟了许多。

三

农历七月初六，也就是刘珍珠去县城看老师的第二天，是乡里赶场的日子。这样的日子是很热闹的，一群农人挑筐背篓地从门口过，相互大声招呼着。

这一日，父亲也将自家的那头大水牛从栏里牵了出来。

这头牛下过崽儿才两个月，浑身显出一种毛色的乌亮和鲜润。此时小水牛正吮吸母牛的奶，一颠一颠地走在母牛大腿下面。父亲猛然将小牛抱起来扔回牛栏。闩栏栅时，母牛像是很灵性地预感到什么，再也不肯前进了。

父亲大声叱喝，在母牛身上加了几道鞭痕，它就走了。小牛在栏里细声叫着，近似难舍的呜咽。母牛起初还一步三回头，后来父亲拉了鼻绳，它就毫无办法了。小牛的声声嘶叫凝成了它心底一颗一颗的泪。

父亲在乡场上卖掉了母牛。农人或牛贩子都明白这头母牛体健力足、好耕田亩，年龄又不大，还能接连不断地生崽儿。不是急需钱，谁也不会卖。为着这样一头难得的牲畜，几位买主吵嚷着差点打起架。父亲细细盘算后，将牛以三千五百元的价卖给了一个老实巴交的、看模样就是会侍弄善待牲口的农民。

“吉祥兴旺啊！”父亲说，接过钱的手有些发抖。那钱像永远的卖身契。

“你也发财。”那农民似乎看出父亲心里难过，并没有因得到一头好牛而沾沾自喜。

真正的农人总能体会他人对一头忠实的牲畜的感情，那已是家庭的一分子，怎么都难以割舍。牛也难以割舍，它在父亲转身离去的时候，哞地长嘶一声，父亲的泪就滚滚落下来。

猪是第二天在另一个乡场上卖掉的。猪生来是愚笨的，走在去乡场的路上只当回娘家一样欢喜，而路边的青草地又令它们激动万分、惊羡不已，只记得张开那盆一样的嘴大嚼起来。母亲这次也跟去了，她撑着木椅一摆一摆地跟在后面。

出门时，刘丽珠说：“妈，你不要去吧，你撵不上它们。”母亲却固执地换了套干净衣裳，发髻梳得油光发亮。那两头母猪这些年给家里带来不少的财富，刘珍珠跟刘丽珠的高中学费大半是靠了它们。不过一想起自己的那条腿，母亲似乎觉得它们是一对灾星，幽怨顿生。她这时跟在后面有些坦然，只想如果能卖个好价钱就好。

但一直到散场，猪仍然无人问津。这时节有了苞谷和红苕，人们最想买的是架子猪，用苞谷、红苕一催，只等过年坐在家里烙猪头、炖蹄子，炒腊肉、灌粑肠能吃得嘴角都冒油，而喂猪找劳累大半是春天的事。

二三十里山路来回，猪走得实在太疲惫，腿也有些红肿，待趴进圈栏后，就一动不动的，喂食也不吃了。于是父亲就一不做二不休，请了村里的屠户，摆开畜盆行头，磨刀霍霍，连夜把猪宰杀了。

第二天，父亲挑着几担白花花的新鲜肉进城去了。

由于屠户高明地割去了猪的乳头，加上他那巧舌如簧的吹嘘，猪肉的确卖了个好价钱。掌灯时分，屠户和帮忙的人回来了。母亲用留下的少部分肉和肝肠心肺招待了大家，算是将这件事告了一个段落。

其实，父母所做的种种努力都是在为刘珍珠凑足入学的费用，入学通知书上写得清楚。粗算下来，一年两万元，四年就是八万元，加上各种杂费、车费等，四年下来不到十五万也得十万元了。十多万元，不是很多，而对于从土里刨食的农民，对于一直以来都被刘珍珠和刘丽珠读书盘剥的家，已是天文数字了。

在父母为之做着种种努力的时候，他们只是不想让刘珍珠知道。那天他们让刘丽珠拿通知书给刘珍珠看，却隐藏了入学须知。儿子是他们的希望，他们不想影响他，只希望他能把心安定下来，把书读好。刘丽珠知道父母所做的每一件事其实都像在割自己的肉，她看出来了，于是她也咬着牙不语。而在她心里，已背负了一份沉重的债务，物质和精神的。她想即使省城医科大学的通知书下来，也成了一种徒劳的机会，她不可能再去上学了。钱，能造就一切，也能将一切推翻。她甚至庆幸自己将那些题给算错，她已经不指望自己考上大学了。

在她的神情里，却又有了许多坚毅。全家人都应该珍惜刘珍珠这来之不易的机会，刘丽珠也应该珍惜。

父母又卖掉了一些谷物收成。整个秋天里，农人如数家珍般精心拣拾自家的财富，而刘珍珠家却像一户破落的地主，差不多倾其所有了。他们将换回的纸币存放在褐红色檀木箱里，直到最后一天，母亲将木匣端出来，将里面所有积蓄倒在宽大的饭桌上，全家人就开始了精细的数钱工程。

一万元，足以令他们头晕目眩两眼昏花。而这笔数目离他们所需的还相差太远。那遥远的空间，就像山和海的距离，他们茫然失措，不知道该怎样去填平。

刘丽珠将那些钱一一放回匣子。她嘴上说："爸，妈，你们不要着急，车到山前必有路。"母亲已有了轻微的叹息。母亲叹息过后就晃到自己卧房里去了。

夜是浓稠的墨，总给人太多晦暗的背景。刘丽珠看着母亲日渐孱弱的身子映在地上，很黑，心里很不是滋味。

四

班主任还很年轻，三十多岁吧。他才华横溢，也英俊帅气，只是举手投足间，总流露出过多的阴郁，仿佛沉重的思虑凝结于心头，令人有些难过，而你又读不懂他在想什么。

班主任毕业于省城一所师范大学，毕业后在某乡镇教过两年书，又很快以他优异的学识，被调进县城这所重点中学。

他没有老婆和孩子，而到哪里又总是拖家带口，跟着他走的是乡下父亲托付给他的一对双胞胎兄弟。他到哪里教书、住在哪里，这对兄弟也在哪里。两人的学费、生活费，全靠老师那点微薄的工资。除了填饱肚子，他在物质上是个一无所有的人，更谈不上有房有车了。

正因如此，班主任一直没有结婚。有许多热心人给介绍了对象，但人家跑来一看，就吓跑了，谁愿意跟他受这份累、遭这份罪呢。

班主任以前豪情满怀，有过许许多多的追求和梦想。学生时代，他一直想考全国最有名的重点大学，工作之后又想经过自学拿硕士甚至博士文凭。但残酷的现实粉碎了他的梦想。生存状态的拮据，其他方面的种种压抑，都在逐渐削减他的精力和锐气。他觉得有些力不从心，但他的理想未灭，像灰里的火种，拨开来殷红一片。

他把希望放到了学生的身上，希望学生去延续他的梦想，他终于从刘珍珠身上看到了自己的影子。从高一到高三，他一肩一臂扶着刘珍珠。他付出的精力，多得像田间的稻穗。去年，他那双胞胎兄弟考不上大学，到外面打工谋事去了。

他几乎就把刘珍珠时刻留到身边，手把手复习指导，日夜鏖战。刘珍珠瘦成猴样，他也累得骨架像是要散掉了。

没有结婚的单身汉就住在那排低矮的平房里。班主任的床底下挤满了书，层层叠叠的，看起来就像是用书建构的床架。他以书为床，以书为枕。刘珍珠读过“书中自有黄屋，书中自有颜如玉”的话，觉得老师拥有的东西不仅仅是这些，不应该仅仅是这些。

刘珍珠敲开班主任的家门时，一下就看到了他脸上的狂喜。刘珍珠说：“老师，我考上了，我来告诉你，是京城里一所名牌大学。”

老师说：“我知道了，刘珍珠你快进来坐。”

刘珍珠走了进去。那一刻，刘珍珠发现老师眉尖的阴郁突然不知跑到什么地方去了，满脸的舒坦之气看起来又潇洒又刚毅。刘珍珠心想，那些女孩子真是瞎了眼，没看上这么一个好小伙子，真是有眼不识泰山。

刘珍珠把那装着花生和栗子的印花口袋搁到老师的桌子上。

老师说："这东西好啊。"

他一边跑出去，左手抓几瓶，右手抓几瓶，两边胳肢窝夹满啤酒回来，远远就像一颗结满青绿八月瓜的瓜藤。

老师说："刘珍珠，我们喝酒。这东西不醉人，不像白酒，一滴十滴抿还烧心，越大口喝越过瘾，痛快淋漓。"

老师把酒排成横队，然后用牙咬开啤酒瓶盖子递给刘珍珠，自己也咬开一瓶。

"喝，为你榜上有名，干了！"老师将瓶子推了过来，与刘珍珠碰撞。刘珍珠看着瓶子里的白泡泡幻幻灭灭，忽然觉得与老师拉近了距离，仿佛自己一下长大了，成了可以与老师称兄道弟的男人。

他们一直喝到傍晚，又从傍晚喝到半夜。刘珍珠起初并没有感觉啤酒有什么味道，寡寡淡淡的，有一种怪怪的味儿，像喝潲水，等到他觉出一些香味的时候，老师已是醉眼迷蒙了。不知为什么，老师的话特别多。他说到他的十年寒窗，孜孜苦读，说到他许多梦想和追求，说到他从小学到高中，不管春夏秋冬，来来回回学校的路上总是将一双鞋子提在手上，因为怕穿坏了。鞋是保护脚的，他却本末倒置，脚是触碰暗礁的船。每个星期他去学校，父亲所能给他零花的，就只是可怜巴巴的五角钱。周末回来，他总是从嘴里省下两个馒头或两根油条带回来给兄弟……童年失母的伤痛，幼年生活的孤独和酸楚，老师说了许多，到最后他就哭了。

老师说，每一个有志的农家孩子都是一本书，当你一页页翻过，上面总留有许多带血的足印。我们似乎生来就注定付出的要比别人多得多。

刘珍珠看着老师泪流满面，很想伸手给他擦一擦：“老师，你喝醉了。”

老师说：“我没醉。”说完，手滑一下就歪倒下来，呼呼睡着了，眼角很安静地挂着两滴泪。

五

刘珍珠是第二天清晨离开的。老师已经清醒了。

老师说：“刘珍珠，我昨晚喝醉了，真是不好意思，我是太高兴了，喝得忘乎所以。”

刘珍珠牵动一下嘴角笑了笑，自己先露出几分不好意思的神情来。老师一步一步走出来，此间的艰难是他们最能沟通的东西。

跨出门的时候，老师将一个信封塞进了刘珍珠的衣兜，信封里装的是一千块钱。

老师说：“这是我工作以来的一点积蓄，希望对你有一些帮助。”

刘珍珠有些受宠若惊，说：“老师，我不要。”伸手便要退还。

老师捏住了刘珍珠的手，说：“刘珍珠，你一定要拿着，得一点是一点，少凑一点。很多学生考都考上了，但往往入学的关口又败下阵来，钱能难倒英雄汉的。”又说：“四年下来，没有几万块只怕学得了头学不到尾。”

“几万吗？”刘珍珠喃喃地说。

“应该是吧。”老师说。

刘珍珠觉得有一种像墙一样的大物朝他逼压过来，他的脑袋嗡嗡作响，眼冒金星。

老师呼唤他，刘珍珠就像丢了魂似的没有应声。刘珍珠想，这巨大的数目会逼疯父母的。

不一会儿，刘珍珠说："老师，我要走了。"

老师便送刘珍珠出门，送下去很远。经过长长的一条青石板小街，小街两旁一些古老的小木屋很破落，和另一些张扬华丽的豪华别墅形成一种很不协调的格局，而从那些装潢华丽的房间里漫出的音乐声和矮屋残扉的嘎吱声，也似乎在诉说着几家欢乐几家愁的境地。穷人穷得叮当响，富人富得响叮当。

刘珍珠心里就像破落木屋一样的灰暗和阴湿。

老师看出了这一点，他甚至看到了刘珍珠那失望乃至绝望的心境。

老师哥们儿似的搭着刘珍珠的肩，用手轻轻拍他："刘珍珠，没事的，我跟学校校长一同帮你想办法，我们去县里，找县长，找厂矿企业机关，我们可以借助社会的力量。你放心吧，车到山前必有路。"

刘珍珠很感激地看着老师。但他不知路在哪里，工程太大，修好了寺庙和尚也老了。

六

过了几日，刘珍珠回到了家里。午后的阳光倾洒大地，四周有种说不出的寂静，仿佛空气在浓缩一种沉闷。敏感的刘珍珠肌肤跳动，突然有了一种家被洗劫一空的感觉。而他的神经犹如蚂蚁的触角，触到了一种令人不安的东西。

他横过堂屋，跨过门槛，在放有板梯的后房见到了母亲。看到母亲，他的心像压了一副石磨，喘气都很艰难了。

在那些潮湿的地方，母亲栽倒在那儿。可以看出母亲是下楼梯时不小心栽倒下来的，她的那条残腿可怜兮兮地拖在地上，软软地蠕动着，像缩得极短的虫。

“妈，妈——”刘珍珠俯冲过去，心打落了一般，他伸手去抱母亲。母亲浑身湿透汗水，有些重。他弄了很久才把她安置在椅子上。刘珍珠急切地说：“妈你没事吧，你怎么自己到楼上去了呢？”

这时母亲反倒没事了似的，她解开围腰，拍打着身上的土尘。母亲轻描淡写地说：“没有什么，我只是在下楼时摔了一跤，一时又爬不起来。”

母亲因为腿的不便极少上楼，除非家里有人扶着她。刘珍珠又问：“妈，你上楼干什么呢？”

母亲说：“没干什么，只是看看有没有浆洗干了忘记收的衣服。”母亲说完，脸上却掠过一丝慌乱。

母亲到楼上去是打望的。沿门前那条河直直上去，是一个叫清溪弯的寨子。四五里路段，站在楼上可以看见那边古老的山寨倚山而建，房檐叠着房檐，高高的红土墙堡楼年代久远却清晰依然。

刘珍珠的父亲是在早晨从这端走向那端的清溪弯寨子去借钱的，那时母亲的一颗心就提着，不知丈夫是否会无功而还。

这是方圆几十里最富裕的一个村寨，土质的原因，那个村特别适宜栽种柑橘，收获也一年年增加，已有许多人富裕起来，几万几万元地有了积蓄。这些年，摘回的果实堆成山丘，那些村民们挑到山外去卖时，就将刘珍珠宽敞的家当作一个停靠的码头，来来回回蚂蚁搬家似的。父母贤善，常供别人水、烟，粗茶淡饭，家里也得以有一些熟识的朋友。以前家里再困难也从未开口跟别人借钱，这次父母指望别人会看在难得开了口的份上，给予一些帮助。

晚上父亲回来，脸阴阴的，有些难看。

母亲说："回来了。"

父亲嗯了一声，就再也没话。

有什么话好讲呢？从踏进别人门槛那时起，他就一直给人讲好话、讲软话，如果不是顾及最后的一点面子，他就跪下求别人了。可是，等他说出自己的困难和理由，别人却也说出更为困难和无奈的理由。别人那么巧妙地搪塞和拒绝他，他一整天磨破嘴皮，到头来仍然是空手而归，他的那些话语就像倒进河中的盐巴。

父亲一杯一杯地喝酒，他故意将吮瓷杯口的声音弄得很响，吹呼哨似的。只有母亲知道父亲拼命压制着什么。

到夜深人静时，父亲终于说："朋友……有钱就碰（朋），有了就有（友）……这世道借钱比登天……还……难……"

母亲用手去捂父亲的嘴巴。母亲靠近他说："你瞎说些什么，当心吵了孩子们的觉。"

父亲烦躁地想推开母亲，不料他手带倒了一个菜碗。碗哐当一声，将一家人全部震醒。父亲的酒也吓醒了。

事实上刘珍珠一直是清醒的。父亲所做的一切都想方设法瞒着他，他就装着什么都不知道的样子让父母心安。他甚至连睡觉翻身的声音都没有，一副睡得很沉很死的样子。只是父母不知道，刘珍珠的眼睛已有了迷迷蒙蒙的泪，这时他几乎呜咽哭泣。他把脸埋进被中，泪水浸入棉絮。他想，早知道这样，还不如不考上了。

日子过到这份上，难道是父母或是自己的错？

刘珍珠猫一样沙哑的声音如淅淅沥沥的秋雨，染湿了夏季的那些日子。

第二天，刘珍珠莫名其妙地失踪了。母亲煮好早饭让刘丽珠去喊他吃饭，刘丽珠喊了几声都未见应，就进卧房去看。

床上被盖拱起像睡着的哥哥。她伸手一揭，却看见哥的一张字条。上面写着：爸、妈、丽珠，我过十天就回来，我十天一定回来，你们不要费心找我。

刘丽珠拿着那张字条就哭了。刘丽珠哭着把这张字条读给母亲听，母亲就说："女儿，你哭什么，你不要哭。"

母亲的心其实也碎了，刘珍珠能到哪里去，他会干什么？

刘珍珠宁愿逼自己，也不愿逼父母，他知道父母宁愿逼自己也不愿逼儿子。刘珍珠是被自己逼走的。

七

依然是在这八月里的一天，刘丽珠也收到了省医科大学的录取通知。刘丽珠不敢给父母看，更不敢张扬炫耀，她对父母说这是同学的来信。然后她一个人躲在房间里翻来覆去地看了很久，有点忧伤。

这本来是一种喜悦，但这喜悦的背后隐藏了太多的愁苦。

日子实在经不起折腾了，一只摇晃不稳的船即使在最平静的水面上也可能会被弄翻。刘丽珠只祈求能稳住这只船，否则只怕会将水也搅起冲天波澜。

刘丽珠偷偷地撕掉了那张录取通知书。她唯一的遗憾是不能亲自给母亲装一条一模一样的腿，她辜负了自己当初的信誓旦旦。她将纸屑丢进河心，她的理想散乱地随水飘零。她想如果父母知道了，仍会是伤心……

母亲那日犟着要到城里去。

天气太热了，母亲似乎也找不着借口。她只说她想到城里去，她很久没去了。父亲劝阻她，说这么不方便，要有什么事他和刘丽珠都可以去办。

母亲埋着头，专心地拣拾自己的包裹，额上的汗流了满脸。

刘丽珠看着她说："妈，我陪你去吧。"

母亲却说："我自己能去，天黑之前就回来了。"

这时父亲和刘丽珠一下就想到母亲是担心牵挂刘珍珠，她进城去也许会在那里碰到刘珍珠。

直到走离了家门，走到太阳底下，母亲丝毫没有想到这个。她不担心儿子。即使是家中走失的狗都会记着路回来的，她相信儿子到时也会乖乖地回到她身边。在通往县城的那条小路上，她想的是很奇怪的一个人，一个靠卖老鼠药和卖血为生的瞎子。

没有人知道瞎子的名字，而全县的人都认识瞎子。瞎子一年四季都会蹲在农贸市场的某个角落里大声吆喝："卖老鼠药！四角钱一包，一块钱三包！卖……"

瞎子肥头大耳，满面红光，瞎子的眼睛没有眼珠。瞎子看不见钱却能用手摸钱。你若丢下两角钱，想拿走一包老鼠药，他会立刻给你扔回去。

瞎子过一段时间就去医院卖一次血，然后又用卖血的钱买来大鱼大肉。瞎子在抽血前和抽血后都会不停地喝盐水，那些盐水让他血液更为流畅，身体也越发强壮，也因此他对抽血就有了一种戒不掉的瘾。

刘珍珠的母亲在她进城的这一天第一次走近瞎子。瞎子认为有人要来买他的老鼠药了，有些激动地将头抬起。他的眼睛没有眼珠子，睫毛盖着一层白白的膜，睫毛一动一动的，眨得很像那么回事。

刘珍珠母亲说："兄弟，我想跟你打听个事。"母亲的语气非常谦恭，态度非常温和。

瞎子张着耳朵等待问话人的下句。

"如果卖血，在哪里……"刘珍珠母亲说。

瞎子立即就笑了，像突然找到了同伙似的，阴阴地笑。他说："出菜场口往左走，拐一个弯，再往右，再拐弯一直走，就有一个血站。你进里面去就行了。"

刘珍珠母亲说："哦。"然后，她转身离去。

她那用来当腿的木椅在水泥地上响得很清晰。

过一会儿，她又听见瞎子的声音在背后响起。

瞎子像突然想起什么似的，说："你是去卖血吗？这段时间是义务献血日，每个单位都在发动大家积极献血，但这个时候，也有的单位拿钱出来请人，抽二百毫升两千块，其实也是很划得来的。他们要从未卖过血的人。"

刘珍珠母亲的神情慌乱起来，她觉得背后像跟了一个消失不掉的幽魂。她恨不能找个地洞钻进去，她的木椅腿响得越来越快，越来越快……

血站里的确是拥挤的。年轻的男人、女人，高高矮矮，胖胖瘦瘦，从衣着可以看出有干部、工人、学生，还有不少像刚从工地赶来的民工，因为他们的衣裤和鞋还黏着湿泥，腰间又透出盐渍的痕迹。

刘珍珠的母亲靠在门口，不知该不该进去。这时一个干部模样的中年人拿着一张名单急匆匆地走了出来。这干部皮肤白嫩得跟他的年龄几乎不相称，肚皮鼓圆，福态万千，一看就是那种生活舒适也极会保养的人。他一边走一边说："这个张革怎么还不来，真急煞人了。"

刘珍珠母亲说："这个张革是你们请来顶替义务献血的人吗？"

中年男人看了她一眼，奇怪她怎么知道。但他仍回答她说："是的。"

刘珍珠母亲说："如果张革不来了，我顶替行吗？"

中年男人把目光落在她那残腿上，似乎觉得不太可能。

刘珍珠母亲说："我能行的，我又没有病……"她推销着自己，有些难堪地脸红了。

医生已在里面念到那人单位了。中年人做了最后一次打望，确信这个张革不会来了，就对刘珍珠母亲说："你跟我来。"

量体重、量血压，医生在准备抽血化验的时候问刘珍珠母亲："你愿意献血吗？"

她装着很坦然的样子对医生笑了笑："我愿意。"

于是，医生的针头一下扎进她左手纤细的血管里。

过了一段时间，化验结果出来了。刘珍珠母亲的血符合抽血标准。

中年男提了一些面包、香肠等食物走进来，他还弄来了几瓶放了白糖和盐巴的温开水。他递给刘珍珠母亲一瓶，说：“你喝下去，这对你会有好处。”

刘珍珠母亲突然觉得他像对待行刑前的囚徒似的，诚惶诚恐起来，但仍感激地说：“谢谢。”

等到真正抽血的时候，很多人因为经验不够和思想准备不足，紧张得腿都发抖。一溜长队排过去，每隔两个人就会有一个人心里在打退堂鼓。两个穿白大褂的医生把守在血库的入口，挥舞着排笔一样的东西，给每一个即将进行抽血的人的两只手臂擦酒精。

刘珍珠母亲也不想去了，她有了种眩晕的感觉。但她的耳边已响起了医生的声音：“把手臂伸出来。”

她慌忙伸出左手，一想刚验血时抽的左手，不能再作践这只手了，忙把左手缩回，把右手伸了出去。医生说：“两只手都要涂。”她只好又乖乖地伸出左手。

血库里明亮洁净，纤尘不染，一道玻璃墙，窗口里面坐着医生。刘珍珠母亲坐在左边的位置伸出右手，医生纠正她坐错了，要抽右手就坐到右边来。她才知道两个窗口是代表着人的左右手。

医生拨弄着器械，抽血的针像饮料的吸管，顶端带着孔。一个男人刚拔出针管就突然晕过去了，脸色苍白，嘴唇抽动着说不出话来。刘珍珠母亲吓得跳了起来。

医生说：“没事的，他自己太紧张吓着自己了，放松一阵就会好。”果然，当医护人员将那男人抬到救护床上，那男人就立刻有了轻微的呻吟。

针管插入了刘珍珠母亲的血管，她起初感觉像蚂蚁咬了一口，随后是一阵阵地胀。她始终闭着眼睛。医生说：“放松，用劲握拳，手指张开，握拳，张开……”她按照医生说的做，她感到有一种东西缓缓地流出了身体。

过了两分钟，医生说：“好了。”

她便睁开眼睛。她发现左边窗口也坐了一个上了针管的女人。女人看着她点头微笑，很坚强的样子。她就有了一种什么也未发生过的感觉。

在大厅，中年男人等在那里，他给了她一大块巧克力，让她吃下去补充热能。同时给她的还有两千块钱和一张红色的公民义务献血证，上面写着：姓名，滕子莲；血型，O……

滕子莲是刘珍珠母亲的名字。

八

班主任和校长一起去找县长。县长以前是校长的学生，现在是管工业、农业财经大权的一县之长。

县长总是很忙，他们一直从上午等到下午。临下班时，县长的手机还嘟嘟地响个不停，县长不得不关机。

县长说：“校长你们找我有什么事，现在说吧。”

这是一个非常难得的机会，校长和班主任都不敢有半点迟疑和拖延。校长说：“县长啊，我今天厚着一张脸皮来求你办一件事，不知你给不给我一个脸面。”校长说完，他的声音显出老态，有些喑哑了。

县长微微一惊，不解地看校长，不知他要干什么。

县长说："你慢慢说，什么事？"

校长说："县长你以前是我学生，几十年后你成了县长我还在带学生，今天我为我的学生来求你。他叫刘珍珠，是个乡下孩子。刘珍珠学习非常刻苦，废寝忘食，他考上了一所全国重点名牌大学。这是我县第一个考上那所大学的学生，要是以前考科举，他该是个状元。"

县长说："是吗？"他的脸上微微有些动容。

校长说："我没有骗你。"校长生怕县长打断他的话，打击他酝酿上来的情绪，继续竹筒儿倒豆子。他的语气更为婉转和低沉："可是刘珍珠只怕是有这个命没这福分，这四年的学费，他就是把自己卖了也卖不出那么多钱。"

说着他又看了县长一眼，县长埋着头，像在思考着什么。校长又说："刘珍珠是县里的骄傲，但他能否克服困难念完大学，成为县里的栋梁之材，就看你县长能否伸出援助之手了。"

校长说完，便把目光向班主任递过去。

班主任心领神会地马上接过话。他的话语有一种属于男人的悲凉。他说："县长啊，没有人会帮助刘珍珠，我们只能指望县里的父母官们能爱才惜才，给予一点帮助了。千里马还得靠伯乐，栋梁之材如果不扶就会让风雨剥蚀……"

接下来，两双眼睛盯着县长，那一种固执的乞求、殷殷的期待，令县长有些心慌意乱。

县长沉默良久。两位老师都已把话说到这种份儿上，他还能说什么呢。他懂得他们的意思，也理解他们的心情。他想他亦别无选择了。最后县长抿了抿嘴唇，说："过一个星期，你们再来一趟。"

出得门来，校长和班主任像得了皇上的宝剑，希望在握。他们在非常欣喜和激动中千谢万谢，心里一块沉重的石头卸了下来。

县长记着自己说过的话，过了一天，他要秘书通知县财政局局长来办公室。县长以前和财政局局长在一个乡镇共事，是老搭档了。但平时除了开会的时间聚聚，没有多余的时间交流，这时财政局局长就知道县长无事不会召见他。

局长到了办公室之后，县长一边忙着拉椅子、倒热茶，一边问局长最近的工作情况。

局长喝了口水，问："县里又有什么大的动作了？"

县长说："还真是大动作。"

局长说："此话怎讲？"

县长说："中央自上而下开展以反'四风'（形式主义、官僚主义、享乐主义、奢靡之风）为主要内容的党的群众路线教育实践活动，这个活动搞得好，让领导干部思想上来一次大洗涤、行为上来一次大检查。上班时间中午不准喝酒、不准公款宴请、不准兴建豪华楼堂馆所。有人说现在不准上馆子了，可有些单位食堂却建得比星级还星级，我想问问，我们县有这种情况没有。你是财政局局长，管钱，要注意这些动向。"

"没有。"局长说，"有几家单位报批的食堂，大多因陋就简；有建两层楼的食堂，教育局原计划建三层，现在也改为建两层了。吃饭的事，也不能不关心。"

县长又说："那当然，说到教育，今年的教育经费下拨了没有？"

"拨了一部分。"

"有没有专门帮助特困生、教育救济这一专项费用？"

“每个学校都设有奖学金、助学金。”

“有个孩子，考取了北京一所重点大学，交不起学费，这种情况有没有办法帮助解决？”

财政局局长马上露出为难之色：“县长啊，你千万不能开这个口子。这个口子一开可不得了了，咱们县需要政府援助上大学的估计不止一个。”

县长说：“这个学生特殊，因为他是我县第一个考上北京高等学府的学生，状元郎如果在我们这里失学，岂不让人笑话。”

财政局局长不说话了，他的额上因为紧张而有了细汗。

县长说：“你说吧，你肯定比我会想办法。”

局长想了想，知道自己已没有反驳的余地，县长说得也有道理。于是他说：“县长实在爱惜人才，我也没什么意见。但现在都是专项经费，打死我，我也不敢擅自挪用，就算是拆东补西也要费大劲。这样吧，我想办法筹，给我点时间，行吗？”

“当然，但要快点。”县长说。

财政局局长低着头，算是答应了。接着就转了话题，对县长说：“我听说教育局局长被调查了。网上有人反映他削减学生补助餐的事，经济上有问题，还以权谋私，一上台就让他大字不识几个还带了私生子的情人当了某校幼儿园的副园长，让他舅子大包大揽了全县所有学校食堂牛奶的销售业务。”

“网上的帖子，不要过于相信。”县长说。

“但那是实名举报。那个举报的人，就是那所学校的校长。校长原先指望靠拍马屁得到高升，才将教育局局长的情人从卖衣服的摊子上拎到副园长的位置。谁知不仅没有拍到马屁反而拍到了马蹄，教育局局长也不知什么想法，一上台就把所有的校长全换了，有人猜他是想狠捞一把。告状的人这次像做好了断腕的准备。”

“告状的人多啊。”县长感慨，“有些领导各个银行有存款，四面山头有房子，房子里面连米缸里、床榻下、杂物间藏着的都有几百万元。虽然夸张了点，但无风不起浪，估计有些人要被调查了。如果那些传言是真的，真丢了咱们共产党员的面子。”

财政局局长见县长脸色不好，就不再顺着话题走。不过县长的话倒是提醒了他，他把嘴对着县长耳语了一阵，只见县长一边频频点头一边又表示怀疑。

“这能行吗？”县长说。

“这事让我来安排，发动一次公益助学募捐，保证行之有效。”局长说。

县长又点了点头：“好吧。就这么办，把时间定了。”

财政局局长回单位后立即交代办公室，联系了孩子毕业的学校起草了一份《关于在全县公民中开展公益助学募捐活动的倡议书》。倡议书的主要内容有：事由、学生简介、起止时间，号召有经济能力的干部自愿募捐，金额不限。

办公室主任告诉该学校的校长，他们把倡议书贴在了县委大院指定的公益广告栏上，并联系了县电视台进行免费播放。

两天之后，果然反响很大，机关干部、老师、工人、学生、企业家、公交车司机、农民等社会各阶层的人纷纷解囊相助，捐钱捐物的络绎不绝，真是爱心涌动、感人至深。

不过很感意外的是，教育局局长没有参与捐赠活动，县电视台的记者想约个采访，报道一下本县关于贫困学生的帮扶措施，但局长的手机一直打不通，家里的电话也是一片忙音。

九

家人不知道该去哪里找刘珍珠。他们开始为了刘珍珠的失踪而日益焦虑不安。

而刘珍珠已到了另一座陌生的城市。这座城市精致而秀美，满街飘着桂花香。这种沁人心脾的暗香使刘珍珠能在一种炎热和烦躁中待下去。而桂花的美丽也掩盖着他的心虚，抵挡着自身的羞丑。

刘珍珠不能偷，不能抢，但他知道有一件事可以做。他在地上铺了一块宽宽的、写着字的白纸。他说他开始了仓皇的流浪，只因为考上了某所大学而无法交齐学费，希望各位热心朋友、叔叔阿姨们能有爱怜之心、重才之意，伸一伸援助的手。他在末尾写着“您的帮助我永远都会记得”。

刘珍珠在广场上、在酒家门口、在歌舞厅前、在繁华热闹的地方，硬着头皮“等待”着，而头是低着的，见不得人的样子，腰板也像挨了别人的棍棒挺不起来。有人望了他一会儿，猜测着他的来路，嘀咕着走了过去。

在一些人多的地方，也会有人把五角或五元的纸币丢在他脚边的纸盒子里。他也不拾，故意让人看和知道。别人要给他施些小惠，就得先朝着他纸上的字念，念一下刘珍珠就脸红心跳一阵，背脊如遇芒刺，腿软得像末日要来临了。

他受着人们的同情、怜悯，他并不愿意，也有人当着他面骂“呸，什么狗屁，骗子，骗子的花招”。讥诮是掌掴人的耳光，鄙夷也像刀子，割痛了他的肉。这样的日子变得异常难熬。

像所有季节交替轮回一样，炎热终于变成了阵雨，所有的干燥和灼热在雷鸣电闪的轰击中渐渐退去。天空是阴沉的，而大地的草木在它的无情中复苏。

有雨的这一日，刘珍珠回来了。刘珍珠的脸上、身上紫紫的，像都受了伤，但其实并没有伤痕。他的衣兜里揣着不到五百元钱。他原本以为赌场、娱乐场、酒楼、歌厅里那些一掷千金的人偶尔会有人支持他的梦想，可谁愿意去注意他一个学生，他自作自受罢了。

刘珍珠靠在门边，一副慵懒的样子。他告诉家人，说他回来了，他勉强地笑了笑。

母亲第一个快速将椅子摆了过来，眼眶溢满了泪。母亲呼唤着儿子，告诉刘珍珠，县长来过了，县长会帮助他去弄钱。母亲什么都不想问，唯一就是告诉刘珍珠这个，像是那份高兴不及时消受就会消失不见。

刘珍珠看着母亲，觉得生命中的某种东西附在母亲身上，血、肉和魂。他想，如果他回不来了母亲会是什么样子，他后悔自己的任性。他想给母亲抚慰，他走过来，双手搭在母亲肩上，说："妈，我好好的。"他发现母亲比以前消瘦了，脸上呈现过多的苍白。

刘丽珠说："哥，县长答应帮助筹钱，贵人相助，你机会好。你可以安心去读书了。"

刘丽珠把头低下了，抿着嘴，不再说话。她羡慕哥。

刘珍珠点了点头。刘珍珠对刘丽珠有许多惜爱，刘丽珠跟他上学到高中，现在也应该去上大学。刘珍珠很想问刘丽珠接到录取通知没有，但不知为什么，他动了动嘴唇，却没有问。他的鼻子突然有些酸楚。

募捐大会如期举行，地点设在县广场前的一个戏台。刘珍珠和他的父亲也来了，前台山河磅礴的巨幅壁画和灯柱与白瓷地面交相辉映，刘珍珠觉得自己走进了一座宫殿。源源不断地有人穿过广场来到这里。刘珍珠心里莫名地紧张起来。坐在他身旁的是班主任老师和校长。班主任老师悄悄地拍他的肩，说："刘珍珠，不怕的，这里又不是考场，不必紧张。"听到老师这么说，刘珍珠就松弛下来。可等电视台记者们的摄像机灯光带着灿黄的颜色直射过来，伴着那些照相机的咔嚓声，他又心惊肉跳。

县长首先在台上讲了话。

县长是个极有风度的男人，他的声音充满立体的磁性，显得诚恳、情真意切而动人心弦。他表扬了刘珍珠的成绩和自强不息的精神，言简意赅，而后话锋一转，说到了刘珍珠读书的艰难、家人的艰难，说像这样的人才我们都应给予支持和关心，社会也应该伸出援助的手……

县长第一个从自己的荷包里掏出五百元人民币，并以个人的名义当场捐给了刘珍珠，这将整个大会推向高潮。

掌声经久不息，一浪高过一浪。这种气氛让县长许久不能说话，他环顾四周，感受着许多热切的目光。

人们一度受到金钱至上、物质至上的诱惑，搞工程、跑项目成了大家的关注点，现在似乎应该回归到对知识人才的器重。

早已有人跟着将现金塞进募捐箱。一阵潮起潮落的掌声，四周如涌满了热烈的阳光。待风平浪静后，阳光也柔和起来。

一个女孩从后面缓缓移向前台。女孩坐着轮椅，一头乌黑的长发遮住她的脸和消瘦的肩。人们给她让道，她的车轮从地上碾过，仿佛震着每个人的心。她在台前的募捐箱前停了下来，用手捋了捋飘逸的长发，然后对着大家笑了笑。她说她是一名高中学生，只差半年就毕业了，但她又是一个命不久矣的白血病病人，病魔随时有可能将她的命拿去。她身上揣着父母给她的一千元零花钱，她唯一想做的事，便是捐给刘珍珠，她只想帮他，一如帮自己圆梦……

她把钱塞进募捐箱。立刻，人们往前倾斜，见机行事起来，到后来，前来募捐的人蜂拥而至。

十

开学的日子也是离别的日子。

天气让人感到一点寒凉，小鸡伸缩脑袋啄门前星星点点带露的菊花。屋前的土坪清清朗朗，有风吹过，空气里弥漫一丝凉的香甜。

箱子和包都摆出来了。天是开阔的天，远处秋收后的田野小心地依靠着山，安然而恬淡，如分娩后的母亲，又等待另一次孕育。

刘丽珠一直躲在房子里不出来。她觉得心里难过，不想看着哥离开。刘珍珠叩了叩门，说：“妹，我走了。”

刘丽珠没有应声。

他再叩，说：“我真走了。”他假装走了几步，其实又停下了脚步。这时门开了，刘丽珠伸出了半个头来。她的眼睛红红的，刘珍珠知道她哭过了。

刘丽珠想缩回脑袋，但刘珍珠说话了："妹，我机会好些，我替你读，念两个人的书。我到大学后就记两份笔记，一份寄回给你……"

刘丽珠点了点头，说："哥，我祝你学有所成，你要多保重啊！"说着便泪流满面了。

父母也站在院子里与刘珍珠告别。

父亲在刘珍珠的额上抹了一把泥土，说："蜜蜂走了，我都要对着它们撒一把细土让它们记得归路，我儿走了，我也要让他记住归途。"

"爸，我记住了。"刘珍珠又走向母亲。

"你走了啊！"母亲说。

"是的，妈，我走了。"

"你答应妈一定把书读好。"

"我一定会读好的。"

母亲伸出那双粗糙的手，抚着刘珍珠的脸颊。她心底有了许多牵挂。但她看见儿子的脸跟朝霞一样的灿烂，心又坦然了。

"妈，我走了。"刘珍珠一步一步向门口退去。

她对儿子挥着手。儿子转身离去，她用衣服抹着眼泪，心又坚强起来。

孩子永远是她人生的激情和希冀，人生再艰难，对于他们，吃苦耐劳也会一直延续，那是一个农民一代一代永存的希冀……

一起长大的约定

引

2019年，夏，北京。

连日的焦躁被一场大雨冲刷得一干二净。

一整面落地窗将酒店内外隔成两个世界。雨点急急地敲打着透明的玻璃，一次次发起冲击，最后却只能绵软无力地蜿蜒而下。张若熙若有所思地站在窗前，指尖轻轻划着覆在玻璃上的白色雾面。

划开一点，眼前的画面就更清晰一点，慢慢地就能看清对面大厦门口躲雨的人群，街面上行人步履匆匆，忙乱而无序，仿佛雨滴坠落地面时溅起的水花；再划开一点，灰蒙天空下，楼群墙面的巨大海报也显现出来，那正是他上周才拍摄完成的最新广告大片。

一分钟前，经纪人小钟已经站到了套房门口。跟了张若熙近两年，小钟自认眼光不错，也很有信心陪他的男主角走上更大的舞台。不得不说，他今天有些兴奋，因为他觉得这个机会就要来了。

“咚……咚咚。”

当小钟再次叩响房门时，张若熙终于从眼前那一片烟雨茫茫中回过了神。他有些歉意地笑了一下，还没等他解释，小钟就大步走过来，将一叠剧本塞进他的怀里。

“辛苦啦，但这个剧本你务必马上看一下！”小钟明白张若熙最近有些疲累，作为新生代的当红演员，通告经常满得排不开，每天找上门的广告、剧本……合作无数，确实令人疲于应对。但这是一次千载难逢的好机会，他一定要帮他们抓住。

“可靠消息，这个本子已经定了导演，是去年在东京、戛纳拿了一圈奖的张青。我看过了，男主简直就是为你量身定做的。”

张若熙看出了小钟的激动，不由得拿起那沉甸甸的本子仔细翻看起来。封面上是醒目的大字标题——一起长大的约定。他暗暗皱眉，目光扫下去，下面是一行不起眼的小字落款“三冬二夏”。

一瞬间，他的心仿佛被人狠狠捏了一下，所有的情绪扑面而来，让他竟然分辨不清自己正处在何时何地，又是何种心情。他茫然看了一眼窗外，几乎是瘫坐下来，耳中再也听不到任何声音。

十年了，她最初的梦想终于实现。

十年了，她好吗？

一

九月，骄阳似火。市一中的大门口挤满了前来开学报到的学生和家长。夏米戴了一顶夸张的大帽子，帽檐将她的脸几乎遮去一半，即使站在面前，也让人难以看清她的面貌。透过眼前的缝隙，夏米却将这四周一切看得清清楚楚。她看到成群结队的少男少女聚集在一起，他们打扮时髦，高声笑语；她还看到周围好几个女孩子都是披肩长发，细细的发梢被微风吹起，又轻轻地落回她们的肩上、手臂上。她想，一周前，她也是这样的，那一头黑缎似的长发曾是她为数不多的引以为傲的事物之一。

夏米心里很清楚，这次能考上市一中完全属于超常发挥，若以平时的成绩来看，她还够不上这所市级头部学校。如果说她的喜悦是兴奋中带着庆幸，那么家里人就是完完全全的欢喜了。接到入学成绩的第二天，爸爸妈妈特地邀请了亲朋好友，为夏米简单而郑重地举办了升学宴，那天所有人都很高兴，就连一向低调寡言的爸爸也在三杯劝酒后，忍不住向众人夸耀起了女儿。宴席上，夏米看着父母幸福得泛出红晕的脸，暗暗下决心，三年后也要让他们这样高兴、这样骄傲。

那天下午，她自作主张跑去理发店，毫不犹豫地剪掉了那一头及腰长发。她告诉自己，旧日那个懒散幼稚的小女孩已经远去了，从此刻起，她就是全新的夏米——她已经长大了，可以自己照顾自己，可以自己解决问题，还可以远离父母的照拂，离家求学。只是妈妈有点为她可惜，妈妈说，夏米是那样爱漂亮的小姑娘呀，不过妈妈也说，夏米开心就好。

开学前一天，夏米和爸妈整整坐了三个小时的大巴才到一中所在的市区。妈妈一路上和她交代了很多话，甚至显得有些絮絮叨叨的，可这毕竟是夏米十五年第一次离开家。“儿行千里”，做父母的担忧远远多过儿女，可是夏米太年轻了，当时的她根本无法体会这种心情。

在门口匆匆道别之后，夏米就被迎新的老师催促着进了校园，小小的她一手一件行李箱，肩上还背着一个大大的双肩包。就这样，在父母的目送中，夏米走进了她的高中生活。

一切都是崭新的，一切都将会不同。

范源站在教室门口向里环望一周，然后他决定坐在最后一排靠窗旁边的位置，因为那个最好的靠窗位置已经被一个波波头女生占据了。然而，这个发现却让他感到有些开心。范源不由地在心里笑了一下，冥冥中他觉得那女孩和自己是同一种人——都喜欢独处，都不属于人群。

范源是从市一中的初中部直升入学的，他已经在这里学习了三年，一切对他来说并不陌生，刚刚在楼道里也见到不少熟悉的面孔。他不是追求新鲜刺激的人，甚至可以称得上念旧，从小到大他都和父母住在一栋旧式的高校教职工宿舍楼，在骑车十分钟之内的地方上学，过着两点一线的重复生活。虽然他的梦想里也有远方风景，比如，父亲年轻时就读的那所海德堡大学，清澈的内卡河、童话般的小镇，就是深深埋在范源心中的一颗种子。

当范源熟门熟路地选定位置坐下后，波波头转了过来，圆圆的眼睛好奇地朝他看了看。范源才发现，这女生不仅黑黑的短发会闪光，眼睛也黑瞳瞳的会发光。不过那目光就像小鸟在天空中短暂掠过一般，只在他脸上停留了一秒，就转向了窗外。

“嗨，我叫范源。”范源的笑容很有亲和力，他一直侧着身体，耐心等着波波头再抬起来看他一眼。至少目前，波波头是他在这里发现的最有意思的事情。

“嗨。”果然，波波头又慢慢转过来了，似乎是想回应范源的笑容，于是嘴角刻意咧了一下，“夏米。”

“你好，夏米。”范源将那个名字念得十分认真，然后他又停顿了一下，仔细端详着夏米的脸庞，试探地问道，“我们是不是在哪儿见过？”

这回夏米真的笑了，她觉得眼前这男生从发型到衣着，看上去挺像新新人类，可没想到搭讪手法却是如此老套，关于这样的话她听过的次数不下一只手。“没有。”夏米说完，果断留给范源一个无情的背影。

就要在这座城市开启住校生涯了，虽然离家只有三个小时的车程，但这意味着夏米将完完全全告别过去的生活。从今天开始，她要学会独自面对一切，没有过去的朋友，没有熟悉的街道，没有经常光顾的那家小吃店，也不会再有外婆煮好甜汤等着她放学回家……迎接她的将会是什么呢？会有新的小伙伴吗？老师和同学们会喜欢她吗？如果说，接到录取通知时还有挑战未知的新鲜感，憧憬未来时还有想象中毫不畏惧的气魄，那么眼前陌生的人与物，倒是让她有了些真实的不安与忐忑。安静如斯，心事若雷。夏米沉默地趴在课桌上，此刻，她才清晰认识到，她正在经历一种什么样的生活。或者说，她别无选择。

所有人都是时间的流亡者，离开童年，离开少年，离开青春，乃至最终离开生命，总是一次次被狠狠抛掷出去，永远不得回望，而它的名字就叫成长。

夏米经常觉得自己很矛盾。一方面她急切地盼望长大，快快加入那个她还未曾达到的成人世界；另一方面，她又舍不得现在，甚至常常幻想可以梦回到小时候，就像童话里长不大的彼得·潘，永远留在七彩梦幻的小时候。

“雏鹰试翼志高远，新羽凌云情悠长。祝全体新生，扬起理想风帆，打造明日辉煌！”

教室大喇叭里传来校长的喊话声，终于将夏米拉回了现实。在简短的开学仪式后，夏米跟随生活老师和同学们来到宿舍楼。据说，这栋三层红色小砖楼将是她高中三年生活的地方。斑驳的墙壁看上去有些年头了，四面布满了爬山虎。这倒让夏米感到有些亲切，因为外婆家的那栋小楼也是这样的，那是她度过整个童年的地方。

“207，林若泪，夏米，周舟，王小鱼。”被点到名字的女生迅速从人群里站出来，她们甚至来不及打量彼此，就被老师催着进了宿舍。大概是从外地来的缘故，属夏米的行李最多，她正有些尴尬地看着挤满过道的大箱小包，对床的女孩大方一笑，主动招呼她可以将行李放进自己的空间。夏米知道这个女孩。一个小时前，林若泪刚被选为班里的学习委员，而夏米的同桌范源毛遂自荐当了班长，课下他们两人对未来班级的工作进行了简短而友好的交谈，刚好夏米坐在窗边看风景时被迫旁听了全场。

夏米对外向开朗的女孩有着天然的好感，因为那是她的性格中不曾有过的一面。或许是天性使然，或许是受环境影响，在人群中，她总是偏向沉默，观察多于言语。妈妈有时担心她不言不语要吃亏，可爸爸说这样也不错，智者寡言，夏米就是个小智者。

据林若泪自己介绍，她的家就在这个城市，离学校也不算远，但她的父母都因公外调到北京工作，一年到头难得回来一次，家中常年没有大人，所以她也选择了寄宿。

有些人仿佛天生具备领导气质，能够在群体中自发形成凝聚力，也很会照顾周围同伴，而林若泪恰好就是这种人。她几乎是帮宿舍所有人安顿好，才开始忙乎自己的事情。因为夏米的腼腆、寡言，林若泪似乎特别关照她，几个人的交谈中总是故意将话题抛给夏米，夏米虽然表面沉默，但心思十分敏感，心里也就不自觉地向林若泪又靠近了几分。

夏米静静看着林若泪忙上忙下，发现林若泪真是她理想中的那种女孩——天生一副学霸脸，文静、温和、沉着、干练，对每个人都热情亲和，却不过分亲昵，仿佛什么事情都不怕，什么事情也难不倒她。这不就是她常常幻想的小说女主角吗？

林若泪正站在梯子上整理床褥，和其他两人一样，听着那个名叫周舟的女孩兴奋地为大家分享学校新闻。周舟也是直升上来的学生，对这所学校简直了如指掌，短短时间内，就把学校的重点风云人物和重要校间传闻向大家介绍了一遍。

此时，女孩子们无所事事，倒也听得津津有味。当林若泪忽然发现夏米坐在对面呆呆盯着自己时，心中一转，然后问了一句："夏米，你小名是不是叫颦颦？"

林若泪暑期刚刚读完《红楼梦》，也是读得入迷，一时暗想自己就是那"山中高士晶莹雪"，一时又想自己当是"世外仙姝寂寞林"。只不过，读完却没知己叫她一声林妹妹，她猜想宿舍那三人也不知道她在说什么。

"啊？"夏米晃晃神，大大的圆眼睛像小鹿一样茫然看着她。夏米走神了。

"倒是个林妹妹呢，怕不是也有什么心事？"林若泪看那三人果然没反应过来，就自己先乐了起来。她甚至有些暗暗欢喜，她想自己终究是和别人不同的。

“什么、什么？看上哪个了？”正在分享校园帅哥排行榜的周舟凑了上来。这位只爱看八卦杂志的小女生，讲不出掉书袋的文人酸话，但她对“调戏”夏米这种“小白兔”充满了兴致。周舟拍拍夏米的肩，坏笑说：“来吧，和姐妹们说说，你有什么少女心事？”

夏米还没被人这样打趣过，脸唰一下就红了，她想大城市的女孩就是不一样。她从小被父母寄养在县城郊外的外婆家，小伙伴们淳朴友爱，但也保守拘谨，受的教育更是严肃到近乎迂腐，从没有人会主动谈论那些长辈们认为的禁忌话题。除了学习，她唯一的调节方式就是弹钢琴，父母不惜重金培养她这项艺术特长，除了考虑她自身的兴趣和条件，还因为那是她母亲年轻时未竟的理想。

在那些友好却调侃的笑声中，夏米感到有些难为情。她想借故和林若泪聊聊《红楼梦》，她早看出了这个女孩似乎总在模仿书中言语、做派，以为那是在故意逗笑大家，可是林若泪好像并没有坐下来和她讨论文学的意愿，而是又爬上了床铺，对着墙面开始粘粘贴贴。

周舟还缠着夏米嬉笑不放，夏米只好另想他法。只见她忽然站起来指着林若泪床头的海报，再次岔开话题道：“你喜欢大卫·鲍伊。”

这次，林若泪有些惊喜地回头看她：“是啊！你也喜欢他吗？”她万万没想到，对面这个看起来瘦弱乖顺的女孩居然也会喜欢这种叛逆的摇滚明星。

夏米点点头，解释道：“不过我对他的音乐了解得并不多，第一次知道他还是在电影里，*Merry Christmas Mr. Lawrence*（《圣诞快乐，劳伦斯先生》）。”

过去在学校里，从没有人和林若泪讨论过她的海报、她的偶像“流川枫”。林若泪对着夏米笑起来，然后索性坐下来和夏米讨论。

林若泪说：“我看过，我也喜欢那个电影。”她们一起抬头盯着墙上的海报，玩世不恭的摇滚歌星立在话筒前，对着她们露出了神秘微笑。过了一会儿，她又不无惋惜地感叹道：“我还记得主题曲，是教授弹的，当初我都有冲动为了这首曲子去学钢琴。可惜啊……”

“嗯。”夏米赞同道，立即会意她说的教授是在电影里和大卫·鲍伊演对手戏的坂本龙一，那也是她最喜欢的曲子，压抑而浪漫，圣洁却禁忌。夏米看着林若泪有些陶醉的神情，似乎也受到了感染，于是脱口而出：“我会弹。”

林若泪转过头，睁大眼睛看着夏米。

夏米解释道：“我会这首曲子，我知道学校有琴房，以后有机会我弹给你听。”然后她顿了一下，略微迟疑地补充道：“你愿意的话，我还可以教你。”她希望对方不要误会她是在显摆自己，不然她宁愿假装什么都不会。她仍然记得小学五年级的时候，班里有几个女生总嚷嚷着要去她家里弹钢琴，夏米会趁大人不在，悄悄让她们来家里玩，可等她们玩厌了，就在背后议论她“臭显摆”“会弹钢琴很了不起吗”。

夏米小心翼翼地等待着林若泪的反应，她眼见着林若泪的脸上起了变化，从惊讶转到了兴奋，高兴极了。林若泪一把抱住夏米，亲昵地应道：“好啊好啊，你教我。”她侧头看着夏米，带着些许撒娇的语气说：“夏米，你怎么这么好。”

林若泪的长发扎进夏米的领口，蹭得她的颈窝有些痒痒的。夏米回抱林若泪，很为自己刚刚的无端猜忌感到愧疚，她早该知道林若泪才不是那种无聊的女生。

夏米想说“我没有那么好，是你很好很好”，又觉得说出来太肉麻。但是，夏米心里确实是很开心的，为她来到这座城市即将获得的第一个朋友，而且这个朋友还是优秀的林若泪——班里的学习委员、她的理想女友，以后她们会一起吃饭、一起上课、一起逛街、一起睡觉，这意味着这三年里她将不会孤单，甚至她都想好了要把林若泪写进自己的小说里。

夏米说：“那我们以后就是好朋友啦！”

“当然！我宣布夏米是林若泪最好的好朋友！”林若泪笑得十分快乐，又将夏米紧紧拥抱了一下，然后就像夏米想象中那样，林若泪轻快邀请道：“夏米，我们一起去吃饭吧！”

二

高中生活就这样悄然开始了，夏米比她当初想象的适应得更快一些。初入陌生环境时的忐忑与局促，很快就在学习的压力和友谊的包围下被一一瓦解。

有人说，离群索居者不是神明就是野兽，可对青春期的孩子来说，找到伙伴才是他们完成社会化的必要使命。

开学一个星期，班里的女生们已经自发形成了几个小圈子，三三两两，四五个人，总是固定地在一起活动。林若泪几乎是所有人的朋友，只要她愿意，她可以打入任何一个圈子，但夏米认为她只要林若泪就够了，她并不擅长也不愿意与人过分交际，可与林若泪在一起却让她感到莫名的轻松。

自从有了林若泪这个形影不离的小伙伴，夏米总是感到很安心。有时候，她觉得自己就像林若泪的小尾巴，林若泪走到哪里她都想跟着去，她要做什么事情也希望林若泪能够陪伴自己。她甚至不介意成为林若泪的附属，让对方来替自己做决定，因为她觉得这样很安全，她完完全全信任着她的新朋友。甚至，夏米还认真地在日记里写道，林若泪就是她的定海神针，她希望她们可以永远在一起。

夏米不是外向的性格，她仅有的那些开朗与活泼都投射在了有限的几个人身上。这几个人中，除了林若泪和同宿舍的另外两个女孩，还有一个特别的存在，就是她的同桌——班长范源。

不知道为什么，范源明明不是那种喜欢招惹女孩的男生，却总是很喜欢和夏米讲话。虽然在夏米看来，范源说的话常常比她构思的小说还要天马行空。

范源说，他小时候真的见过她，是五岁那年在漓江游轮上。范源描绘得有声有色，说夏米那时候个子可小可小了，稍不留神就看不到人，因为那艘游轮上只有他们两个年龄相仿的小朋友，所以夏米特别喜欢和他玩，每天追着黏着他叫哥哥，甩都甩不掉。

夏米听后，简直一脸嫌弃。

范源笑笑，又说，有一次两个人玩捉迷藏，小夏米藏得太认真了，不知道躲到了哪里，范源根本找不到。到了快要吃晚饭的时候，小夏米还不出现，范源着急了，大人们也急了，所有人都在找她，最后还是船员把小夏米从仓库里找了出来。范源的父亲很生气，当着众人严厉呵斥他，倒把胆小鬼夏米先吓哭了，但她哭着也不忘护住范源，说叔叔不要打哥哥。

夏米瞟他一眼，还是一副不相信的神情，但心里又隐隐觉得这个故事不错，很想听范源继续讲下去。

范源讲得挺高兴，又说他们分别的时候，夏米还把自己的红色蝴蝶结发卡送给范源了。可是夏米表示无论如何也不相信，惹得范源连连叹气，表示回忆不下去了。

范源有些无奈地看着夏米，说："我就知道你不信，你那时候还是小屁孩呢，等我以后好好翻翻小时候的相片和信物，铁证如山你就必须相信了。"

夏米不服气道："谁是小屁孩？你不是和我一样大！"

范源这才想起什么似的，恍然道："也对哦。"可他又说："但是我成熟又聪明，和某个小屁孩可不一样。"

范源从上到下仔细地打量着夏米，似乎还想从夏米身上找到什么证据，来印证他说的故事并不是他的臆想。天知道为什么他见到夏米就觉得那样亲切，他认为自己的记忆没有出错，所以他甚至想问问夏米是不是后来摔过脑袋，怎么可能一点印象都没有了呢。

夏米也气哼哼地还想反驳什么，这时，上课铃响了。英语老师走了进来，乱糟糟的教室瞬时安静下来，所有人的目光都集中在老师手捧的那一摞白花花的考卷上，一片沉寂中还有人暗暗地发出了夸张的悲叹。中考之后的彻底放松甚至还来不及回味，连续几天的摸底考试又把这帮学生考"焦"了，好在这已经是最后一门。

按照惯例，每个科目入学成绩前两名的学生可以免考，并被任命为班级监考，夏米和陈小溪就是本次英语考试的监考。虽然其他科目的成绩并不出众，但英语一直是夏米的强项，这得益于她那勤奋好学的父亲。小时候，夏米最喜欢的游戏就是和爸爸一起背单词，只要她说对了，哪怕只是一个简单的单词，也会得到爸爸的赞赏和奖励。直到现在，夏米也认为那是她玩过的最好的游戏，只是后来爸爸的工作越来越忙，他们之间的交流也少得可怜。

最后一场考试，班里的气氛似乎有些不一样，疲惫之下，却也躁动。当两名监考去讲台领取试卷时，某个角落里还响起一阵窸窸窣窣的声音，像在传递着什么神秘暗号。英语老师踩着高跟鞋在班级里巡视，清了清嗓子，用尖细的声音告诫那些站起来比她还高的孩子，这次的摸底考试很严肃、很重要，如果抓到作弊，就直接扭送到年级主任那里，再上报给校长，所有后果自负。

午后的太阳透过窗户洒满了教室，夏米像被罚站一样站在教室后面，百无聊赖。她时不时看看窗外枝头玩耍的几只小鸟，余光又看到了她的同桌，利落的黑色短发映衬着一张清隽的侧脸。昨晚的宿舍夜谈会上，女生们还谈到他了，除了夏米，另外三个女生都觉得范源才是她们班最优质的男生，甚至还八卦出来范源的女朋友也在这个学校，就是高她们一年级的校花学姐。大咧咧的周舟还说，今天考完试要去高二年级的地盘遛一圈，看看那个校花学姐是何方神圣。想到这里，夏米忍不住偷偷笑了一下，她觉得这些女孩子简直太可爱了。

“陈小溪，夏米。”英语老师突然喊道，“老师有事出去一趟，你们两个注意维持纪律，做好监考记录。”

夏米听后下意识地握紧了笔，顺便又检查了一遍监考记录上填写的信息。她总是这样小心翼翼，生怕出错，连放学时都要检查好几遍课桌，怕自己忘记带走某个课本。范源说她要么是有强迫症，要么是兔子变的，胆子太小，容易受惊；只有林若泪懂她，说她这是太有责任心的表现。

不出意外的是，英语老师刚一离开，班里的紧张气氛顿时烟消云散，一瞬间仿佛走进了大花园，到处都是不绝于耳的嗡嗡声。站在教室前面的陈小溪着急地敲敲黑板，喊着“安静！安静！”底下那些人就像商量好了似的，立刻响起一阵嘘声，还有一个女声不耐烦地抱怨“敲什么敲，你安静点”。

说话的人正是谢雨航，高挑、漂亮的体育特长生，有着受人瞩目的美丽外表，也有着令人躲避不及的强横刁蛮，她就坐在班长范源的另一边。夏米时常能在课间听到她和她的同伴们大呼小叫。她们聚在一起讨论最新的流行时尚和娱乐明星，交换着文具、配饰、衣物，是整个年级乃至全学校呼风唤雨的人物。虽然谢雨航不是典型意义的好学生，但因为她的强势背景，老师们喜欢她；因为她的豪爽买单，同学们宠着她。夏米虽然与她离得很近，却不属于她的小集体，几乎没和她说过话。

陈小溪被谢雨航当众喝止后，羞耻得整张脸都燃烧起来。她紧抿嘴角，一言不发，仿佛被钉在了黑板上，动也不动。有些人事不关己高高挂起，有些人看热闹不嫌事大，台下的嘘声更大了，夏米看到带头起哄的那些人正是平常总来后排找谢雨航的男女。夏米确实胆小，却并不懦弱，正是由于性格敏感，才更能设身处地地理解他人。她见不得搭档陈小溪的难堪，想为陈小溪解围，而且作为监考，她觉得自己也有责任维持纪律。

当夏米快速穿过人群，打开了教室大门，那几个闹哄哄的学生瞬间安静下来。所有人都知道楼道里不时会有巡查老师路过，尤其是考试周，更是严明纪律的时刻，所以连谢雨航也只是冷哼一声，意有所指地嘲讽了一句“多管闲事”。

这次终于没人再给谢雨航帮腔了，倒是班长范源似乎很不满意有人一而再地破坏纪律，转头对着谢雨航提醒道：“安静。”谢雨航听了这话，倒是一改之前的蛮横，还受教地对着范源频频点头，露出一口白牙，笑得一脸阳光灿烂。

夏米看到这一幕，正感到有点莫名其妙，紧接着眼见一团纸条滑翔伞一样地从右前方砸到了谢雨航的课桌上。众目睽睽之下，谢雨航面不改色地将纸团展开，然后奋笔疾书在卷子上迅速抄写着。有个别同学在听到动静之后悄悄回头张望，坐在旁边的范源应该也看到了，但他只是皱皱眉，继续写着自己的卷子。

夏米没想到谢雨航居然如此嚣张，刚刚那句“多管闲事”也的确让她对这个女生有些反感。夏米轻咳一声，示意另一名监考陈小溪。陈小溪应该也看到了谢雨航的作弊全程，只见她撇撇嘴，拿起那张监考记录表画了几笔，然后又对夏米投来一个颇有意味的眼色。这当然是个好机会，可是，夏米并没想报复谁，或想让谁感激自己，所以她并没有回应陈小溪。尴尬中，夏米又走回教室后面，继续坚守着她的监考岗位。

黑板上的挂钟显示还有十分钟考试就要结束了，英语老师也匆匆赶了回来，教室内一片安静，只有唰唰写字的声音，仿佛一切都不曾发生。夏米认真地在监考人员签字栏写下自己的名字，心里想着这闹哄哄的下午终于要过去了，不由得松了一口气。

考完试，周舟果然拉着王小鱼来喊夏米，周舟说现在立刻马上就要去见识那位高二校花学姐，所谓知己知彼，然后就好考量自己能有几分胜算。本来周舟还喊了林若泪，不过林若泪说自己打算报名口语课外班，今天是试听课，就不去给周舟当参谋了。夏米不报课外班，但她也不想去看什么校花，可是一时没想好借口，还是被周舟拉走了。结果校花没看到，周舟倒是看上了传说中的高二校草，因为校草长得像她的偶像，于是班长范源只做了一晚上的座谈会男主角，就被这个新上位的校草顶替了。周舟说，明天，还去！

三

考试成绩很快发下来了。班主任说同学们表现不错，保住了年级重点班的面子，比第二名的班级平均成绩高出三十多分，尤其是范源同学，和入学时的成绩一样，拿到了年级排名第一。几个活跃的同学带头鼓掌，欢呼着看向他们的班长大人。没有人会嫉妒范源，哪怕是第二名，因为人们只会嫉妒和自己差不多的人，而范源远远超过了所有人，留给他们的只有无比羡慕和望尘莫及。

夏米也感到很高兴，主要是她对自己的成绩很满意，居然一跃从入学时的末端迈向了中下游，她终于开始相信天道酬勤这件事，到底没有辜负这段时间的努力。或者，她想，可能她的父母说得对，她是一个非常有潜力的孩子，不比任何人差，即使到了市一中，她也应当自信。想到这里，她已经有些迫不及待想给家里打电话，分享她的喜悦了。

而此时，第一名正坐在她的旁边，无惊无喜，一脸淡淡然。

夏米坚信，那才是真正的骄傲。在老师倡议全班都要向范源学习时，范源依旧没有表情，仿佛他的荣耀是与生俱来的，且一切都在预料之中，所以无须过度惊喜。夏米不知道自己要付出怎样的努力，才可以追赶上范源的十分之一。因为范源这种人属于天生的王者，哪怕从今天起宣布大家不再比试数理化成绩，改为竞赛谁钓的鱼最多或是谁爬的楼最高，范源也会毫无悬念地摘走第一名。要知道，这种全面天赋和高度自律的结合结果，是可以超越比赛规则的。

夏米这样想着，也和大家一样看向范源，而当范源敏锐地捕捉到身旁的羡慕目光时，转头报以一笑。他无法不对这个女孩另眼相看，虽然他可以解出复杂的数学题，但却弄不清为什么见到夏米时总能令他感到无比愉悦。他知道，他的问题在书中找不到完美答案。

这是造物主的格外恩赏，人类的情感是远在逻辑之外的美，无需智慧加持就能够拥有，但也无法凭借理性分析将其解释清楚。

范源是对自己非常有把握的人，包括感情，他不介意自己对夏米表现出的异乎寻常的关注，虽然这令他有些意外，但他乐于享受这种近乎放纵的沉浸，这让他感到无比轻松，仅次于学习带给他的乐趣。他想念她，便时时看看她，他喜欢她，便常常对她微笑，他认为夏米值得，自己也值得。

中午下课后，夏米像往常一样去找林若泪，一起去食堂吃饭。林若泪说自己要先去趟厕所，于是夏米就在楼道里等她。其实夏米个子很高，可她太瘦了，不仅骨骼凸显，透过略显苍白的皮肤甚至还能看到蓝色的血管，看上去并不十分健康。她床头上摆着一张初中时参加学校表演的艺术照，薄涂了口红的小姑娘气色看上去就好很多，整个人也显得丰富生动了。宿舍的女孩都说，要在一个学期内把夏米喂胖，真正变成照片里那样，所以，当其他人叫嚷着要减肥的时候，薯片、巧克力之类的零食就都堆在了夏米的桌上，可夏米还是很瘦。

天气有些阴沉，似乎要下雨。夏米正低头想着要不要打饭回宿舍吃，突然就被人一脚踩在了她的鞋上。崭新的白色运动鞋留下一道深深的黑印，看上去十分扎眼。夏米非常气愤地抬头瞪着对面的人，因为这绝非不小心所为。谢雨航站在离夏米不到一米的地方，正在用她那尖刀般的目光剜着夏米，连斜起的嘴角都充满不屑，而她身后是三四个同样表情冷漠的女生，不断用挑衅的眼神在夏米身上轮番扫视。

“你干什么！”夏米大声质问。她用力拍着鞋上的黑印，却怎么也弄不干净。这是她央求了妈妈好久才买到的白色运动鞋，因为七八月雨水特别多，她都没舍得穿，最后是为了庆祝升学才拿出来穿的。她珍之惜之的东西，就这样被人随意糟蹋，心里疼得都要哭了，却拼命没让眼泪掉下来。

那群人互相交换着眼神和讥笑，为首的谢雨航用眼角的余光扫着夏米，一句话也不说。夏米不想和她们多作纠缠，但欲离开时，后面那三四个女生站出来挡住了她的去路。因为没有人动手，也没有争吵，所以路过的同学只是向她们那个角落偷偷张望，从头到尾也没人过问究竟是怎么回事。

好在林若泪及时出现了。她看见被几个人团团包围的夏米，想也没想，立即就推开其中一个，然后将身体挡在了夏米面前。

林若泪的个子不算高，甚至是这里最矮的一个，但她的气势却让那几个人退了一步，连谢雨航都没难为她，反而给她让出一个空间。

林若泪问："你们找我吗？有什么事？"

谢雨航想了想，翻着眼睛，从鼻子里哼出三个字："不找你。"然后就甩起高高的马尾转身下楼了。不知道为什么，谢雨航顶讨厌的就是林若泪这种假模假式的好学生，本来看在她是学习委员的份上，谢雨航是主动表示过亲近的，但既"收买"不了，也不想轻易得罪。

她身后那几个嘻嘻哈哈的女生，见状也大呼小叫地跟上去跑开了，只剩下夏米和林若泪留在原地莫名其妙又反感非常。

林若泪问夏米："你有没有事呀？"

"没事。"

"她们为什么要找你麻烦？"

夏米摇摇头："不知道。"其实刚下课的时候，夏米就看到谢雨航走到陈小溪的课桌前敲了敲，把陈小溪叫了出去，只是没两分钟，陈小溪就红着眼睛回来了。左右不过就是昨天考试的事，也许谢雨航只是想要威风出出气，夏米并不想给好朋友找麻烦，所以就什么也没说。

林若泪一把揽住夏米的手臂："没事就好。"夏米"嗯"了一声。林若泪又说："有事也不怕，我保护你。"

夏米突然就笑了，心里像有什么东西化开了。她郑重地点点头，反过来挽着林若泪，并轻轻摇了摇，说着："走吧走吧，吃饭去。"

寄宿生比走读生的好处之一就是中午有休息的地方。周舟和王小鱼一般是不回来的，因为她们要去图书馆学习兼看帅哥。听说高二的校草学习很好，没事就泡图书馆，所以周舟要把自己也变成图书馆的一部分，时刻准备着出现在校草视线中。

夏米和林若泪吃过午饭回到宿舍，抓紧时间小憩了一会儿。林若泪醒来时发现夏米正在奋力，擦她的白色运动鞋，桌上摆着橡皮、湿纸巾、酒精棉，还有一瓶不知道哪来的婴儿爽身粉。

“回来再擦吧，要迟到啦。”林若泪一边忙着换衣服，一边催促着认真擦鞋的夏米。

“唉，真难看。”夏米像看着一件被损毁的艺术品，从心底发出一声遗憾的悲叹。

林若泪拍拍她的肩：“走啦，会有办法的。”

夏米就看着她笑起来了。她觉得林若泪就像她的哆啦A梦，在她懊恼或者受欺负的时候，总是告诉她“会有办法的”。她忍不住对林若泪说了一句：“若泪，有你真好。”林若泪就走过来，亲昵地摸了摸夏米的波波头。

天气阴沉得更厉害了，压得整片天空都黑乎乎的，但又像始终憋着一口气，就是不肯落一滴雨。学生们倒是很欢乐，因为下午的体育课不会被取消上自习了。

在教室里压抑许久的“小鸟们”终于回归自由，跑啊跳啊，打打闹闹，操场上沸腾得就像一片大浪翻滚的海洋。高中的体育课是男女分开上的，当女生们被老师要求绕着操场跑圈时，男生的队伍也紧随其后，但很快就超越过去。

夏米被人从后面轻轻拍了下肩，她有些烦闷地转身去找，范源又跑到她前面，倒过身来跳着说：“小虾米跑得还挺快，看来中午吃饱了。”夏米气得追着他要打，范源却不急不躁，一阵快一阵慢地逗着她玩，引着她来抓他。

追了一大圈，却怎么也抓不到，夏米气得要死，不得不停下来大口喘气。范源面不改色，依然跳她前面叫嚣着“快跑啊，小虾米，快点跑”。他喜欢和她玩，因为他发现，这个女孩连生气要打他的样子都那么可爱，在她面前，他变回了幼稚的小学生。两个人追着玩闹了一阵，直到有个男生跑过来把范源拉回了队伍，还轻飘飘地说了一句“虾米怎么跑，不是靠爬的吗”，然后两人哄笑而去。

夏米哼了一声，她不知道为什么这个范源在别人面前都寡言少语，却偏偏爱捉弄自己。本来摸底考试后，班级座位大调整了一次，但不是按照考试成绩来排列的，而是一个成绩高的配一个成绩低的，以此来结成学习互助小组。林若泪被班主任叫去排座位时，夏米留了一个私心，央求林若泪尽量为自己保留一个靠窗且靠后的位置，于是在几个班委的一顿操作下，夏米如愿以偿还坐在她的原位置，她的同桌也原封不动地还是范源。按照范源的话说，这就是缘分呐！可是班长大人先发了话，谁又会和他抢一个座位呢？为了这事，林若泪回到宿舍就问夏米，“范源是不是喜欢你啊”，还被夏米追着“打”了一顿。

课间十分钟，同学们恋恋不舍地从操场又飞回教室。长手长脚的范源靠在小小的椅子上活像一只大章鱼，短刺一样的黑发亮晶晶的，还挂着体育课上跑出来的汗滴。他笑呵呵地看着夏米走过来，似乎在等着夏米骂他一句“饭团”，这是他们之间的默契，他欣然接受。

果然，夏米坐下来深深吸了一口气，然后转头瞪他一眼：“看什么，饭团。”

虾米、饭团，这是他们用来取笑对方名字的外号，范源先叫起来的，夏米认为自己属于礼尚往来。只是，范源一叫，夏米就生气，夏米叫他，范源却从不生气。因为夏米只觉得被捉弄了，而范源却是想在喜欢的女孩面前可以特别一点，创造一个与众不同的特殊待遇。

笑闹间，透过范源，夏米突然发现谢雨航也在盯着她看，那张漂亮的脸上透着阴恻恻的神情，嘴角微勾，似笑非笑。

夏米被那目光看得很不自在，有点赌气地嘟囔一句：“看什么看呀。”

“什么？”范源没听清她的话，只看到窗外的风越来越大，把夏米的波波头都吹起来了，于是自顾自地站起来，准备探身关窗：“我关窗户，要下雨了。”

范源的校服下摆贴着夏米的脸，夏米甚至能闻见衣服上的淡淡的洗衣粉的味道，可她发现谢雨航的目光变得更凌厉了，简直像要扑过来撕了她。夏米有些烦躁地趴在课桌上，像只鸵鸟一样把自己深深埋了起来。确实，那次英语考试，她把谢雨航的名字记录在了作弊名单里，陈小溪应该也写了，可当班主任清点人员时，谢雨航并不在列。夏米无心探究其中缘故，因为她已经负责地完成老师交给的任务，只是没想到因为这件事却被谢雨航盯住不放了。

范源看她恹恹的，伸手敲了敲她的波波头：“要上课了，睡什么觉。”

“不用你管。”夏米闷闷的声音从桌底传出来。

范源看着她，有些犹豫地碰了一下她的额头，关心问道：“怎么了小虾米，不舒服吗？”

夏米不理人。范源又问了一句："怎么了呀，谁欺负你了？和哥哥说说。"

夏米还是不说话，所以范源也决定不拆穿她。其实，今天中午的事情，范源看到了。只是当他想出面时，林若泪先一步保护了他想保护的女孩。而且这个小女孩太要强了，连对最好的朋友都不愿意讲，他也不想向她追问缘由，反正他有别的办法搞清楚。

夏米沉默着，但她心里其实什么也没想，她只是觉得有点累，不想说话，所以干脆转过头对着窗户，她看到天空黑压压的像夜晚一样，真的要下雨了。

她觉得自己好像有点想家了。

四

那天下午学校提前放学了，因为天气预报说傍晚将有入秋以来的第一场大暴雨。夏米倒是为此有点开心，因为平时很难约上的琴房，今天却有空位。夏米从值班老师那里取来钥匙，打开房门的一瞬间，林若泪似乎比她还兴奋，几乎是跳着掀开了琴盖。

林若泪小心翼翼地将手指摁在某个琴键上，发出的琴音让她瞬时眸中一亮，然后神秘地对夏米说道："我会弹《小星星》。"

夏米看着这个平日沉稳的学霸开心得像小孩子一样手舞足蹈，也忍不住笑了。她将林若泪按到琴凳上，说着："好嘛，那你先来弹给我听。"

林若泪犹豫了一下，手指稍显笨拙又机械地放在了对应位置。这时候，她反倒有些紧张了，像完成某种仪式一样，僵硬着弹下了几个音符，虽然节奏有问题，但琴键找得很准，音竟然都是对的。

“怎么样？”学霸一脸兴奋地向学渣问询自己的成绩，还主动告知，“我看视频里这样弹的就记下来了，这是我第一次弹琴呢！”

夏米一点也不怀疑林若泪的模仿能力，她只是坐到了林若泪旁边，让她的好朋友再把刚才的曲子弹一遍。

林若泪得到了专业人士的肯定，仿佛也来了劲头，只是碍于水平有限，只能靠着一只手，小鸡啄米似的在琴键上摸索。夏米配合着她，双手为她伴奏和旋，生硬单调的音符居然立马变得动听起来。

在林若泪的要求下，夏米一连和她合奏了三四遍。林若泪连连说，没想到自己也有弹得这么好听的一天，她一边说一边笑，最后又有点惋惜自己没能学钢琴。

夏米安慰她现在学也不晚，林若泪笑笑没说话。所有人都知道她学习好，但只有她自己知道这背后付出了多少努力。她也希望能像范源那样轻轻松松考取好成绩，但是她知道自己做不到。她自嘲笨鸟先飞，也知道这不是谦虚之词，而是事实。所以，在别人学跳舞时，她在做题；在别人学弹琴时，她在做题。

她知道自己智力和精力都是有限的，所以她选择牢牢抓住最重要也最有把握的事情，并通过源源不断的积累，最终达到自己的目标。

那天，林若泪带着艳羡地目光听夏米演奏了初见那天提到的*Merry Christmas Mr. Lawrence*，她觉得弹琴时候的夏米动人极了，那一刻，她真心为她的朋友感到骄傲。没有人不是慕强的，尤其是对天性更深的未成年人来说，林若泪之所以愿意和夏米做朋友，是她也看到了夏米身上的优点，如果夏米只是一个毫无是处的差生，林若泪也不会真的把她当作平等的朋友。然而，夏米在林若泪面前又总是显得处处不如她，这反倒让林若泪更加喜欢夏米了。

当天晚上，林若泪将心事写在了日记里，写她为了学业放弃了课外兴趣，写她心里有着比弹钢琴更迫切想实现的愿望——当一名人民教师，还写到她是多么羡慕夏米、多么喜欢夏米。夏米的日记里也记录了一个女孩是那么勇敢地站在自己面前，说要保护自己，说她能够认识林若泪是人生最幸运的事情，她们将会永远在一起。夏米还随手涂了两张随笔画，一个是两个小人儿一起对付怪兽，一个是琴键上的四手联弹。

然后，她们像之前一样交换着彼此的日记，边看边聊，还要批注点评。窗外大雨如瀑，夹杂闪电雷鸣，两个女孩亲密地躺到了一张床上，一起听着雨、听着雷、听着宿舍里女孩子们喋喋不休的聊天说笑声。

那天的宿舍夜谈会上，周舟一反常态地不只提到了明星或帅哥，还讲了一个人——谢雨航。周舟说，她中午看见谢雨航气冲冲地从年级办公室摔门出来。谢雨航她爸是市教育局的二把手，还有，校办工厂的合资方就是谢雨航她妈的公司，学生都买她家生产的校服，谢雨航就可以一天三顿吃哈根达斯。或许是周舟的语气太八卦、太夸张，其他三个人听了都哈哈大笑，林若泪还笑她说：“你的意思就是皇帝的锄头是金子做的。”

夏米也和大家笑作一团，但只有她自己知道，她并没有那么开心。谢雨航这个名字就像突然从天而降的魔咒一样缠绕着她，本来毫无关系的两个人就因为那场考试产生了联系，真希望这一切不开心都能像今晚的大雨一样赶快冲走才好。所以，怀着心事的夏米并没听清接下来周舟对谢雨航的情感分析，什么张若熙喜欢谢雨航、谢雨航喜欢范源……

夏米想，她自认不是爱惹事的女孩，甚至安分守己到近乎苛刻自己。从小到大，她的好朋友来自同桌、同路的同学或者邻居家的孩子，基本都是自然而然玩到一起的，她从来不会主动招惹谁。如果时间退回到一天前，她不知道还会不会把那个名字写到监考表上，毕竟那是一场自己都没参加的考试，并无任何利害关系；又或者，如果换成林若泪、范源站在她的位置，他们又将如何解决?

而令夏米意想不到的是，这场噩梦居然还没结束。

第二天放学后，谢雨航又在女厕所门口堵住了夏米，还是不说一句话，但就是不让她出去。只是这次，谢雨航没有带她的跟随，夏米也是一个人。

夏米平视着谢雨航，她不知道这女孩是不是来找自己打架的，那恐怕只有挨打的份儿吧。毕竟全班都知道，谢雨航是作为体育特长生招进来的，在市里的全能运动会上获过第一名。所以，全班成绩倒数的谢雨航是班里女体委，她还有一个发小叫张若熙，是男体委，那天体育课上和范源一起调侃夏米的就是张若熙。即便夏米不愿意打听八卦，但通过一次次的宿舍夜谈会，尤其是从八卦之王周舟的嘴里，夏米对班里的人也有了大概了解。谢雨航和张若熙就是大家心照不宣不愿意招惹的那种人。

“你到底想干什么，我又没惹你。”不知道为什么，夏米说这话时居然感到有点心虚。

谢雨航斜着脑袋，用眼角扫着夏米，然后用毫不掩饰的轻蔑语气说道：“我就想告诉你，陈小溪永远不会出卖我。”

夏米拧紧了眉头。关于陈小溪的事情，她昨晚也听周舟说了。陈小溪的父母是下岗职工，现在两人都在校办工厂上班，她妈妈有一点腿部残疾，走路是跛脚的，至于陈小溪的学费，学校减免了一部分，校企资助了一部分。她很少和同学们来往，对自己的事情闭口不谈，但所有人都知道她家的事情，也有过不少背后的议论。大人们总觉得读书的小孩子想法单纯，懵懵懂懂的年纪，正因对金钱、权力乃至尊严这些事情一知半解，心思却格外敏感。

夏米不愿意和她讨论陈小溪的事，只想尽快离开。可谢雨航偏不放过她，抬脚在墙上一横，就挡住夏米的去路。

谢雨航说：“你一个小地方来的，又什么都不懂，以后少管闲事，知道了吗？”

夏米看着谢雨航那一副几乎要狞笑起来的表情，忽然胃里有些不舒服。面对这样一个身份体面但讲起话来却流里流气的女学生，她在强力克制自己不呕出来。书上说，“仓廪实而知礼节”。她以为大城市的人都该像画报里那样光鲜磊落，不会像小地方的人碍于生存环境容易斤斤计较，可她现在也终于明白，人是不应以环境划分的，就像她在谢雨航眼里也是小地方的人，可她自认比谢雨航要“干净”多了。

谢雨航见她脸色怪怪的，似乎是在向自己挑衅，条件反射一样就要抬手打人。可在她的拳头准备落下去的一瞬间，却被一只更有力的手抓住了腕子。

“干什么呢，都等你呢。”张若熙的语气有点不耐烦，但他的声线很特别，差不多属于那种骂人也动听的典型。据说学校广播站极力邀请他加入，但他最终只选了篮球社和街舞社。

谢雨航虽然没能打人解气，但此时也懒得再管角落里的夏米。她一边甩开张若熙的手，一边连连说道：“知道了，知道了，定好地方了吗？”

张若熙似乎是翻了个白眼，转身就先下楼了，只听他头也不回地说：“快点吧，公主殿下。”

“叫我女王大人！”

夏米看着谢雨航追上张若熙跑跑跳跳地走远了，忽地就想起了她正在看的那本小说——《神雕侠侣》，封面上画着杨过和他的大雕。

她越想越好笑，又为自己的刻薄有一点点不安。她可不想成为和谢雨航一样的人，多讨厌啊。没想内心正矛盾着，却在拐角撞到了一个人。

范源说：“都不看路的啊，小虾米。”

没来由地，这时候看到范源的夏米忽然觉得很安全，不像刚和那两个人在一起的时候，让人又厌恶又恐惧。

夏米的乐观是很天真的那一类型。她想，这回谢雨航堵自己应该就是碰巧遇到了，既然谢雨航没有受到学校处分，陈小溪也没什么事情，那自己也会没事，以后绕着那个女魔王走就是了。她想默默消化这件事情，不然，也许别人会把她也当作爱惹事的人，而她只想安静地在这里度过三年。或许是异地求学的缘故，她实在无法把自己当作这里的一分子，她始终觉得自己只是一个过客。

想到这里，夏米的心情终于平复了一点。她轻轻推了推范源："别挡路。"

范源退了一步，好笑道："喂，不要动手动脚的好吧？"

夏米这才发现，不知怎么搞的，她戴在校服里面的手链不小心剐到了范源的衣服拉锁上，两人一推一退，就把范源的校服外套扯开了一半，场面有点尴尬。

"真讨厌！"夏米红了脸，有些不好意思地跑开了。

范源站在走廊这头，直到看着夏米和林若泪在班级门口会合才转身离开。此时，张若熙正在校园门口等他，见他来了就小声抱怨着，"拜托以后这种英雄救美的戏码不用让给我"。范源打趣他说，你不就喜欢演戏吗。但张若熙一副"我很忙我很贵"的姿态，只留给范源一个大大的白眼。

果然，那晚范源做东，张若熙作陪，谢雨航一干人吃过饭后，谢雨航好像没有再找过夏米的麻烦。大概因为谢雨航准备点烟的时候，张若熙说了一句，范源喜欢淑女，谢雨航就连衣服和鞋子都换成了纯白色。

课堂上，隔着一个高高大大的范源，夏米的余光里都很少再出现谢雨航的身影。慢慢地，夏米也就真正地放下心来。

一切恢复如常。

五

周末一大早，夏米和林若泪就起来了。之前，她们通过网站加入了一个公益慈善小组，这是两人第一次参与活动，要和小组的人一起去市郊的一所养老院探望。夏米准备了一首歌曲，林若泪带了一本诗集。

一路上，两个女生轻轻讨论着这趟行程，因为是第一次参与，又要当众表演节目，多少还有一点紧张。养老院离市区挺远，大巴开了大概一个小时才到，因为出发太早了她俩没顾上吃饭，后来夏米还有一些晕车。

养老院在一座很清静的山脚下，据介绍有近一百名老人住在这里。从环境来说是个绝佳的疗养胜地，但是上了年纪的人大多只会喜欢热闹，又有几个会追求清净呢？所以，公益小组的年轻人就是这里最受欢迎的客人。

夏米下车后就好了很多，缓了缓，就开始和林若泪一起为老人们打扫房间、浇灌植物。总之，她们去哪里，都有老人跟着她们，主动和她们说话。夏米觉得，这些可爱的老人简直就像孩子一样，等着盼着想和她们一起玩，身边总是叽叽喳喳的，都是老人夸赞她们的话。

林若泪去门口倒垃圾，忽然听到大门外轰鸣的马达声，紧接着就是刺耳的刹车声，紧接着从红色跑车里走下来四个人。

“不是我啊，我又没有迟到，是谢麒麟开错路，赖我干吗！”谢雨航在门口叫嚷道。

“别说废话了，快点进去吧。”张若熙拍拍头上的土，也看不上谢麒麟为什么非要在这乡间小路似的地方一直开着敞篷。

紧接着下来的是范源，范源提着一个手提包，倒是没说一句废话。

谢雨航蹭到范源身边，冲着张若熙说：“但你看他这样子，就是在赖我啊。”然后又对着驾驶座上的堂哥谢麒麟抬手就是一巴掌。

谢麒麟躲都不躲，鬼头鬼脑地向院子里张望：“有没有美女？有没有美女？没有我不下去了，在这里等你们。”

林若泪远远看着他们四个人表演，然后飞跑回去和夏米说着悄悄话。夏米也很惊讶，很想跑出去看看究竟，但是小组负责人告诉她们马上就要开始联欢会了，她是新人，第一个上场，让她做好准备。

范源一群人进来时，老人们已经围坐好，小组负责的女生客串主持人，已经在向大家介绍新来的成员夏米了。那四个人都愣了一下，显然，范源、张若熙、谢雨航都没想到会在这里碰到同学。

范源在人群中找到林若泪，自然地坐在了她的身边。谢雨航虽然不情愿，但也只好跟着范源坐下。谢麒麟听说站在台上的那个漂亮女生原来竟是认识的，心里十分开心。

夏米向大家鞠了一躬，她不太会讲场面话，只说自己叫夏米，今天想为大家唱一首歌。

“好！”谢麒麟带头鼓掌，兴奋地想站起来，被谢雨航一把拉住了，凶巴巴地警告他不要再给自己丢人。

夏米看见了范源，忍不住偷偷笑了一下，她想和范源打招呼，可是她现在正站在台上，何况范源旁边还有那个讨厌的谢雨航。

“这首歌的名字是《多年以前》。”

请给我讲那亲切的故事，多年以前，多年以前。

请给我唱我爱听的歌曲，多年以前多年前。

你已归来我忧愁全消散，让我忘记你漂泊已多年。

让我深信你爱我仍如前，多年以前多年前。

你的爱情唤起我的希望，多年以前，多年以前。

有多少人曾经把你夸奖，多年以前多年前。

长久分离你的爱仍不变，你的声调仍然使我留恋。

我多幸福犹如在你身边，多年以前多年前。

这是一首一百多年前的英国民谣，夏米用中文唱完，又用英文演绎了一遍。纯洁的少女在阳光下轻轻吟唱着古老的歌谣，再没有比这更动人的画面了。所有人都被眼前的这一幕感动了，那些花白的头发，那些清湛的黑眸，动人情绪就这样流淌在整个房间。直到夏米唱完，大家都还没反应过来，是张若熙带头鼓起了掌，就连谢雨航也不由得跟着赞扬。

接下来是新人林若泪的表演，她准备的是一首叶芝的诗歌《当你老了》。同样，中英文朗诵，十分认真，虽然中途有一点小紧张，但也获得了热情的掌声。

夏米坐在林若泪的旁边，突然感觉有点奇妙。她想不明白为什么范源他们会出现在这里，还有那个谢雨航，怎么看也不像主动来这里的人。

夏米悄悄问身边的小组负责人，那女生说，范源比她资历还老呢，就连谢雨航也连着来两个月了，还是上个月小组评选的优秀组员，对待老人十分热情，常会给老人带些小礼物，在这里很受欢迎。

负责人到底没见过张若熙，于是让同学们层层递话，问张若熙愿不愿意也表演一个节目。

“让你上去表演。”谢雨航推了推张若熙。

张若熙看都没看她，回道：“没兴趣。”

“若熙，你也唱首歌吧。”范源也催他。

张若熙看着台上正在跑调的男生，说道："没伴奏，不唱。"

谁知道负责人已经站在了张若熙身后，轻声说："有一台电子琴的，需要吗？"

范源呵呵笑。他知道张若熙并不是冷漠，只是在这么多充满期待的老人家面前突然有点不好意思了，再加上负责的女生这样一哄，倒真是有点为难。

范源说："去唱啊，正好小虾米会弹琴。"

就这样，在范源的指令下，夏米担起了键盘伴奏，和张若熙临时组成了乐队。张若熙唱歌没得说，他也没有专挑老歌曲，反倒让那些老人听得津津有味，感觉自己也融入了年轻人的生活。他们唱完一首，老人们就一起欢呼着，喊着"再来一个"，直到过了午饭时间，院长出面让大家保留热情下次再欣赏，才把夏米和张若熙领回台下。

在这场合，同学之间总要说话，谢雨航只是站在范源身后，显得有些不耐烦。

她的堂哥谢麒麟先站起来，非常绅士地微微鞠了一躬，对林若泪说道："你好，同学。"

然后，谢麒麟绕过林若泪，站到夏米面前，伸出手道："美女，你好，我叫谢麒麟，是你同学谢雨航的堂哥，我今年二十岁，在哥伦比亚大学读政治经济学，上周刚休假回国，也是第一次来这里，可以和你交个朋友吗？"

"恶心。"谢雨航脱口道，冲天翻了个大大的白眼。

"下流。"林若泪心道，也忍不住白了谢麒麟一眼。

范源还是呵呵笑。张若熙已经同老人们坐一桌吃饭了。

经过这一天的奇遇，所有人仿佛都有一点兴奋，最后道别时，谢雨航甚至主动和夏米说了再见，这倒让夏米有点不自在了。

可是第二天，一切又像什么都没发生过，夏米在楼道里碰见谢雨航和她的同党时，正想着要不要打个招呼，谢雨航就用眼角夹了她一下，鼻子里哼一声，无视她走过去了。

夏米不是她的小跟班，没心情揣摩她的心情，所以也没在意。真正令她有点懊恼的是老师在课上发了上次数学测试的卷子，她的成绩并不理想。

毕竟是市里升学排名数一数二中学的重点班，学生们大部分从小就被各种优质教育资源喂养着，不仅学习成绩好，还兼具课外兴趣特长，可以说，这是一群一路拔尖的精英苗子汇聚到了一起，优中选精，精中选极。要想从中跃出，夏米想，自己可能需要再外挂一个大脑，还不能是自己的脑子，至少是林若泪那样的。

中午吃过饭，夏米拖着林若泪直接回了教室。虽然课堂上聚精会神跟着老师分析试卷，但有一道几何题，夏米无论如何就是搞不明白。当时老师问大家还有什么疑问，夏米默默看着全班没人反应，想要举起的手就藏起来了，范源倒是发现了，还主动要求帮夏米讲题，但被夏米一口回绝。所以，夏米只好拜托林若泪给自己点拨一下，并且答应林若泪放学后陪她去音像店挑CD。

同样是尖子生，夏米发现，林若泪和范源的学习套路有着本质的不同。范源天赋极高，想问题更大胆、灵活，解题思路往往是剑走偏锋，大概只有和他一个段位的高手才能做到秒懂；林若泪是常规型选手，凭借女生独有的细腻和耐心，将教科书全部揉进脑子，写出的答案规规整整，基本就是标准答案模式。

而且，林若泪更能理解并捕捉到夏米不会解题的问题所在，经她三言两语的点拨，夏米简直茅塞顿开。正如夏米所说，林若泪天生就是当老师的料。

午休时，教室里面人不多。两个女生凑在一起讨论了一阵，夏米就满脸扬笑地拿着卷子回到自己的座位上。她从书包里掏出耳机和CD，这还是从范源那里借的周杰伦的专辑。

吹着前奏，望着天空
我想起花瓣试着掉落
为你翘课的那一天
花落的那一天
教室的那一间
我怎么看不见
消失的下雨天
我好想再淋一遍
…………

窗外晴天，夏米趴在课桌上，听过一遍之后，她按下了单曲循环键。

六

班主任居高临下地站在讲台上，板正的西服套装像她脸上的表情一样严肃僵硬。教室外面是喧闹的放学人潮，可这一切都与高一重点班无关。下午最后一节课结束，班里的学生大呼小叫地呼朋引伴准备离开，班主任却一反常态地走进来，将教室的门重重一关，命令所有人回到座位不准离开。

班主任说，午休时候所有留在教室的人都站起来。虽然大家都不明白是怎么回事，但在讲台下面黑压压的一片中，陆续站起来四五个人。

夏米像电线杆似的戳在后排角落，显得孤零零的，除她之外，那几个人都在教室前几排。林若泪那个第一排居中的位置还是她以眼镜度数太高为由向班主任特别申请的，其实就是为了听课效果更好，老师自然也不会为难她这样品学兼优的好学生，何况是自己班里的学习委员，也就答应了。

范源看了一眼夏米，又看了看班主任，从班主任的脸色来看，他似乎已经预知到了什么。还有一些同学也早不耐烦了，他们还要急着去赶课外班，可不想在这里无意义地浪费时间。站起来的学生不知道自己做错了什么，班主任审视的目光正在从他们的脸上一个个扫过，夏米有些疑惑，那目光最后竟是停留在了自己身上。她有些不知所措，下意识地去看范源，范源就悄悄转过身子，模仿着班主任拉长的脸，对夏米做了一个鬼脸。夏米想笑又不敢笑，只好抿着嘴角，低下了头。

“有同学向我反映，今天中午放在课桌里的二百块钱不见了，你们当中有没有人捡到，现在可以交还给我。”班主任的话说得很慢，但又刻意显得很轻松，手上的钥匙在讲台上一敲一敲的，像是在进行倒计时。

这话一出，班里顿时响起一片躁动的声音，好多个脑袋晃来晃去开始帮着老师寻找线索。一时间，疑问的、烦闷的、好奇的、不屑的……写在了每一张青涩的脸上，一副热闹的众生相。没有一个人大声讲话，叽叽咕咕的噪声过后，是鸦雀无声的安静。非常默契地，所有人都在沉默等待着班主任下一步的安排。

“站起来的五名同学和班干部留下，其他同学放学，迅速离开教室。”班主任说道。

夏米的身体轻轻晃了一下，她觉得窗外的阳光照得她头晕目眩。她不得不再次低下头，却看见旁边伸过来一只手，在她课桌上放了一颗漂亮的水果糖。他翻过班里的健康体测记录表，除了把夏米的身高体重记下了，他还记住了她有低血糖的毛病，从此他的兜里就多了几块糖。

“坐下。”范源轻轻扯了一下夏米的袖子。夏米这才恍然，原来是班主任让大家都坐下，可她走神没有听到。

班主任在教室里踱来踱去，几乎走遍了每个角落，然后她在谢雨航的身边停下来，目视一圈，说道：“我相信我们班的同学不会犯这种错误，谁捡到了交给老师就可以。”等待了一会，她又故意严厉地说道：“不要耽误大家时间。”

这位年轻的班主任还是第一次遇到这种事，她的学生们似乎也是。她仿佛还不清楚，她的那些话对于解决事情没有任何实质帮助，就算有人偷了钱，也不会选在这时候主动招供吧？她实在低估了学生们的智商。

终于，沉默中响起一个极刺耳的声音：“让那几个午休的把书包里的东西翻出来不就行了！”有意思的是，没有人去探寻这个声音是谁发出来的，反而都去看那五个午休时没有离开过教室的同学。的确，按照班主任转述的说法，二百块钱就是午休时丢的。

班主任没有表态，随之而来的是比之前更彻底的沉默。操场上有学生打球、踢球的声音，不时有一两声兴奋的叫喊。夏米一脸烦闷地玩着糖纸，范源就看着她玩。草莓味道的糖果，被夏米含在嘴里慢慢化掉，窗外是大朵大朵的白云，它们是那样的自由自在。她突然很想去琴房，和林若泪一起，弹那首她们都喜欢的曲子*Merry Christmas Mr. Lawrence*，她正在教林若泪弹琴，林若泪也很喜欢和她学，甚至希望今年的圣诞节就可以登台表演。虽然那是不可能的，但夏米还没想好怎样委婉地告诉她这个事实。

这时，事态似乎僵住了，没人愿意首先打破沉默。五分钟过后，另一个声音又在教室里炸开了，这次是谢雨航。

谢雨航说："老师，中午我一直站在教室门口，和二班三班的体委讨论下周篮球比赛的事情。"她说得不紧不慢，等所有目光都向她投来时，继续说道："我就靠在门上，中午教室里人也不多，谁进进出出我都可以看到呢。"然后停顿了一下，似乎有些为难："要不是这钱是我丢的，是我妈给我的这月的生活费，我也不想多话。"

夏米和范源都看着谢雨航接下来要说什么，谢雨航的眼神却穿过范源，最终投向了夏米。谢雨航说："当时体育老师过来喊人帮忙搬东西，大家都去了，只有夏米趴在后面像是没听到，我们都以为她睡着了也就没喊她……谁知等我回来就发现……"

谢雨航话说一半，但在场所有人都明白了她的意思。

班主任像是自言自语地重复着谢雨航嘴里的那两个字："夏米？"

被点到名字的夏米脸颊立刻烧起来，她没想到自己有一天居然会被别人认作小偷，而这个诬陷她的人又是谢雨航。她还以为她们虽不至于成为朋友，但应该也把之前的矛盾化解开了。可在谢雨航看来，这个夏米才刚刚进入她的视线，原来这个女生和自己竟不是一般渊源，她也曾以为夏米只是一个会在背后告发她作弊的小角色罢了，谁知道她还有那么大本事呢，昨天的事情就可见一斑了。

此时此刻，所有或问询或疑惑的目光，在夏米看来不过都是伤人的刀子，一刀刀凌迟的正是她小心保护的自尊。夏米沉默忍耐着，听着自己的呼吸声越来越急迫，脑子里像被人塞了一坨铅块，忽然有一种压顶的难过，而当她猛地站起来时，连身旁的范源都吓了一跳。只见她把糖纸捏在手心，漂亮的玻璃纸几乎要被她揉碎了，不断发出哧啦啦的细小噪声。

谢雨航眼神挑衅地看着夏米，几乎是哼出来的一句话："当时张若熙也站在门口，他可以证明我的话。"

立刻，被点名的张若熙也站起来了："她说得对。"然后就带起一阵风，他边走边说："没我的事，我就先走了，老师。我社团还有活动。"

张若熙走后，其他人更加不耐烦了，刻意压低的议论声在此时听来仿若雷鸣。夏米被几道谴责目光审问了一遍，羞愤地连手都抖了起来。她像个受惊的小鸟，不知所措地被困在了那张由疑问和审视交织的网中，本就不爱说话的人一时更加语塞，似乎连为自己辩解都忘了。她从没这样窘迫过，从小就被教育不能碰别人东西的孩子，此时却被自己的老师和同学当作小偷当众审判。

终于，坐在第一排的林若泪站了起来，对班主任说道："老师，中午我一直和夏米在一起，中途大家确实被体育老师喊走了一会，但后来体育老师说人手够了，就让我先回来了，也就两分钟的时间。"她环视了所有人，然后严肃说道："我可以证明，并且以学委的名义保证，夏米绝对不会也没有拿过谁的钱。”

林若泪厌恶地连谢雨航的名字都不愿意提起，倒是谢雨航满不在乎地反驳了一句：“原来是两个人在啊，那我还说漏掉一个。”

夏米听明白了，谢雨航是给她的判决由个人作案升级成了团伙作案。她绝对不想连累好朋友，况且心中的气愤早已到了极点，哗啦啦一下，她将书包倒着提起，原本装好的书本、笔、胶带等等散落了一桌，随之滚落到了地上。

范源本想拦她却没拦住，只好帮她满地去捡东西，并对着谢雨航大声斥了一句：“有证据就去报案，没证据就别信口乱说，没人有权力在这里审判任何人。”

憋了很久的夏米，此时终于忍不住哭了，她紧咬着嘴唇，能做的只是尽量让自己不要哭出声。本来还是满脸得意的谢雨航也突然变了脸，摔摔打打地收拾了书包，留下了一众人，摔门而去。

当事态逐步发展为一场闹剧，年轻的班主任也沉不住气了，她也不过是一名刚离开校园不久的研究生，曾经幻想的是在校园里和同学们探讨理想和远方，没想到压过来的却是没完没了的教务会议，还有类似今天这种鸡毛蒜皮却不得不处理的学生问题。最后，是范源表态，他是班长，他会调查清楚这件事，给老师和同学们一个交代。

闹剧暂告结束。

七

范源答应夏米会替她寻找证据证明清白，劝夏米不要再哭了。他一个快一米九的大男生就这样跟在两个女孩的身后，替夏米拿着书包，一路将她们送到了女生宿舍楼下。夏米真正伤心时反倒哭不出声，只是眼泪一直流一直流，简直快把她自己哭晕了。楼下分别时，夏米默默接过书包，还不忘谢谢范源。范源忽然很想抱一下夏米，可旁边还有林若泪，还有来来往往的女学生，他很快克制了自己的“失态”，口头又安慰了几句话，就匆忙离开了。

夏米站在楼道里，她很想家，但她不敢给妈妈打电话。妈妈那样敏锐，一定会猜到她的心事。她不想让妈妈担心自己，也终于明白了那些离家的年轻人习惯报喜不报忧的心理——

我是想成为你的骄傲才出来的，又怎么会忍心让你远隔千里还要为我担心呢。

夏米拨通了爸爸的电话。不出所料，爸爸还在加班。夏米努力忍住哭腔，问爸爸身体好不好，工作为什么还这样忙，爸爸就在那头笑呵呵地安慰夏米，说等夏米大学毕业爸爸就不工作啦。夏米记得，在她很小的时候，爸爸加班不能回家时就是这样答复夏米的，那时候夏米总想快快长大，爸爸就不用那样辛苦了。可是，后来她就发现其实长大一点也不好，学习很累，人与人之间也并不总是快乐，所有的事情扑面而来，简直没完没了。但是，她也知道了，已经长大的大人们有多辛苦，她委屈了可以找爸爸说说话，那爸爸委屈了呢？他是父亲、是丈夫、是儿子、是家里的支柱，夏米从没见过爸爸抱怨，因为他不能委屈。对着寡言的父亲，夏米没有把心事说出来，而且她发现自己也学会了说谎，当爸爸问她在学校过得好不好时，她一边就着眼泪一边笑着说“这里和我们那不一样，这里可好啦，什么都有，我也很好”。

当亲情无法排解痛苦时，友情大概就是最好的代替和缓冲。

那天，林若泪一直陪着夏米，她们没去逛CD店，而是去食堂吃过晚饭就在操场上散步。

秋天还是很迷人的，几片落叶无奈随风而去，大多却依然多情地系在枝头。傍晚时分的风是温柔的，轻轻拂过行人的脸庞，是独属于秋的澄净和清明。

林若泪走在夏米身边，慢慢说着，她已经知道了谢雨航因为那场英语考试针对夏米的事情。她还说，其实谢雨航自己不上进，跟别人有什么关系呢，如果当时换作是她监考，她不会记录任何人的名字，因为那种人不值得她关注，就让他们堕落去吧。夏米问：“那是我做错了吗？”林若泪回答：“你当然没错，你只是没躲开踩到了一坨狗屎。”

夏米十分吃惊，没想到乖乖女林若泪会说出这个字眼，但一想到是为了自己打抱不平，夏米又感动极了。

“若泪，以后你去哪所学校当老师，我也跟着你去。”夏米抹了一下眼睛，突然又笑开了，挽着林若泪的手臂不想松开。

林若泪像哄小孩子一样拍拍她的背，连声说道：“好呀好呀，但学校是招聘老师，哪有学校会招聘作家啊？”

夏米一时没反应过来，林若泪笑着问她：“嗯？我说大作家？”

“哈哈哈哈……”夏米简直太喜欢面前的这个女孩了，她几乎都忘了什么时候和林若泪说起过自己的梦想，或许是之前无意写在了日记中，就被有心的好朋友替她记牢了自己的梦想吧。

夏米想了想，补充道：“那你去做大学老师嘛，这样就有学校也会招聘我这个作家啦！”

两个人说说笑笑的，绕着操场走了一圈又一圈。这时，天色渐渐暗了，操场上的人并不多，只有零星几个人在跑步。在好朋友的陪伴和开解下，夏米感觉心情好多了，连话也多了起来。

“若泪，你看。”夏米突然地指着靠近图书馆的某个角落，那里也会不时出现几个学生的身影。但夏米此时所指是一对暧昧的男女学生，他们面对面站着，像是正在吵架的情侣，女生看上去很生气，和男生甩了很多话，之后就背过身不理男生。那个男生挺温柔的，一直去牵女生的袖子，女生还是不理，这时候男生好像也生气了，但只转身走了两步就又回来求女生，女生不依不饶地站在男生前面又捶又打，最后就扑进了男生怀里。

仿佛是受到了周舟的感召，夏米和林若泪好奇地一步步向图书馆方向移去，想要看个究竟。夏米还发挥着作家的丰富想象力，一边走一边调皮地给那对远处的男女配着音，逗得林若泪忍不住笑了一路。结果两个人越走近越发现哪里不对，直到距离近到能看清角落里的两个人……夏米和林若泪不约而同地突然转身就往回走——那是范源和谢雨航……

林若泪去瞄夏米的反应，毕竟那一个算是死对头，另一个是下午还信誓旦旦要帮夏米对付死对头的好同桌。可是夏米表现得非常豁达，仿佛那两个人是和自己不相干的，还轻轻松松地告诉林若泪，这事要回去问周舟。因为她们只知道范源和张若熙要好，张若熙和谢雨航要好，倒是没听过范源和谢雨航都好到拉拉扯扯、搂搂抱抱的程度了。

周舟很激动，感觉自己终于派上用场了：“对啊，谢雨航喜欢范源啊，没有什么校花学姐，范源的女朋友是谢雨航，你们怎么搞的，有没有好好听我的每日校园播报啊？”夏米和林若泪互相看了一眼，只好相信了周舟的播报。

等到第二天去上课，班里的一切似乎已经恢复了平静。

虽然只是高中一年级，但大大小小各科目的阶段测验使学生们的精神绷得紧紧的，尤其是在学霸争锋的重点班，几乎没人敢松懈，就连那些课业成绩并不突出的特长生也要奋力学习，才不至于落后得太难看。每个人都将自己的生活安排得满满的，说是冷漠也好，总之无暇特别顾及他人的是非。而且，即便是对高中生来说，二百块钱也不是多大的数目，聪明的早都猜到了这是有人故意挑事，十几个小时前的闹剧早就没人提起了，不愉快的事情就像操场上的落叶一样，被秋风扫得一干二净。

除了谢雨航。

夏米发现，只要是课间，谢雨航就会和那几个固定的女生凑在一起，她们围成一个小圈子抱着头讲话，不时有人神秘地朝夏米的方向瞥一眼，然后又是一阵窸窸窣窣，紧接着就是几个人肆无忌惮的哄笑声。有时候，她们还会故意突然出现在夏米面前，挡着她的去路，顺便吓她一跳。只是这样无形的冷暴力，让夏米连去向老师反映的证据都没有。

夏米还发现，平时有一些接触正常的同学也表现得怪怪的，那些人像是被谁施加了命令，似乎是刻意躲着她，只要她出现的地方，就会自动让开一条道路，仿佛她是病毒一样不能接触。

忍无可忍，夏米去和林若泪说，可是林若泪告诉她，别放在心上，是她太紧张啦，这件事已经过去了。夏米又自己琢磨了一下，还是觉得不对劲，她去问范源是否已经找到可以证明她清白的证据，范源有些抱歉地说，他确实去找了，他想去要那天中午的监控录像，可是管理安全的老师告诉他，学生没有权力调用监控，让他去找班主任批条子，可班主任又说谢雨航决定不追究这两百块钱了，没必要大动干戈让别的班级看笑话。

百般纠结之下，夏米还是敲开了班主任办公室的门。那里不止一个老师在，夏米很难为情地把事情的经过和她的发现都告诉了班主任，可班主任没听她说完，就打断道："夏米，老师相信你是个好孩子，如果谢雨航真的欺负你了，老师肯定会帮你主持公道，可现在不是什么都没发生吗。"然后年轻的班主任还补充道："你要相信学校是公正的，有什么问题你都可以来和我说，但是不要因为没发生的事情困扰自己，你最近学习有起色，你家长很看重你，你自己要知道上进。"

听到这番话，夏米心中依然犹犹豫豫，她突然觉得自己嘴很笨，不知道该如何替自己争取一个辩白的机会。班主任仿佛看穿了她的心事，将她拉近了一步，低声对她说，按规定这件事情本来应该通知她家长来学校，但是因为老师相信她，也了解她的家庭情况，所以才没有让问题更加复杂化，现在事情已经得到了很好的解决，她也应该把心思放回学习上了。甚至，最后班主任还语重心长地告诫夏米，以后要注意团结同学。

所以，事情兜了一大圈，依旧这样不明不白，可除了夏米，其他人都认为这件事已经翻篇了，没有重提的必要。夏米郁闷地趴在课桌上，她每天都在窗台放一点面包碎屑，所以总有小鸟会在经过时于窗前停留片刻。她想，她要是一只小鸟该多好啊，如果不喜欢哪里，就扑扇翅膀飞走，再也不回头。

中午吃完饭，林若泪想回教室写作业，夏米却说自己想回宿舍休息，林若泪也没多想，两个人就在教学楼前分开了。夏米一个人走回宿舍，发现一路上都有人对自己指指点点，甚至有些根本不认识的人也远远地盯着她看，然后指着她交头接耳。夏米觉得很烦，快步走着，恨不得下一秒就扑到床上，用被子把自己藏起来。

“啊，夏米，你怎么回事？！”刚一见到夏米，周舟就大叫一声，还不忘把宿舍门赶紧关上。

夏米一头雾水，拖着脚步爬上床，有气无力道：“什么我怎么回事？”

周舟凑上前，仰头抓住夏米上铺的围栏，压低声音说：“你到底怎么得罪谢雨航了？你是不是抢她男朋友了？她和所有女生说不准和你说话，还说你偷了她的钱，还说你在以前的学校就是因为偷钱被开除了，还进过派出所，所以才被你家安排到了一个没人认识你的地方上学。”

周舟将一连串的话说得清楚明白，说完还看着宿舍里另一个女孩王小鱼，向王小鱼寻求认同。

“是的是的，我听到的也是这样。”王小鱼认同道，“谢雨航说，谁和你玩就是和她过不去，让大家都小心点。”

夏米睁开眼睛，怔怔地看向天花板，她从来没觉得这样累过，只想安静地睡一觉。她说：“周舟，小鱼，下午帮我请个假，我有点不舒服。”

周舟的八卦还没讲完，她不甘心道：“我跟你说，你不要什么都和范源讲，范源和谢雨航是一伙的，你知不知道……你千万不要和范源走太近！”

夏米无奈地蒙着被子，翻了个身。周舟的话，她听进去了，可是她没理由因为范源和谢雨航关系好就不信任范源。当范源说没找到证据的时候，夏米确实在心里思量了一下，但她还是愿意相信范源，即便谢雨航真是他的女朋友，她也相信他确实是没找到，而不是不愿意帮助自己，甚至欺骗自己。总之，她从不愿意把身边人往坏处想，何况是对自己一直照顾有加的同桌范源。

两个小女生还围着夏米说着什么，她们很想帮助夏米，但又惧怕谢雨航，所以有些话只能在宿舍里说了。

这边话音未落，那边咚的一声门开了。周舟和王小鱼都吓了一跳，等看清来人是林若泪时，才放下心来。

林若泪站在宿舍门口大声说："夏米，你放心，我会给你找证据。"

原来，去教室单独待了一小会儿的林若泪立即风闻了最新的班级八卦，她的好朋友被认定是人品有问题的惯偷，背后有人正怂恿着全班同学孤立她，而自己刚刚还云淡风轻地说朋友是敏感过度。

林若泪是一个比外表看上去坚毅很多的女孩，她父母都在基层政府部门工作，从小对她疏于照顾，她一直都是读寄宿学校，但这也培养了她独立思考和生活的能力，她坚信，自己才是最可靠的那个人，也有能力解决一切。现在，林若泪要让夏米也相信这一点。

下午，林若泪拖着夏米到了教室，然后和坐在夏米前面的女生临时换了座位。她想，夏米真是个脆弱的女孩，简直被别人一句话就可以打趴下，所以作为朋友，她要帮夏米走出来。何况，她心里最看不上的就是谢雨航和张若熙那种人，难道因为他们的父母比别人的父母有钱有势，别人就一定要对他们恭维讨好甚至忍气吞声吗？或许成年人的世界就是这样势利，她也亲眼见过自己没权没势的父母大半辈子被压在基层，亲耳听过父母为了要不要向领导请客送礼的事情而吵架。

但她偏不信这个歪理，她认为年轻人就该打破陋习。

林若泪告诉夏米，你就好好上课，我保证明天这件事就彻底解决，你可以相信我。

夏米真的就信了林若泪的话，照她说的那样，努力忘记别人异样的眼光，像往常一样上课、下课，和林若泪相伴着说话、打水、上厕所，她相信林若泪可以帮她走出这一关，因为她现在能求助的人也只有林若泪。

倒是范源发现了夏米有些不对劲，他问夏米是不是不舒服，夏米就说没有。而此时，林若泪对范源也有些抵触，本来是范源说要去找证据的，结果却不了了之，导致生出了那么多的流言蜚语，再加上昨晚在操场上看到的情景，林若泪认为范源在这件事上并非她们可以无条件信任的人。

林若泪相信天助自助者，也是一个果敢的行动派。虽然她是个好学生，但她也很清楚自己是一个叛逆者。这一路走来，她认为，没有一个大人真正关心过她的成长，她有了好成绩，他们便认为她一切都好，她的委屈、她的孤独，没有人在意，他们当那些从来不存在，久而久之，她也就当那些不存在。而在夏米身上，她看到了自己不曾向外人透露的那一面，脆弱、敏感、忧郁。她认为，帮助夏米，其实就是在帮助自己。

放学后，她们照常去食堂吃了晚饭，然后还去图书馆的自习室做了作业。此时此刻，林若泪再也没办法否认夏米口中的那些“错觉”。不论她们走到哪里，那些人都会自动让开一个空间，像躲避瘟疫一样闪躲着她们，然后再聚在远处对着她们指指点点。这种感觉简直比拳打脚踢更羞辱人。

等天色渐渐暗下来，林若泪才把自己的行动计划告诉夏米，并且一再承诺完全没有问题，让夏米相信她的计划天衣无缝。

夏米感到很慌张，她凝神看着林若泪，几次想要张口，却始终做不到。面对这个为了自己而不惜冒险的好朋友，夏米无法将心中的困惑和疑虑向林若泪坦白。

八

夏米站在监控室的门口，门是虚掩的，透过缝隙，她可以看见墙上挂着的一台台监视屏幕，还有桌下那台持续发出低声轰鸣的主机。她相信林若泪所说，她们要的证据就在那台主机里，只要把那天中午的监控录像文件拷贝出来，一切就会真相大白。

当时，林若泪说的是“我们把它取出来”，可是夏米心里明白，她们将要做的事情并不是光明正大的，因为未经允许的“取”就叫作“偷”。

夏米觉得自己手心在不停地冒汗，短短的几分钟，她已经把林若泪的计划在脑中预演了一遍。刚刚，林若泪交代她说，她们只需要一前一后进到监控室，由夏米先去敲门，对保安说她把作业本落在教室里了，现在写不了作业很着急，希望能借钥匙开下门，然后把保安骗走和她一起去教室，林若泪就可以趁机进去拷贝文件，最后大功告成。而且，林若泪还发挥了她好学生的逻辑思维，做好了补漏计划，说要是夏米没拖住保安，回来的时候发现有人闯进了监控室，林若泪就会说自己是查房的宿管老师派来找夏米的。

隐藏的叛逆者总是更容易做出令人大跌眼镜的事情。

实际上，林若洎自己也没察觉到，她冒出的这个大胆想法，是真的为了帮助朋友，还是属于沉默中的爆发，想要一次彻底的宣泄？

夏米举棋不定，还在考虑这件事情会给她们带来的后果。她感到自己整个人都在发热，那个嗡嗡作响的声音竟不是从耳中传来的，反倒更像是头脑里的声音。她觉得有汗水滴到了眼睛里，蜇得她有点疼，可林若洎已经站在远处对她比画示意，让她赶紧进去……

夏米觉得自己的心都提到了嗓子眼，她抬手轻轻敲了敲门，声音小得几不可闻，她自己也小心地不敢大声呼吸，因为她知道自己正在做一件错事，虽然是基于一个正确的愿望。

她也知道在远处等待的林若洎已经急不可耐，心中一定在笑话她是胆小鬼。

可令她没想到的是，那轻轻的敲门声没有叫来门里的保安，却被人从身后大力拍了一下。

“干什么呢！”

夏米惊得猛一回头，连刚刚去敲门的手都缩进兜里。

范源用两个手指提着夏米的帽衫，将一脸蒙蒙的夏米提到了几步之外。

“干什么呢，小虾米？”

夏米有点回过神了，但她不知道该怎么和范源解释，幸好林若洎跑了过来，一把抓着夏米的手就往外面跑。

女孩们一路狂奔，心情都有些复杂，一面为没拿到证据感到遗憾，一面又有些庆幸没有因此犯下错误。林若泪紧紧抓着夏米的手，她们跑到了操场还没停下，一直跑到距离教学楼最远的那一边，路灯都照不亮的角落，才肯停下来。

两个人拼命地喘气，像是要把刚刚在监控室门前憋住的气都倒出来一样。夏米弯腰按着自己的胸口，感觉一双腿都不是自己的了，索性坐在了地上。林若泪的脸也一阵泛白，刚才跑得太快了。

夏米不知道自己什么模样，但看着好朋友的狼狈样子突然就笑了起来。她开始只是忍不住咧开嘴角，林若泪一边喘着粗气一边瞪着她，于是夏米就再忍不住，放肆地哈哈大笑起来。或许是夏米的笑容太有感染力了，林若泪也妥协地坐下，坐到她的身边，和她一起对着天空大笑起来。

范源不出意料地跟着她们到了操场，他早就发现夏米不对劲，放学后就一直悄悄地跟着夏米。他本意是想暗中保护夏米，让她不要再被人欺负，可令他没想到的是，这两个女孩居然这样大胆，想要夜盗监控室。虽然知道她们的用意，可是如此一来，本来没有过错的夏米不就无故又背上了一条过错吗。

林若泪根本不理范源，看着他走过来的时候，就想拉着夏米跑开。倒是此时一脸轻松的夏米主动和范源打了招呼。

“你怎么知道我们在那里？”夏米笑笑地，眼睛里写满了好奇。

范源故意对她冷哼了一声，本想好好说教一番的，可看她白天受了欺负却还这样乐观地对着自己笑，不由得有些心疼她。

范源走近后，向夏米伸出一只手，夏米很大方地抓着他的手腕站了起来，然后重重地在范源手背上拍了一下。夏米说：

“还你的，打我那么痛。”

“小虾米。”范源作势要挥拳。夏米跑得远远的，咯咯笑个不停。范源又把手伸到林若泪面前，想要再扶林若泪起来。可惜林若泪根本没理会他，自己就猛地站起来了，还狠狠白了范源一眼。

范源并不尴尬，伸出去的手又伸进兜里，然后掏出来一个小小的蓝色U盘。

范源对夏米说：“你要的证据。”

“啊！”夏米惊讶地几乎是跳着来到范源身边，歪着脑袋，疑惑地问道，“你哪来的？”

范源深深叹了一口气，忍住了揉乱那个波波头的冲动，说道：“麻烦你想调皮的时候先动动脑子，监控室里能没有监控吗？你知道这样做的后果吗？就算你拿到视频了，证明了那天中午的事情，可今天偷视频的事情怎么算？”

范源的一连串质疑说得夏米频频点头，因为她和范源的想法一样，范源所说的这些事情，她早在林若泪说出计划时就考虑过了，只是她想不出拒绝林若泪的借口。

林若泪面不改色地听着对面那两个人的对话，并不参与意见。

“你这个哪来的？是那天的视频吗？”现在，夏米只对范源手里的这个U盘感兴趣。

“是。”范源肯定道，但他没想好该怎么和夏米解释。因为说起来，这个视频的来历也不是很光彩的事。这是在遭到安全管理处和班主任老师的接连拒绝后，他有些感慨地和朋友说起这事，然后这位朋友主动答应帮他从网络上“盗”来的。

林若泪盯着那个U盘，突然问道："张若熙干的？"她早就听说班里那个公子哥是个计算机小天才，也是拿过奖的人物。

范源被她问得一愣，索性也不隐瞒了："是。他也是想帮助夏米，本来觉得派不上用场，也就没告诉你们。"

林若泪不客气地抢过U盘，语气冷冷地说道："那就谢谢了。"

夏米看着他们你一句我一句的，也算是把整件事情搞明白了。

"你把张若熙喊来吧！"夏米说。

范源不解："嗯？"

夏米说："我好当面谢谢他呀，帮我了这么一个大忙！当然也谢谢你啦！"

九

张若熙来到操场的时候，发现对面坐着的那三个人齐刷刷地朝他看着。不知为何，平时自信满满的人突然就有点不好意思了。尤其是坐在中间的那个波波头女孩，正对着他笑得一脸灿烂，真诚的模样简直让他有些受宠若惊的尴尬。

夏米站起来，大声说道："张若熙，谢谢你！"

夏米对张若熙友好地伸出手，张若熙却转脸看着范源，说道："你把我卖了。"

范源也笑起来，示意张若熙坐他身边，然后摇摇头，否认道："不是我卖你，是你的才华出卖了你。"

张若熙表情嫌弃地踢了范源一脚，却不忘伸出手，很有范儿地"接见"了夏米同学。

四个人并排坐下，此时的天色已经很晚，抬眼就能看到天边闪烁着几颗星星，他们之中有些人还并不熟悉，不约而同地，只好一直盯着那些闪闪发光的星星。

不一会儿，夏米隔着范源问道：“张若熙，你是不是就是传说中的黑客？”

张若熙听后，故作深沉地整理了一下发型，又假装不在意道：“也可以这么说。”

“但我们做的都是好事，不是那种搞破坏的黑客。”他补充道。

夏米忙说：“我知道，就像你帮了我。”

张若熙自顾地笑了一下，捡起地上的一片落叶，将叶根儿在手指上绕了两圈。

夏米看着他，犹豫了一下，还是决定问道：“你为什么帮我呀？谢雨航不是你朋友吗？”

林若泪也附和了一句：“对呀。”

两个女孩确实想不明白，为什么敌人的朋友要帮助自己。

张若熙微微皱起眉头，看着好奇的夏米回答道：“是朋友，又不是女朋友。”

“哦。”夏米点点头，虽然觉得这话好像哪里不对，但又不知道该问什么。

又是一阵沉默，他们看着头顶那片云彩慢慢遮住了月亮。

这次换了范源率先打破沉默：“谢雨航的事情，我们已经从周舟那里听说了，若熙也找谢雨航谈过了，她答应以后不会再找你麻烦。”

这话一出，夏米和林若泪立即有些兴奋，因为她们不约而同地想到，那晚明明是范源和谢雨航谈过了，还是抱在一起谈过的。

两个女生坏笑着对视一眼，然后默契地看向被迫接盘的张若熙。

张若熙看她们表情怪怪的，很干脆地解释道："不关我事，说了不是我女朋友。"

"知道，知道，不是你女朋友。"夏米跳出来安慰她的大恩人，然后又指着范源揶揄道，"因为谢雨航是范源的女朋友。"

男生们吃了一惊，他们等着夏米继续说下去。于是夏米说："是周舟说的。"

范源简直气笑了，这回他是真的忍不住了，上前捏着夏米的脸，两根手指就把夏米捏成了一个小松鼠。

范源故作严肃问道："周舟说的你也信？"

夏米狠狠点头。

范源又问道："我说的你都不信！我说我以前见过你，你就是不信！"

夏米又点头。

范源倒吸一口气，不知拿她如何是好，只好再次问她："是信，还是不信？！"

夏米扑腾着想打掉范源掐住自己的手，可她根本不是范源的对手。

范源稍稍松开她，但还是掐着她的脸，对她一个字一个字地解释道："谢雨航不是我的女朋友。"他还想说，我没有女朋友，但又怕人笑他此地无银三百两。况且，他在这件事上对夏米是有愧疚的，他以为谢雨航那晚只是赌气说要报复夏米，毕竟在他拒绝了谢雨航之后，谢雨航总是时不时找碴儿和他闹上一闹。单纯的夏米只以为是英语考试的事情得罪了谢雨航，殊不知谢雨航却是拿夏米做了和范源赌气的棋子。

张若熙早就看出来，夏米提起谢雨航的时候，表情并不是那么自然。他想，这是一个将心事写在脸上的女孩。

而在夏米眼中，张若熙的形象也在悄然起着变化。本来因为谢雨航，夏米对张若熙的印象也不是很好，而且张若熙平时也是酷酷的，没和自己讲过什么话，就连那天在养老院同台合作表演了那么久，也只得到他一个冷淡的“谢”字。可是，没想到他居然肯在背后主动帮忙自己，而且今晚的张若熙和平时也有一些不同。夏米只觉得，其实这男生也挺好相处的，应该是那种只要接触下来就会发觉很好的人。

“谢谢你！”夏米真诚而郑重地伸出手，向张若熙，向范源，向林若泪，一连说了三次。她还说：“你们都是好人，都是我的朋友！”

这晚，却没有一个人注意到林若泪的变化。

确实，林若泪并非那天的主角，但她心里却好像有点明白了谁才是自己的男主角。本来那两个男生和她没什么交集，她也自认与他们不是同一个世界的人，一直都是敬而远之，或者说她其实在和所有的男生保持距离，倒也不是刻意为之，只是那些男生觉得她太一板一眼不好接触，不曾有人走近。总之，这个夜晚的交谈，竟然让她觉得很愉快。

四个人又简单说了一会儿班里的事情，似乎还有些拘谨，但又意犹未尽似的，谁也没有先开口道别。最后，还是夏米一惊一乍地看着她的樱桃小丸子手表说：“若泪，快走快走，宿舍要关门了，我可不要睡操场！”

如此，四人这才互相道了别，夏米又再次向那两个从天而降的英雄千谢万谢。

第二天，夏米按照林若汨的建议，将自己的笔记本电脑带到了教室。她们已经看过了U盘里的文件，录像监控很清晰地显示，那天中午夏米和林若汨在一起说了一会卷子，然后夏米就回到自己的座位，拿出CD机和耳机趴着听歌，直到上课铃响也没离开过。

这段录像被设置成了循环播放，摆在教室的讲台上。陆陆续续进入教室的同学大多会好奇地凑近看上一眼，甚至还有几个男生围着讨论起了这台笔记本的型号配置。但是围观的人群很快就散了，教室里自习的、睡觉的、抄作业的、传纸条的，总之各忙各的，直到谢雨航进了教室，插着手盯着看了一会，然后冷笑一声，顺手就把笔记本合上了。

夏米一直安静地坐在座位上，她不知道自己为什么有些心跳加快，范源好像在她旁边说着什么，她也没注意听。不过，一切似乎真的恢复了正常，同学们没有再故意冷落她，谢雨航也像突然消失在了她的视野里，虽然她们只相隔了一个范源。范源高高大大的，只要他在，甚至能把谢雨航从夏米的余光中驱散。她想，她也终于可以像林若汨一样独立解决事情了，而不必再哭哭啼啼去麻烦老师和家长，虽然少不了朋友们的帮助，但却不再需要大人插手，这种感觉还不错呢。

下午的活动是高一年级的学生期待已久的，这场班级篮球联赛早在半个月前就轰轰烈烈地展开了，各种赛前准备、规划、训练，包括啦啦队的集训，都在紧张的学习进程中见缝插针悄悄进行着。

由于范源和张若熙的盛情邀请，林若泪和夏米放弃了午休，很早就到了操场准备看他俩和其他队员做赛前准备，范源还给夏米安排了一个递水的任务。夏米怀着报恩的心情，所以很听话，抱着范源给她的一瓶矿泉水，和林若泪站在一边观看。

阳光正好，微风不燥。球场上的少年们尽情释放着，仿佛永远不知疲累，不远处的啦啦队员们也喊着口号蹦蹦跳跳，短裙随着舞步一飘一扬，扬洒着青春的味道。

“真好啊。”夏米由衷感叹了一句。

林若泪看着她笑了，说道：“那人家喊你去啦啦队，你怎么不去？你这么高，要是去了说不定还能当队长。”

夏米有点不好意思。“我可不行，我没有运动天赋。”她随手捡起地上的一根小草，绕在手指上玩着，“但我可以把他们记录下来，用文字，就像画家那样，让瞬间的美好永远定格在纸上。”

林若泪附和地点头：“好呢，我的大作家。不过你看到没有，咱们班长大人好像在招呼你呢！”

夏米顺着林若泪的目光方向看了一眼。这时，一组运动过后，篮球队员们散散落落地正在休息，场外迷弟迷妹趁机过去交谈，每个人身边几乎都围绕着几个热心观众。尤其是范源还有那个张若熙的身边，递水的，递纸巾的……哪里还有空位挤进去，耳边也是一片聒噪。所以，她自然没看到也没听到张若熙在人群中叫着她的名字，还向她一直招手。

放弃了送水任务的夏米，干脆找个地方坐下了。她拿着那瓶矿泉水，问林若泪渴不渴，林若泪摆摆手，夏米就直接打开自己喝了。

“我倒是有点渴。”夏米说，眼中迷迷茫茫的不知道在看什么，就听她低声说着，最近写了两篇文章，试着投了几家杂志社，但还没有消息。

林若泪看着她发笑，她不想打击朋友的信心，但从理论上来说，哪有刚开始投稿就被录用的可能呢，何况是个没名没姓的高中生。林若泪然后看了看表，站起来说：“好啦大作家，我们也别着急坐着，离开始还有一刻钟呢，先去走两圈好了。”

“好啊，快拉我一把！”夏米也随之站了起来。

十

林若泪已经回忆不起来球是从哪个方向砸过来的，但却实实在在地正中她的脑袋，被挤压变形的眼镜还划破了她的鼻梁。在靠近眼角的地方，有血流了下来，身旁的夏米已经吓得抱着她尖叫了，本就被砸得晕头转向的林若泪见到血后几乎要晕厥了。

她只记得慌慌乱乱中跑来好多人，然后有一个男生二话不说背起她就往医务室跑，她伏在他的背上，那球衣是湿漉漉的，她的鼻息靠近他的脖颈，是阳光混合汗水的味道，在她的印象中，这是她第一次和异性靠得这么近。她知道那个男生就是张若熙，不知道为什么她感到有些庆幸那是张若熙。那晚之后，她就格外关注他，或者说，是把她埋在心里的那些东西重又勾起。关于张若熙，她早就知道他会打球，会跳舞，计算机比赛获过奖，而且声音好听，长得也帅。她还知道学校里有很多女生喜欢他，也经常在宿舍的夜谈会上听到他的事情。可她是好学生，又是女生，她不能像其他人一样表露出对某个男生的好感，她觉得那不符合她的身份，别人也会因此轻视她。可是，此刻，她清楚感受到自己的内心起着异样变化。她不敢深究，害怕沦陷，只好任自己沉沉睡去。

当林若泪再次醒来时，她的身旁只有夏米。夏米说：“你快吓死我了。”夏米还说：“医生说幸好不是划到眼睛，你不要担心，这个伤口很小，不会留疤的。”

林若泪见她这位好朋友真是吓得语速都变快了，就拍拍她的手，安慰道：“没事啦，我只是有点晕血。”

夏米看她似乎真的没事了，才放心地安静了一会。一分钟后，她终于说了林若泪最想听到的话：“是张若熙背你来的，他跟你道歉呢，说是他的队员砸到你的，他有责任，但比赛马上要开始了，他是队长又是中锋，必须先赶回去比赛，等结束了马上回来看你。”

林若泪扬起嘴角，微笑地看着夏米，听她转述了这长长的一段话，然后从医务室的床上坐了起来，说道：“我没事啦，我们回宿舍吧。”

张若熙也果然像他说的那样，如约而来，诚恳道歉，近乎殷勤。林若泪、夏米、范源、张若熙，由张若熙牵头，逐渐形成了一个聚餐小组，隔三岔五就去校外大撮一顿。当然，都是张若熙买单。“林同学都被砸流血了，必须好好补补。”张若熙如是说。

周五晚上，四个人又聚在一起吃吃喝喝、笑笑闹闹才散场。回到宿舍，夏米站在宿舍镜子前，一边抚摸自己的肚皮，一边对林若泪说道：“我觉得张若熙要给你补的营养都到了我肚子上了，你看，它都圆了。”

林若泪嗯嗯啊啊地应付着，并没心思理会她。她在回忆刚刚聚会的时候，张若熙对她说过的话。她几乎可以一字不错地背诵下来，但也只是心里默默念着，再也无法写到日记中和朋友分享。她想，如今她也是一个有秘密的人了——而这个新发现，让她有些兴奋。

这样的聚会形式持续了一段时间，范源最先表示受不了，说你们也太堕落、太不像话了。范源坚决要改革聚餐小组为学习小组，其他三个人均表示接受。

班长大人最先批评的是他的同桌：“夏米，你不是还想参加舞台剧大赛吗，要考进班级排名前三十才有资格报名，知道吗？”

然后批评他的好兄弟：“张若熙……你也是。”

接下来却没办法指责他的学委，只好指着张若熙说：“林若泪，你要帮他进前十。”

最后，他总结道：“取消聚餐，抓紧一切时间学习。”

于是，学习小组成立当天就进行了第一场活动。夏米和林若泪不再被允许回宿舍午休，而是吃完饭就赶回教室，四个人坐在一起，两两为伴，不是写作业就是讲卷子，虽然是枯燥的学习内容，但因为彼此间的交流变多了，大家的兴致仿佛比吃饭还大。

四人中，属夏米的成绩落后，就连张若熙也能保持在班级十几名的稳定成绩。所以，夏米成了学习小组的重点监督对象。范源对夏米进行了严格的学习监督，密切关注着夏米在学习上的一举一动。用夏米的话说，简直连上课开小差的机会都没有了。

这天，数学测验卷子发下来了，夏米考得很不理想，可比懊恼更先涌来的情绪，竟然是害怕让范源知道。这些题确实是范源一道道掰开揉碎给她讲过的，可她仿佛对数学题就是不开窍，同类题型换个形式出现就又不会了。她觉得她很对不起范源的无私帮助。

范源根本不着急看自己的成绩，在学习上，他有着充分的自我认识，也因此充满自信。当他要求看一下夏米的试卷时，夏米都不敢和他对视。夏米想，范源一定很生气，或许会像她妈妈一样，气着数落她，告诉她是多么的令人失望，然后不再理睬她，任她自己去消化情绪。

可是，范源只是望着她无奈地扯扯嘴角，然后佯装严肃道："中午就给你讲卷子，下次再考不到前三十，月底的小组聚餐就不带你去了。"

所以，结果就是，一张卷子的错题足足讲了快一个小时。夏米叹息地说，自己的错题本都能编成一本书了。范源说，你还好意思说啊，考不上大学有你哭的。张若熙凑过来打趣道，考不上就考不上吧，我看你也不是学习的料，跟着哥哥我去搬砖好了。夏米才不理他们对自己的调侃，只说，本人志不在此，我又不是为解数学题而生的，我的使命是当作家。

夏米说："鲁迅先生说过，只有文学才能改变世界。那我呢……"

"鲁迅先生说过的多了。"范源打断道，"那他有没有说过，在改变世界之前先要改变自己呢？有没有说过必须考进前三十名呢？"

夏米不说话了，知道范源是在讽刺自己，于是鼓着一张嘴巴，看上去气呼呼的。

范源在她鼓起的脸上戳了一下，教训道：“这是范源先生说的，你只要记住这个就好。”

那天中午，四个人聊了很多关于未来的事情。夏米一门心思只想当作家；林若泪也是坚决想考师范做老师；张若熙说他从会走路就想做演员；只有范源说得很含糊，他说自己可能会出国留学吧，倒也不一定。

年轻人的梦想无论如何都是美好的，因为那时的他们相信未来一定会实现它。阳光在每个人的脸上都镀了一层金粉，他们交换着彼此的梦想，并为彼此加油鼓励，约定一起长大，一起实现梦想。

夏米说着说着就趴下了，她为数学成绩担心了一整晚，昨晚没睡好，刚才又被范源抓着研究了一个小时数学题，早都困得睁不开眼了。其他三个人面面相觑，也都会心一笑，趴在桌上准备休息一会，为下午上课蓄积精力。

窗外树叶间透出的阳光像波浪一样，随着叶片微微晃动，在夏米的脸上荡漾出斑斑点点的波光。张若熙最先醒来，他慢慢地伸了一个满足的懒腰，再看看周围熟睡的朋友，他觉得自己此刻很幸福。他的目光最终停在夏米脸上，那眼神中充满了小心，像是生怕惊扰了她。但那波波头上的几缕发丝太调皮了，小草一样随着风吹来摆去，晃得人心神不宁。

张若熙不由自主地伸手去抚平了夏米的头发，然后他忽然想起什么似的，从口袋里掏出一颗蓝色包装的巧克力，悄悄放进了夏米的笔袋。他不知道自己还能为她做什么，陪她玩，陪她学习，带她吃饭，送她糖？甚至，讨好她那个同宿舍的好朋友？他已经记不起自己是什么时候开始留意这个波波头的，也许是那次在操场上，也许是楼道里看到她时，也许是她为自己伴奏弹琴时，又或者是第一天开学就已经注意到她了，那个戴着大大帽子的波波头女生。张若熙觉得自己什么都可以为这个女生做，但却不知道该从何做起，才能让她也喜欢上自己。要说从小到大收到的情书也够塞满一抽屉了，但他发现从来没有像这次一样让他感到心悸，他突然有点害怕这陌生的感觉，但很快就被更大的情愫冲散了，心里只剩了喜悦。

在这种事上，夏米总是表现得没心没肺的，仿佛还是一个天真的什么都不懂的小女孩，那自己是不是也不该太冒进？不知为何，他突然想起自己在表演课上背过的一句台词，那是一首诗中的一句：

爱你才是最重要的事，莱斯特小姐。有些人觉得爱就是性，是婚姻，是清晨六点的吻和一堆孩子，或许爱就是这样，莱斯特小姐，但你知道我怎么想吗？我觉得爱是想要触碰却又收回手。

张若熙这样想着，可那只手又忍不住去帮她理好吹乱的发丝，温柔地，细心地，他像照看一朵花一样照看着他的小女孩。而且，他希望，只有他可以。

风还在吹，这时，范源也醒了，他慢慢睁开眼睛，放空了两秒，又转了个方向沉重地闭了眼睛，再次睡去。正沉浸在自我世界的张若熙被惊得心中一颤，他慌忙收回手来，听着自己扑通扑通的心跳声，也努力地想睡过去，或许那样就可以不再胡思乱想吧。

他也终于懂了，什么叫作“怀爱若窃贼”。

十一

令人欣慰的是，这段时间的努力没有白费，这次考试，夏米从班级第三十九名一跃升到二十四名，要不是林若泪拦着，范源和张若熙都想在班里宣传栏上给学习小组钉一面锦旗。

紧接着，夏米的文章投稿也传回了消息，两篇都被同一家杂志采用了，并给她寄来了稿费单和样刊，还说希望和她长期合作。去邮局取稿费时，三个好朋友都陪在她身边，张若熙还大手笔地说要把附近报刊亭的这期杂志都买下来，让全班人手一份，范源也把这个好消息第一时间通知了教学办公室。

“好开心好开心！”夏米拉着林若泪的手一蹦一跳。林若泪苦笑着，几次想把手抽回来，都被夏米又拉了回去，最后不得已，林若泪悄悄趴在夏米耳边说：“我来大姨妈啦，肚子有点疼。”夏米才赶紧罢休，愿意和林若泪一起慢悠悠地走路。

下午的手工课，夏米根本没有心思做什么船模，她巴不得赶快回到宿舍，打开电脑，继续下一次的文学创作。她觉得自己此时简直文思泉涌，可这个什么船模好麻烦，她尝试分点心思做手工，却发现完全没有可能。她想求助林若泪，却发现林若泪早已完成课堂作业，正在帮别人做呢。

“怎么啦，小虾米，不会了吧。”被分到插花组的范源突然跑到了虾米身边，拿起她那一桌子零零散散的模板瞧了瞧。

“哼。”夏米从不在范源面前示弱，偏他总爱逗她。

“那你求求我，我帮你做。”范源说着已经上手开始了，这种东西对他来说简直小儿科，幼儿园的时候他就做过比这更复杂的船模了。

“算啦，不用求我了，下次发稿费请我喝可乐就可以了。”

“中午不是请你喝啦？”

“那就一次嘛，还有下次的嘛，小虾米，大作家，真是了不起。”

夏米捶了他一下，她以为范源是在调侃她，其实范源是真心夸赞她。毕竟这种事情是真的很棒、很骄傲，简直要让人嫉妒了。

“送给大作家。”张若熙也拿着一个漂亮的花篮来找夏米，另一个手中还拿着杂志和笔，十分诚恳地请求道，“夏老师，请问能给我签个名吗？”

大概是他们都笑嘻嘻的，夏米认为张若熙也是来调侃她的。但夏米心情好极了，一点也不介意，大手一挥就在杂志上签下了自己的名字。

林若泪看他们那样热闹，也凑了过来，见到桌上的花篮还凑近闻了闻。范源看看夏米，又看看林若泪，回到自己的桌上也拿了花篮，双手递给了林若泪：“这个送给你。”刚刚插花老师和他们说的，绅士的花总要送给女士的。那么，夏女士已经得到了绅士的花篮，就不好再送上一个了吧。林女士倒是惊喜万分，她本想说这是她第一次收到别人送的花，但转念一想，这也显得自己太没魅力了，赶忙又把话吞了回去。

三天后，校园舞台情景剧大赛正式启动。

去报名舞台情景剧大赛那天，夏米是和张若熙一起填的报名表，分组时也确实被分到了一个表演小组，只是张若熙凭借优秀的外形和超强的表演天赋一举被选中当男主角，而夏米却被分到了仅有两句台词的龙套角色，基本就是在台上表演一块布景板。张若熙怕伤害夏米的自尊心，在回去的路上一直憋着没敢表现出自己的开心，他绞尽脑汁地想，该如何安慰受到打击的夏米，可夏米仍旧摇着她的波波头，高兴地对他说：“喂，男主角，今天你请客！”

张若熙忙不迭答应，说夏米想去哪里都可以。夏米却说，就去吃学校小商店的烤肠吧。张若熙笑着跟在她后面，他觉得夏米真是很特别，换作其他女孩，怎么舍得不敲他这个“财神爷”一杠，就连谢雨航这种有钱人见了他也是忍不住要占便宜。

张若熙慢悠悠跟着，就听夏米自言自语似的说：“其实我今天很开心，我本来也没想过做演员的，我想做的是编剧呀，我就想看着你们演戏。你知道吗，这是我第一次进剧组呢，虽然只是个跑龙套的，但我也觉得好有意思啊。那你就不一样了，你是男主角，你必须好好努力才行！”

其实张若熙根本没听清夏米在前面嘟囔些什么，只是她说什么就是什么，自己跟着应声而已。谁想夏米走着走着突然跳转过来，一边倒着走，一边面对他比出两根手指。张若熙不明白她想说什么，却眼见她就要跳进身后的水坑里，连忙扶腰把她抱了起来，带她一起从旁边跨了过去。

一时间，两个人都有点蒙，张若熙的手还放在夏米的腰上，他觉得自己竟然脸红了……

倒是夏米先反应过来，她说：“哇，谢谢你，不然我又要刷鞋了。”她低头看看自己的小白鞋，然后扬起脸对着张若熙又比比手指：“今天我这个跑龙套的要吃两根烤香肠！”

张若熙叹着气笑了，他突然希望就这样一直走下去多好，就他们两个人，就一路说说笑笑互相陪伴，从十几岁到几十岁，身边都有这个女孩该多好。他伸手揉乱了夏米的波波头，告诉夏米："可以，可以，可以，你想要什么都可以。"

两个人来到小商店，在如愿以偿得到男主角请客的两根烤香肠后，夏米信誓旦旦道："你现在贿赂我是没错的，以后我就是大作家大编剧了，谁演我的剧本谁就会大红，那时候你要想来演也得求求我呢。"

张若熙连忙表示"好的好的""一定一定""你小心点，别弄衣服上了"。

那天，只有他们两个人，却说了好多好多的话，也许是兴趣相投，夏米觉得和张若熙在一起总是有说不完的话。他们互相分析了角色，夏米为张若熙研究了人物心理，张若熙也指导了夏米该如何说好那两句台词，虽然只是个小小的龙套。

夏米想，果然不能轻易对一个人下判断，所以她坦诚地告诉张若熙，自己从来没想过会和他成为好朋友，毕竟他总是那样的"臭屁"，那样的不可一世，但世界就是这样奇妙，也是后来她才发现其实他也蛮可爱的。张若熙就一直听她说，听她笑。他不知道还能用什么方式表达他对她的喜爱，并让她知道她自己是多么的可爱。

将近一个月时间的排练，张若熙和夏米的关系越来越近，有时候也会为了排练而缺席学习小组的活动，另外两个人似乎有点不高兴了。范源对夏米说，不要稍微有一点进步就立马退步。林若泪也对夏米说，夏米你可不要重色轻友，你都好久没和我一起吃晚饭了。

于是，在张若熙的张罗下，小组决定本周六给夏米同学过生日。地点选在了他们都很喜欢的一家烤肉店，两位男生很绅士，全程都在为两位女士服务，尤其是对当天的主角夏米，张若熙基本是有求必应，吃完饭又把大家带去了KTV，给夏米做了两个小时的人工智能点唱机。张若熙说，夏米是个小心眼儿呢，这都是在报复自己。夏米就开心地说“是啊是啊，你快唱吧，我还要听”。在那两个人的一唱一和中，林若泪和范源都发现，不知道从什么时候起，张若熙和夏米的关系竟然这样好了，看他们坐在一起说说笑笑，仿佛永远有说不完的话题。

那天，范源说他家里给他找了一位在德国的语言老师，晚上还要赶回去通过网络上课。虽然夏米很想挽留他，但范源看上去确实很着急回去，也就没开口。

等范源走后，夏米还是不想回学校，于是另外两个人又陪她玩了一个小时。他们去外面逛街，在路边小店走走停停，张若熙还给两个女孩抓了好几个娃娃，任由夏米挑挑拣拣也乐意效劳，直到天空中飘起了雨，夏米才勉强同意大家回学校。

那天的雨就像过境的旋风一样，刚开始的飘飘洒洒细雨如丝不过只是预告，紧接着就是倾盆而下的瓢泼大雨，夏米玩疯了，第一个冲进雨里就往学校跑，张若熙赶忙跟上去，脱了外套挡在夏米的头上。林若泪没办法，只得跟着他们跑，等张若熙想起她的时候，就把她推到了前面，让林若泪和夏米并排，用他的衣服遮雨。

夏米越淋雨越开心，仿佛回到了小时候。她跳出了张若熙的保护，对着林若泪和张若熙说：“我们来宣誓吧！”林若泪的眼镜都被雨水淋湿了，她靠着张若熙，在外套的遮挡下擦了擦镜片，并告诉夏米不要再疯了。

“来宣誓呀！宣誓我们永远都是好朋友！”夏米大声喊道，

“我，夏米，林若泪，张若熙，范源，永永远远都是好朋友，永远都会在一起！”

夏米这样说着，因为她今天很开心，也因为冥冥中她觉得有什么最终会失去，也许是范源的最后缺席让她敏感的心思又起了波澜，总之她极力想抓住什么，好让自己能够安心。

“好好好，永远都是好朋友！”张若熙顾着这头就顾不上那头，虽然他很想立即跑到夏米的身边，但不得不先牵住林若泪的手腕，一起跑过去。

林若泪被牵住的那一刻，也像受到了感染，十分高兴地跟着张若熙去追夏米，大声说着：“好呀，永远都在一起！”

“永远都是好朋友，永远都在一起！这是替范源说的！”雨中的夏米高兴极了。

后来，夏米感冒了，被范源狠狠训了一顿，说她要是因此耽误了学习就要惩罚她。林若泪把张若熙的外套洗干净之后才还给了张若熙，是她亲手洗的，这让她有一种是他女朋友的错觉，她觉得自己很幸福。

夏米吸着鼻涕写日记，她甚至把那天雨里的情景写成了一首歌，她让林若泪也添了几笔，说写好了就让张若熙谱上曲子唱出来，以后这就是他们的小组之歌，还要让他们的孩子传唱下去。林若泪打趣说，你和谁的孩子，范源吗？女孩们就笑闹作一团，夏米也说，林若泪这个坏家伙，根本就没有看上去那么老实呢！

时间就这样一点一滴地溜走，夏米在范源不厌其烦地督促下成绩并没有退步，而张若熙的舞台剧最终大获成功，取得了男演员组第一名的好成绩。演出那天，龙套夏米虽然只有一分钟的亮相时间，但中间有一幕男主的内心告白独角戏，在夏米的建议下，采用了现场钢琴伴奏，并由她来完成弹奏，采用的恰恰是那首*Merry Christmas Mr. Lawrence*。

舞台上的夏米简直光彩夺目，林若泪听到周边有不少声音正在打听弹琴女生是谁。当夏米穿着黑色的小礼服裙走下来和她坐在一起时，林若泪感觉自己才是那块黑色的幕布背景。她发现，她居然一点也不为夏米高兴，而这种情绪似乎并不是第一次出现，那次杂志投稿的事情就让她有了这种感觉。坦白说，她希望她的朋友是优秀的，可她不希望她的朋友比她优秀。

另一个让在场所有人不得不承认的事实，就是张若熙真的是一个天生的演员。演出谢幕的时候，甚至有人激动地站了起来，大声叫着张若熙的名字。陆续有人上台献花，灯光师也配合着把舞台气氛照耀得更加炫彩热情，夏米手里的花还是张若熙事先拜托她买的，说要是演砸了冷场了，你这个好搭档一定要假装疯狂粉丝大叫着跑上来给我献花。

夏米咯咯乐着，捧着花，排着队，等到终于轮到她献花了，张若熙眼前一亮，接过来向她连声道谢，夏米还高兴地拥抱了他一下。这或许就是爱情令人向善的一面。在那一瞬间，张若熙突然什么都想明白了，他暗暗做了一个决定，他要为了夏米变成更好的自己，因为他想给夏米一个更好的自己，他想和她一起站在舞台上。

这时，谢雨航突然从队伍后面站了出来。如她这样的女生，漂亮的脸蛋，漂亮的家世，大概总觉得自己是可以为所欲为的。当谢雨航蛮横地走到张若熙面前，不由分说地把自己手里的蓝色满天星塞进了张若熙手中时，周围所有人的目光都停在了她身上。只听谢雨航嗤笑道："若熙喜欢的是这个。"然后她瞟了一眼夏米送的那一捧花束，对着夏米假笑一下，刻薄道："向日葵？这么土？留着嗑瓜子啊。"

这种场面，夏米绝对不是谢雨航的对手，尽管她是今晚最闪亮的女生。这时，张若熙不动声色地将夏米向自己这边轻轻扯过来，挡在身后，然后低头笑道："我就是土啊，你不是也叫我土豪嘛。"他嗅了嗅向日葵的清香味道，又将它举到脸旁，对谢雨航说道："你看这盘瓜子其实还挺配我的，是吧？"

谢雨航像看小丑一样看着自己从小玩到大的好朋友，她觉得自己简直有点鄙夷她这个发小了。他明明知道自己很讨厌夏米，却还非要和夏米走在一起，甚至为了偏袒夏米不惜开罪自己。就凭夏米？？谢雨航咬着牙丢下一句"你吃错药了"，然后气冲冲地走下了舞台。

就这样无端得罪了谢雨航，散场后的夏米心情有点闷闷的，担心那段痛苦的经历又要重演。可是，张若熙说，没关系，她从小就这样，要人捧着才行，改天我请她一起吃炒瓜子就好了，她小时候就住我家楼上，最爱嗑瓜子了，你没看见她那两颗门牙像锯齿似的，就是嗑瓜子搞坏的。沉默的夏米被他逗得哈哈笑。晚上他们又叫上范源和林若泪，夏米提议说还去吃烤肉吧，于是四个人又去吃了一顿烤肉，两个男生还喝了一点啤酒为张若熙庆祝，夏米也想尝尝，却被范源制止了。夏米说，你怎么跟我爸似的。她甚至想，如果是张若熙，肯定会支持她勇敢尝试一下。

这一次，范源还是提前走了，只是一来二去的，大家也就习惯了，毕竟范源若是打算出国留学，那确实要提早准备，聪明如他，也须下一番苦功。只有夏米不无遗憾地说道，要是以后范源真的去了国外，那他们不就见不到了吗？那两个人告诉她，本来就是这样。张若熙还说，去了不同城市的人也会见不到，我去北京，你们呢？北京，北京，两个女孩哈哈笑道。

毫无预兆地，第二天，全班都在疯传范源和夏米早恋的事情。周舟还懊恼地前来求证，说自己马失前蹄什么的，八卦之王居然漏掉了藏在身边的大八卦，简直不可思议。

这些话在学生之间玩笑一下并没什么，毕竟是高中生了，这种事情自然而然总会在某几个人身上发生，同龄人都是见怪不怪，调侃居多。可是，当这些流言蜚语传到了老师的耳中，事态的发展就不太一样了。

学校要保的是升学率，范源这样的优等生将来会是学校的金字招牌，放进橱窗里展示简历的人物，绝对不能有任何闪失。所以，这件事直接惊动了年级主任，最先被找来谈话的竟然是他们的班主任。

一个小时之后，这张多米诺骨牌就推到了夏米的跟前。

夏米没想到，第一次被班主任叫进办公室单谈居然是因为早恋的事情，还是莫须有的。年轻班主任讲话很和气，动之以情，晓之以理，只是不管夏米如何否认，班主任都坚持认为这俩学生之间就像传闻中那样已经到了快失控的地步，就算还没有，也要打好预防针。女孩子脸皮薄，经不住班主任的一通分析加联想，在办公室哭得稀里哗啦的，最后还是旁边别的老师说情，让她先回去，自己好好想一想。

等到夏米哭红了眼睛从办公室出来的时候，范源就站在门口。

“夏米。”范源本是想安慰她，可他也知道他们正处在流言蜚语的中心，只怕现在走近会给她带来更大的伤害。无奈之下，只能默默走开。

当天晚上，夏米就接到了妈妈打来的电话。妈妈问她，是不是被人欺负了。夏米说，没有。妈妈说，周末把她接回家吧，一起去看看外婆。夏米忽然就哭了，和妈妈保证她在学校会很乖，让妈妈不要担心她，也不要误解她。那天，夏米的眼泪把枕头都哭湿了，从此以后，连快言快语的周舟都不敢再拿范源的事情调侃夏米。

林若泪说，总会真相大白的，可是，她们现在不得不避嫌，尽量躲着范源，还有总和范源在一起的张若熙。林若泪说，让夏米也不要和张若熙走得太近，免得惹人非议。

至于范源那边也很郁闷，听说还被请来了家长。好在范源的父母也是教育工作者，且都是留过洋的大学教授，思想开明，也信任自己的孩子。于是，在范源的再三解释和保证之下，这件事在老师和家长那里就算过去了。

只是，四人小组好像说好了似的，谁也没有再联系谁。甚至，在教室里，夏米都不和范源、张若熙单独说话。

还有，这个月教室的黑板报是由林若泪和夏米负责的，因为舞台剧比赛的关系耽误了不少时间，本来说好范源和张若熙也来帮忙，但经过这场早恋风波，大家都心照不宣地没有再提一起画板报的事情。他们之间，确实在有意地疏远着彼此。连范源递过来的糖，都被夏米默默地推了回去。范源第一次感到自己有些生气，生夏米的气。

晚自习后，只有两个女生留了下来，黑板报一人一半，分头干。已经入冬了，校园里的树枝都光秃秃的，所以夏米想要画一座五彩斑斓的花园，她想用手中的颜料留住春天的美丽，可是不知道是不是那盒颜料就快过期的缘故，涂上去之后没一会儿就失去了鲜艳，和外面的天空一样灰突突的。她停下来，黑黑的眼珠动也不动地盯着黑板，似乎是在想办法，可手却没闲下来，不自觉地就在黑板下面的白墙上写出一个小小的“夏”字。

十二

“好吃的来咯！”范源和张若熙每人提着一大袋零食破门而入。范源还像以前一样，热情招呼道：“快来看看是不是你们喜欢的，你俩来吃，我俩接着画。”

听到声音的夏米比刚才更萎靡了，她生怕惹来闲话所以躲着走的人，怎么还总要给她制造麻烦呢？可是，范源处处帮助自己，也不好因为别人的闲言碎语就对他发脾气吧，毕竟范源也是受害者。

林若泪从椅子上跳下来，开心地说：“班长真体贴我们群众啊，还给我们送夜宵。”

范源接道：“为人民服务！你说怎么画吧，剩下的交给我们。”

“走啊，去看看，先歇会儿。”林若泪轻轻推了夏米一把，然后看着范源。

范源知道这个心结必须由他来解开了。关于传言他和夏米早恋这件事，他问心有愧，因为他确实很喜欢夏米，但夏米什么都不知道，不应该为此背负压力。而且，如果喜欢也会造成困扰，那他选择永远不说出口。

范源走到夏米身边，慢慢说道："小虾米，别自寻烦恼了。已经没事了，老师那里，还有你家长那里，我都解释过了，真的没事了。"

他没说的是，他甚至连谢雨航那里都解释过了。他也不知道为什么他要和谢雨航解释，只是如果这样可以让谢雨航放过夏米，那么他就愿意做。当初为了保护谢雨航的自尊心，范源拒绝谢雨航的理由是以学习为重，而当谢雨航逼问范源是不是喜欢夏米时，范源的回答是，他唯一的目标就是出国留学，他不想分心，也不会让任何事情影响他达成这一目标。

夏米纠结地扭着自己的手指，咬紧嘴唇不说话。她就是觉得心里委屈，不管这事谁对谁错，该不该计较，她就是委屈。为什么自己从来不做伤害别人的事情，却总是要被伤害呢？可是这话，她没办法问任何人，也没有任何人可以回答她。

范源叹了口气，站到她面前，低头去看她的眼睛，他说："不是哭了吧？千万不要哭啊，大小姐，我害怕。"这话倒是真的，范源一点也不想看到夏米哭，尤其是因为自己。

夏米还是不理他，但她知道自己不是在生范源的气。

为了去看耷拉着脑袋的夏米，范源的腰都快折了，他又说："好啦，大小姐，你就别闹脾气啦！赏个脸，腾个地方，小的们该干活了。"

林若泪坐在张若熙身边，一直看着那两个人笑，她还低声问张若熙，到底是谁说的范源和夏米在一起了，那我们俩怎么不知道。

窗外月光透进来，洒落满地，纱帘被微风吹起来，柔软的白纱一次次地拂过坚硬的墙面。终于，四个小伙伴又坐在了一起，虽然夏米情绪不高，但朋友们都愿意听她讲讲心里话，慢慢地，夏米也就不再为这件事烦闷了。

她想，正如林若泪说的，如果你总是记着一件事情，那所有人都会帮你一起记着，它就永远过不去；但如果你选择忘记这件事，那所有人也都是健忘的。

那一晚，有人坐着又吃又喝，有人上蹿下跳刷字又画画。张若熙还帮助夏米解决了颜料的事情，尽量用线条去表现画面，以此减少大面积涂刷带来的灰度问题。夏米对这结果表示非常满意，毕竟张若熙从小学习绘画，出一个小小的黑板报还是难不倒他的。

四人和好如初，又恢复了学习小组的日常活动。只是临近年底，所有人的心都很浮躁，恨不得明天就赶快放假，可是这也意味着期末考试要来了。

夏米翻着日历说："还有三天就是圣诞节，若泪，我们这周末也去买贺卡吧！"

林若泪戴着耳机正在做英语听力，并没注意到夏米在说话。

这段日子，夏米总感觉林若泪怪怪的。她的日记越来越短，不再像以前那么细致记录了，好像失去了和夏米分享的兴趣。还有，她对自己的态度有时候也不那么热情了，虽然小组活动的时候会好一点。但是，夏米仍然坚定认为，她们是彼此最亲密的无话不谈的小伙伴。

夏米悻悻地看看林若泪，想着这大概就是学霸的学习节奏吧，快期末了，总要收心的。于是夏米又独自躺回床上，拿出CD机，手指在被子上模拟弹琴的动作。

这两天，同学们都陆陆续续收到了圣诞贺卡，夏米就看到从范源的桌子里掉出了五颜六色的卡片，连她前桌那个汉子般的女强人都有。不过，夏米更关心的是，为什么她的课桌里总是空空如也，难道她的人缘这么差吗？直到圣诞节前一天，夏米也没有收到任何卡片，当时为了省钱，她和林若泪约好不互相送圣诞卡，所以连唯一确定的一张也没有了。不会真的一张都没有吧？夏米觉得有一点点失望。

圣诞节当天，张若熙又是第一个进教室的，他没放下书包就径直走向了夏米的座位，如前几天一般，从夏米的课桌里把卡片统统拿出来，全部藏进了自己的书包。然后他从书包侧兜取出一张金灿灿的圣诞卡，仔细查验一番，才郑重地放进了夏米的空课桌。天知道他这样的大帅哥为什么还要为女孩做这样的小把戏，可他甘之如饴。爱情总是没有道理的，他这样劝自己。

张若熙放完卡片，就准备逃离“作案现场”，他一脸得意，却意外撞见林若泪早已站在门口，而且正在目不转睛地看着他。

林若泪也是一早来教室查收圣诞卡的，过去几天她收到了很多张卡片，可是她最想得到的那一张却一直没有出现。现在她明白了，她想要的那张，已经躺在了她的好朋友夏米的课桌里。她只觉得自己明白得有些晚。

“早啊！”林若泪语气自然地向张若熙打招呼。

“早啊。”张若熙有些不自然地走回自己的座位，但又觉得没必要多解释，那样反而弄巧成拙。

林若泪还想和张若熙说什么，可张若熙已经坐在了座位上，打开了课本，戴上了耳机。

林若泪在心里苦笑一下，也开始准备上早自习。她这几天在看《培根随笔集》，她还圈出来这样一句话：

有这样一条铁的规律，爱情所能够得到的回报，从来都是要么得到爱，要么得到对方在内心深处暗暗地蔑视。

她清楚记得，当时夏米还反驳了这句话。夏米说一个人怎么会鄙视爱他的人呢，即使不爱对方，也只会惋惜和歉疚。林若泪没想到，这句话这么快就要在自己身上印证了。张若熙一定想不到会撞到自己，他心里一定厌恶极了，否则他不会和自己那样冷淡，明明和夏米一起时，他是那样幽默健谈。

等夏米赶着时间跑来教室，发现课桌里出现了一张圣诞卡时，还兴奋地惊呼了一声，惹得她那正在赶作业的前桌不耐烦地说了一句："别吵！"

她近乎虔诚地擦擦手，然后打开了那张制作精美的圣诞卡，没想到还是一张立体卡片呢。空白处写有三行手写贺词："愿/朝有云，暮有月/岁岁常相见。"没有落款署名。

夏米不由得心慌了一下，她趁人不注意迅速合上贺卡，然后脑子飞速运转着。她觉得这个字迹很眼熟，不久前好像在哪儿见过。然后等她想起那一晚张若熙在黑板报上写的字，她发现自己紧张得快不会呼吸了。张若熙的字很漂亮，也很有特点，一看就是系统学习过书法的，没有人会认错这张贺卡上的字，夏米也不会。

愿——朝有云，暮有月，岁岁常相见。

这一天，夏米的脑子里不断出现着这几个字，甚至都没办法认真听课，上课提问时，还是范源在旁边提醒她的。她觉得脑子很乱，吃过晚饭后，她说自己想去图书馆看会儿杂志，没有和林若泪一起回宿舍，而林若泪也说正好有事要外出一下，今天不能陪她了。

夏米一个人绕着操场走了一圈又一圈，想着那些她难以想明白的问题。她希望是自己太过敏感，把那几个字看得过重了；她想着要不问问林若泪的意见，可是林若泪那样忙，还是等考完试再说吧。直到夏米看见范源和张若熙一起远远走过来，好像是要打球，她才逃跑似的回到了宿舍。

夏米没想到，刚刚解决了和范源的“情感问题”，怎么又跑出一个张若熙？他们不是好朋友吗？还是张若熙戏瘾发作的恶作剧？可这一点也不好笑。夏米并不打算去和张若熙求证，因为不论真假，她觉得自己都不会开心。

“好冷啊！”夏米回到宿舍时，没想到屋里居然没有人，害得她哆嗦着手在门外找了一会儿钥匙。可当夏米推开门时，却发现林若泪正坐在椅子上，还慌忙拿起椅子上的外套盖住了什么。

“好啊你个林若泪！”夏米坏笑着一步步走过去，抢过林若泪藏在外套下面的东西，原来是在织围巾。

夏米拿着那个半成品围巾，满脸揶揄地对林若泪说道：“老实交代，给谁的？还锁门？”

林若泪拍了一下夏米的手，让她赶快还回来。林若泪发现自己其实也是很好的演员，此时此刻，没有人比她更不想见到夏米了，可当夏米站在自己面前时，她也能十分自然地对着夏米笑出来。

林若泪说：“门是风刮上的，不是我锁的。我不就爱好做个手工，是怕被你看见，以后就没立场说你不务正业啦！”

林若泪说得冠冕堂皇，夏米就没再闹她，只是忍不住和她抱怨这段时间两个人好像有点疏远了，可是看在期末考试的分上，自己可以原谅林若泪，但一定要在之后好好补回来。林若泪圈住她说："哎哟，这是把我当你男朋友了？"夏米就笑起来，说："如果是你的话，那也不是不可以。"

几天后，四人小组在跨年聚餐时交换礼物，林若泪为另外三人各准备了一条围巾。夏米觉得张若熙拿到的那条蓝色围巾有点眼熟，闹着非要把三条围巾都抢过来看看，说要选一条最漂亮的给自己，而当夏米发现那条蓝色围巾完全没有另外两条那样的机器加工痕迹，甚至连水洗标都没有时，就笑着又还给了张若熙。

夏米还发现自己抢围巾的时候，林若泪的脸色很不好，那并不是少女的娇羞，而是一种暗暗透着不耐烦的厌恶，所以才涨红了脸。夏米本就是一个心思极其敏感的人，她一直都在刻意练习让自己放轻松，不要太在意他人的情绪，因为那实在太累了。可是，直到遇见林若泪，她才有了真正的放松感觉。这段时间以来，林若泪的友善大度和理解包容都深深感染着她，所以夏米从不害怕在林若泪面前会说错话，不必时刻保持警觉，担心自己会惹对方讨厌。

也许以后，将不是了。

她什么都知道了，她也什么都知道了。她们各自有了不能说的心事，而那个心事的主角——张若熙，还对一切浑然不觉。他张罗着大家一起碰杯，说一定要像夏米同学生日那天的雨中宣誓一样，明年也要一起跨年，每一年都要一起跨年，其他三个人就看着他笑。

十三

就像歌里唱的那样，四季轮回里，光阴流转，少年在成长。

本以为漫长的高中生活，转眼也过去了三分之一。

高二，面临文理分班，四人小团队被分到了不同的班级，虽然有时还会一起吃饭，但毕竟和以前的朝夕相处不同了。夏米说，她有时候会觉得有点寂寞。林若泪说，人生本就是寂寞的。林若泪说这话的时候，夏米觉得她好像突然长大了二十岁，像个已经可以悲叹“天凉好个秋”的中年人。她们之间，仿佛越来越没了共同话题。

其实，长大的不只是林若泪，夏米也恢复了过去察言观色的本领。现在，她已经很少和林若泪毫无顾忌地笑闹了，因为林若泪真的会对她发脾气，有时候甚至莫名其妙的。比如有一次，周舟和王小鱼提回来两大袋进口水果，说是路上遇到张若熙了，张若熙说是他家里送过来的，太多了吃不完，男生们不感兴趣，所以就拿到女生宿舍给同学们分了吧。周舟问林若泪，怎么分，要不要给其他宿舍也送去。林若泪说，问夏米。夏米脱口而出：“问我干吗呀，我怎么知道？”林若泪就直勾勾地看着夏米。夏米搞不清自己又是哪句话说错了，只得小声重复着说：“我真的不知道呀。”于是，林若泪戴上耳机写起了作业，中午夏米叫她一起去吃饭，林若泪就说自己不饿，不愿意和夏米同道。

友谊的发生和消失其实都是毫无声息的，一切都在悄然中进行着，彼此心照不宣。她们不再交换日记，因为林若泪说学习太忙了，反正她也无心当大作家，不想再写日记了，夏米也不是听不出她话里的暗暗嘲讽。好在，林若泪的发作是间断性的，大部分时间，她们还是可以正常交谈，尤其是在四人小组活动时，林若泪就像以前一样，会和她和他们一起笑啊闹啊，仿佛一切如前。夏米没办法，只得转移注意力，一个人去消磨多余的时间。

在妈妈的期许下，夏米重新拾起了声乐课。她也希望自己可以考上音乐学院，实现母亲一直以来的心愿，成为父母的骄傲。她还在音乐老师的鼓励下，报名参加了学校的新生歌手大赛，她盼望自己能取得一个好名次，让自己在音乐学习这条道路上多点信心。

令她没想到的是，只是刚刚取得初选的胜利，她的名字就被组织方从复选名单上抹去了。

复选那天很热闹，地点选在了学校的小礼堂。因为比赛采用海选的形式，全程对外开放，所以吸引了很多师生前来观看，还有不少选手也坐在台下观摩学习。相比而言，后台就显得冷清多了，只有个别还在抓紧练习的选手，大家各忙各的，鲜少交谈。夏米就是其中一个。她记得，那些选手中她相对熟悉的只有同班的陈小溪，她也只和陈小溪相邻而坐说过几句话。当时陈小溪带了一条很漂亮的珍珠项链，大大的LOGO显示这是一件价值不菲的奢侈品，陈小溪总是不时摸摸它，对着镜子照来照去，为此夏米还夸了她一句项链很好看。可谁能想到，一个小时后，陈小溪就上报老师说，那条珍珠项链在后台丢失了。

和一年前的盗窃风波如出一辙，所有的表象都将最大嫌疑指向了同一个人——夏米。一个小时前，谢雨航提着蛋糕和鲜花来后台找陈小溪，说是要为好朋友陈小溪加油助威，那个双层蛋糕很漂亮，谢雨航热心地招呼在座选手们一起来吃，大家都很开心地凑了过去，除了和谢雨航有过节的夏米，她自然不会自讨没趣地凑上去。没有监控，但所有人的回忆都是这样：

那时候，大家都在一起围着吃蛋糕，有说有笑的，只有夏米一个人远远地坐着，没有人注意她在做什么。后来，谢雨航提议大家别在后台干等了，一起去前台看比赛吧，然后大家欣然前往，除了夏米，都离开了后台。

据陈小溪说，项链就是那时候不见的。她说，她是化妆的时候把项链摘下来了，然后就忘记戴上。那项链不是自己的，而是好朋友谢雨航借给她的，后来大家一起去前台看比赛，谢雨航问她怎么没戴那条珍珠项链，她才猛然想起来项链还放在后台，可等她们焦急地回去找项链时，却怎么都找不到了。

那天，陈小溪和夏米都没能参加复赛。老师说，因为这条项链太贵重了，虽然谢雨航同学选择不报警，但是必须请三位同学的家长来一趟学校，老师要和家长碰个面。当着所有老师的面前，夏米对陈小溪说："你的项链根本没有摘下来。"陈小溪哭着对夏米说："求求你了，还给我吧，我妈会打死我的。"谢雨航对陈小溪说："唉，算了算了，我不怪你。"

后来，谢雨航的家长并没有来学校，因为家长说太忙了，项链的事情让谢雨航自己处理就可以。陈小溪的妈妈来了，于是同学们就看到了一个跛脚的中年妇女从办公室出来后，在楼道里一颠一拐地追着打骂陈小溪，而陈小溪一边躲一边又不敢跑太远，害怕妈妈会走不稳摔倒。夏米被家长接回了家，夏米的妈妈对老师说，这件事请学校报警处理，就算老师不相信自己的学生，但她绝对相信自己的孩子。

那是上了高中之后，除寒暑假外，夏米在家度过的唯一一个周末。妈妈还把外婆接来陪夏米，外婆给夏米带了很多她小时候喜欢的好吃的，爸爸也难得休息，担当了大厨。一家人很快乐地在一起待了两天，没有人提起学校里不开心的事情。等到周一，妈妈又亲自送夏米回了学校。妈妈对夏米说，老师已经将事情解决了，让夏米好好学习，不要有心理负担。妈妈还说："如果有人欺负你，一定要和家里说，爸爸妈妈永远都会保护你。"

等夏米回到学校，果然老师把夏米叫到了办公室，还把陈小溪也叫来，让陈小溪向夏米做了正式的道歉，因为那条项链据说又找到了，是她自己不小心掉在了外面，她不该向老师指责是夏米偷的。

可是出了办公室，夏米就听到了另一种说法：因为陈小溪弄丢了借来的贵重项链，陈小溪妈妈已经气得住院了，谢雨航为了给陈小溪解围，就掏光自己从小到大的压岁钱又买了一条一模一样的项链，然后对老师和家长说项链找到了，而实际上，项链就是夏米偷的，可她们没有证据，也不想让警察来学校抓人、给学校抹黑，所以这件事就到此为止。

或许是那天陈小溪妈妈的行为令人悲愤又同情，或许是谢雨航和她的朋友们造谣得太卖力，又或许是一群人云亦云的家伙自作聪明地翻起了夏米一年前早已澄清的"旧账"。总之，在很多人眼里，夏米成了一个异类，尽管范源和张若熙不遗余力地替她解释，但两个人的声音始终还是太渺小。

谢雨航的报复也远远没有休止。

几天后，晚自习下课的学生陆续回到宿舍，夏米因为要负责值日就晚了一点。她似乎已经习惯了被班里一些人莫名地排挤，把没人愿意做的事情统统安排给她。这天，她也像往常一样等班里的人都走了，一个人默默打扫着教室，关窗户的时候还不小心被门框挤了一下手指。她不由得想，她已经很久没去琴房弹琴了呢，以前林若泪总是缠着和她学琴，如今却再也不提了。其实，她并不愿意总是想起这些事情，这让她情绪很不好。可是，没来由地，她就是忍不住。

收拾了一番之后，夏米匆匆锁了教室的门。楼道里几乎没什么学生了，走廊尽头的灯昏昏黄黄，似乎因为电压不稳，还一闪一闪的有点吓人，夏米抓紧书包快走了几步，想着去趟厕所就赶回宿舍。

木门被风吹得吱吱呀呀地乱响，她努力给自己打气，想着迅速离开，结果洗完手转身两步就被木门重重挡了回去。

“啊！”夏米吓得尖叫一声。

在她的惊恐中，那扇木门又吱呀地打开了。夏米下意识地后退一步，等门外没有声响，她大胆地想要走出去，并安慰自己说门是被风吹上的，不要自己吓自己。

“砰！”她刚要迈出门口，木门又一次迎面向她砸来。夏米惊魂未定，门口响起了一阵尖锐刺耳的笑声。夏米听出来了，那声音里有谢雨航。

“开门！谢雨航，我知道是你，开门！”

“开门！！”

谢雨航顶在门口笑个不停，她觉得好玩极了，在夏米的愤怒和惊恐中，她还“帮”她从外面关上了厕所的灯。更过分的是，她和她的同伙们不知道从哪里找来了一把大锁，将门上锁后就扬长而去，任凭夏米在里面嘶声叫喊。

从来没有过那样的绝望，天色越来越暗，走廊里只有她自己的声音荡了一圈又传回来回应着她。夏米感觉自己在发抖，极度的恐惧和愤怒填满了她的身体，她想要将泪水憋回去，却忍不住趴在门上嚎啕大哭。不止哭那些人对她的欺辱，也为学业的压力，更为友情的悄然改变。范源越来越忙，林若泪越来越冷漠，张若熙虽然待她最好，可是……夏米想不出除了装傻，还有什么办法可以维持住她和张若熙的友谊。其实她最怕张若熙，她怕她一轻易开口，就会失去这个好朋友。

可是，如今他们中有谁能来帮自己？有谁会来帮自己？夏米不知道。

那一晚，若不是张若熙去宿舍给夏米送书时怎么都联系不到人，或许直到天黑都没人发现夏米不见了。宿舍的三个女生和张若熙、范源分别去找人，所有人都慌了，可在事情没有明晰之前，又不敢惊动学校和家长，最后还是张若熙在教学楼的女厕所发现了已经不出声的夏米，将她救了出来。

夏米的眼泪都快哭干了，等到张若熙发现她时，她红着眼睛呆呆看着张若熙，一句话都讲不出来。张若熙看着她失魂落魄的样子，恨不得把自己的心掏出来给她填上。

“夏米，别怕，我来了。”张若熙对着她轻轻安慰道。

夏米还是看着他，泪水一下又把眼眶蓄满了。她突然扑到张若熙的怀里，抓着他的袖子就再也不肯撒手，不停小声喊着：“我害怕，我害怕。”

张若熙紧紧抱着她，摸摸她的头，轻声安慰着没事了，慢慢才哄得夏米回过了神。

范源站在一旁静静看着，等夏米哭出声来，一颗悬着的心终于放下来了。他想，夏米真的吓坏了呢。他一反常态地发了脾气，责怪起林若泪为什么没有早点发现夏米不见了，然后他就在夏米的哭声和众人的安慰声中，默默地转身走开了。范源想，既然夏米现在最需要的并不是他，那他也不必留在这里，而且，他正好可以为夏米再做一点事情，趁他还在她身边的时候。

被莫名吼了一句的林若泪并没有理睬范源，她只是一动不动地看着张若熙，还有靠在张若熙身边的夏米，然后不痛不痒地说了一句话。林若泪说，虽然作息时间不太一样了，但以后会多陪陪夏米，让她不要害怕。

实际上，林若泪的心情也很烦躁。不知道是文理分科后不适应，还是她的少女心事常常令她魂不守舍，总之她的成绩下降得非常快，有时候她下意识地想要集中注意力，却还是无法阻止自己想东想西，想得不着边际。作为曾经的学习标兵，老师也注意到了她这段时间以来的不对劲。白天的时候，林若泪被老师叫去了办公室，这还是她第一次被老师训话，为的还是曾经让她引以为傲的学习成绩。老师语重心长地对她说："如果你是艺术生，比如夏米那样的，那对成绩的要求就没有那么高，但是你不是。如果你还想考你自己梦想的大学，就要好好努力。"

那天，林若泪并没有说更多的话。她是好学生，她读过很多书，知道言多必失的道理。当夏米被谢雨航她们锁在厕所里时，其实她看见了，但她选择了转身走掉。她在心里已经不把夏米当朋友了，只是夏米傻傻地还缠着她一起玩。她发现自己当初可以真诚地羡慕夏米会弹钢琴，虽然那是她想得到却没得到的，甚至可以发自真心地承认夏米比自己长得漂亮，更受男生欢迎；但是，她没办法接受这些所有累积在一起带给她的压力，更无法做到面对自己喜欢的人被夏米吸引去了还无动于衷。

她嫉妒，嫉妒得发狂，她一直以为自己才是她们中那个更优秀的人。但她又自认是有良知的人，所以她不会像谢雨航一样去做故意伤害别人的事情，但她可以选择视而不见，这并不违背她内心的道德秩序。

旧日阴云重新笼罩，夏米有偷窃癖的传闻又在年级传开了。新班级的人不了解情况，就更好奇这些八卦的真实性。谢雨航和她的同党们也越来越过分，不仅肆意传播着夏米的坏话，甚至会当着她的面欺辱她，比如在她的座位洒红墨水，把她的书包扔进垃圾桶，那些幼稚且恶劣的小把戏，都被谢雨航玩了一遍。

班级轮周的时候，夏米被分配到食堂做值日生。孤零零地像个雕塑一样站在食堂门口，夏米觉得那些来来往往的指点目光都像是在议论自己，她百口莫辩。她能做的，就是从兜里拿出一块蓝色包装的巧克力，那是张若熙送给她的。张若熙坚持每天都要送给她巧克力，每天都要见她一面，他告诉她："心里难过的话，就吃一颗糖吧，嘴里甜了，心里也就没那么苦了。"她知道张若熙是好意，只是面对他时，夏米不得不掩饰自己又被人欺负了的事实，这让她又感动又心累。

"小虾米！"范源倒是依旧没改变对她的称呼，笑呵呵地走过来，对她说着："帮个忙啊，若熙进广播站了，没想到主播还得负责写稿啊。"范源语气诚恳地请求道："这是你擅长的，所以麻烦你去帮帮他吧，我来替你值日。"

夏米点头答应了，她也不是不知道范源的用意。她很感谢范源，也感谢张若熙。

范源看着夏米离开的背影，感慨万千。当初，是自己求着张若熙为自己各种打掩护，只为了帮助保护这个“小虾米”，谁想而今却是反过来了呢。他也没能完全说服谢雨航，两人大吵一架，最后是以一个被迫的拥吻换得谢雨航不再发疯似的继续折磨夏米。那天晚上，谢雨航也在他怀里哭得像夏米一样。他不愿意任何女孩为他哭，只是他也发现，他的心疼已经全都给了心里的那个小女孩，小夏米。

当夏米走进安静的广播站，才发觉自己终于可以稍微喘息一会儿。周围不再有那些对她评头论足的八卦传言，她的身边只有她的朋友——对她无条件信任和支持的张若熙。她想放肆地哭一会儿，却发现眼泪早都哭没了，她现在只是觉得心里有些苦，又不知道该从何说起。

张若熙看着她从兜里拿出一块蓝色巧克力，还举起来对自己笑笑，便在心里长长地叹了一口气。他本想为她做更多，却也怕这会破坏他们之间的平衡，让他彻底失去她。

谢雨航的偃旗息鼓并没有持续很久，范源和张若熙的轮番威胁利诱作用有限，实际上只是更加激怒了谢雨航。这不是男生或是女生思维方式不同的问题，而是他们远远低估了人性的嫉妒会有多么可怕。在谢雨航看来，不论从爱情还是友情的角度，夏米都是一个掠夺者，可谢雨航从来都是说一不二的人，她不相信还有自己得不到的东西，所以无论如何她是不能放过夏米的。加上周围那几个所谓的朋友的挑拨，谢雨航对夏米简直恨得牙痒痒，恨不得夏米赶紧消失才好。

几天后，谢雨航招来几个社会青年在校外堵截夏米，好在那次是和林若汨还有周舟走在一起，距离学校也不远，范源和张若熙都及时赶过来了，甚至周舟还叫来了已经成为好哥们儿的高三“流川枫”。那几个社会青年眼见对方人多势众，想跑又怕丢了面子，也怕收不到钱，于是又纠集了几个人。这边，重点班的男生闻讯赶来支援，凡是在校的都出动了，“流川枫”也仗义地喊来了几个高三的男生。突来的大雨中，两拨人打成一团，彼此宣泄着心中的不满和压力。夏米哭着站在一边，不知所措，却不知道这场架早都不只是为了她而打。

林若泪却不这么看，她甚至无心关注张若熙的举动，只是站在背后盯着夏米，她想不通这个女孩到底有什么魅力，能让男生们为了她甘愿打得头破血流。

滂沱大雨中，林若泪也听得到自己的心里正在冷笑，不笑夏米，笑她自己。

十四

这场声势浩大的群架终于还是惊动了警方，经过学校领导地再三调停和保证才算勉强压了下来，归到了校内处理。所有参与打架的学生都被记过处分，而谢雨航因纠结校外人员制造校园纷争，被学校记了大过，遭到留校察看的处分。在学校和家长的双重压力下，这次谢雨航也终于肯宣布停战。

英雄们负伤而归。范源右手骨折，医生说至少三个月才能恢复如常，张若熙脸上挂了彩，从眉角到鼻梁被划了一道很长的伤疤，好在不算很深，医生说坚持涂药不会留下疤痕。夏米非常自责，她认为一切都是因她而起，连累了好朋友，实在不知道该如何向他们道歉。可张若熙安慰她说，没关系，这怎么能怨她。他甚至还不忘逗夏米，说：“你好好看着我，不还是很帅，你也不用担心范源，他左手写卷子也比你分高，还会是第一名。”范源看着夏米被张若熙逗得又哭又笑，也笑了起来。

范源因为一只手打了石膏，每天就由夏米、林若泪、张若熙三个人轮流照顾他。虽然有些辛苦，又有疼痛，但是他们都觉得，经过这一战，当初的那个四人小组仿佛又回来了，本来因为分班之后有些疏离的关系又得到了修复，也算是坏事中的好事。只是，这次不得不由学习小组变成护理小组，重点对象也由夏米变成范源。

那三人中，林若泪有时候会心不在焉，对她说话总是没反应，张若熙和夏米倒是配合默契，两个人经常你一言我一语，基本就是小组的气氛担当，而这一切，范源一一看在眼里。他有时看着他们就会不自觉地发笑，还会想起一些不愿意提起的往事。比如高一时帮两个女生画黑板报的事情，当时林若泪和夏米连连夸赞张若熙画功了得，三个人笑笑闹闹的，只有范源一个人任劳任怨地收拾工具，然后他就发现了墙角不起眼的一个位置写了一个“夏”字，旁边还补了一个“熙”字，后面那个字的油漆都还没干透。

或许就是从那时起，也让他坚定了本来还有些犹豫的出国留学的决心。他也很害怕再见不到他心爱的小姑娘，但是在他心里，有比爱情更重要的理想要先去实现，所以他一直在为自己找一个合适的离开的理由，那一刻他觉得自己找到了，之后就再没摇摆过，虽然他还是很喜欢那个小姑娘，从小就喜欢，一直很喜欢，很喜欢。可是，自信如他，却也没有把握如果夏米真要开口留他，他还会不会义无反顾地要走，好在他的小姑娘并没有这样做，没有让他为难。

范源的伤势一天天好转，四人小组眼见又要自动解散。范源自己本是无所谓的，他有太多事情要忙了，也不想把心思再放在别处，但他很清楚，此时夏米的心里并不好过。那是一个多么重感情的小姑娘呀，自己喜欢她不也是因为如此吗？他常常想起那次在养老院，夏米给老人们唱歌时候的表情，他想如果世界上真的有天使，应该就是这般模样了。

于是，那天晚饭时候，范源以伤员的名义请求大家满足他一个心愿，张若熙听了还搞笑说："好的好的，还有什么要交代的，你尽管说吧，我们亲友一定尽力满足。"惹得夏米在他肩上捶了一拳。

等到周末一早，天色还是蒙蒙黑，市一中的校门外就停好了一辆黑色高级轿车。张若熙很早就来了，没有催促他的小伙伴们，就坐在车里默默等待着。差不多半个小时后，另外三个人终于前来会合，走在最前面的林若泪一脸睡眼惺忪，紧跟着的夏米却显得很兴奋，脚步轻快，小兔子似的一蹦一跳，若不是身后的范源拦着她，她大概就要放声歌唱了。

"哈喽！亲爱的同学们！"张若熙缓缓按下车窗，弯着眼睛，扬起嘴角，露出一口洁白的牙齿。

按照那天四人的商定结果，这次短途旅行的终点是郊外的西山，那是市里最有名的景点之一，节日里会有很多外地游客慕名前来，就连本地人也喜欢把这里当作日常游玩的佳选。这个时节，虽然天气已经渐渐转凉，但是夜里爬西山的游客也不是少数。四个人自动走成了两排，范源照顾林若泪走在前面，张若熙照顾夏米作为殿后，他们各自打着手电筒，互相帮忙向上攀爬着。

为了集中注意力，一路上他们很少讲话。林若泪有两次脚下打滑，都被张若熙及时扶住了，她小声对张若熙说着谢谢，渐渐地心情也像远处的天空一样明朗起来。

等四个人爬到山顶时，再向远方眺望，云海之上已是一层粉红，明亮的火球呼之欲出。夏米开心极了，挽着林若泪让她和自己站在一起。

他们静静看着远方，又看着彼此，仿佛心里有一千句一万句话想要诉说，却没人率先打破沉默。因为沉默是美妙的，有些心情无法用语言诉说。

夏米想到了小时候，在她家乡的那座小山上，爸爸妈妈也曾带她看过日出，她骑在爸爸的肩上，说这样自己最高，就是世界上最先看到日出的人。然后，她又想到了以后，五年后，十年后，她会在哪里，林若泪会在哪里，男生们又将在哪里，他们还会记得彼此吗？还会记得这一天，他们并肩看的日出吗？她如此珍惜着他们，却不知道该从何说起。

“夏米啊，等以后你老了，你可千万要记得我。”张若熙对着那片云海说道。

“我当然会记得，我会记得你们所有人。”夏米回应道。

张若熙转头对着她笑了一下，说道：“我提醒你，是因为我最不放心你。毕竟你是最笨的那个嘛。”

“那我要真的不记得了呢？”夏米问道。

张若熙还是笑，对着远方的朝霞，说道：“那我们就把所有的事再做一遍，让回忆重现。”

他这样说着，却不知道以后还有没有机会再见到她。父亲出事了，家里的天都塌了，就连那辆载他们来的黑色轿车也将在两天后被充公。人生的苦楚就这样猛地砸来，任谁也无法躲闪。可他无人诉说，也不想让任何人知晓，只好把这苦悄悄地和着眼泪，一起往肚里咽。曾经的他是那样的耀眼，前呼后拥，众人喝彩，无论台上台下他都是那个骄傲的小王子，所有人都觉得他该有一个灿烂的未来，可是现在，这一切就像肥皂泡一样破灭了。

谁曾想到，短短几天，他就尝尽了人间冷暖。母亲仿佛一夜之间变老了，曾经那样神气漂亮的女人，如今坐在椅子上的腰背都是弯驼的。他看着母亲紧锁眉头小心翻着父亲的电话簿，循着那些熟悉的名字，一个个曾经登破了门的熟客，转眼就形同陌路。最后，他陪着母亲一起去谢家寻求资金援助，好在谢叔叔没有为难他们，作为世交，还主动说了些宽慰他们母子的话，格外借给了他们一笔生活费用。

谢雨航躲在门后将一切看在眼里。她的心情有些复杂，眼前的这个大男孩是她从小玩到大的好朋友，她也知道，张若熙一直把自己当作小妹妹，从小他就像骑士一样，保护她就像保护公主。后来，太多人围在她身边，他们也都长大了，似乎并不再像以前那样亲密无间，但总归还是要好的朋友。直到那个叫夏米的女孩的出现，让他们彻底站到了两边。

“若熙……”后来，谢雨航悄悄追出去，叫住了张若熙。路上只有他们两个人，却相对无言。谢雨航不知道该如何安慰朋友，这样的变故不是一般人可以预料和承受的，又怎么会是轻飘飘几句话能纾解的。张若熙觉得自己连叹气的力气都没有了，可他还是对谢雨航做了最后的一个请求。他说：“我只想求你一件事，我以前也请求过你的，你能不能别再欺负夏米了？”谢雨航没想到这个时候了他居然还会提起那个女孩的名字，还有心思惦记她。赌气地，谢雨航冷笑着说：“好啊，只要你答应以后不和夏米来往，我就绝不再找她麻烦。”

“好。”张若熙答应了。他想，这一次，他是真的可以答应了。事到如今，他还奢求什么呢，谢雨航的要求其实也是他自己的心愿。他不想再和任何人来往，也不会和任何人告别。那天之后，他就一边悄悄办着转学手续，一边没事人一样陪在朋友们身边。他希望自己可以消失得一干二净，希望所有人可以忘掉他，包括那个他最爱的女孩。

太阳整个从地平线上跳了出来，壮丽得令人难以言喻。四个人各怀心事，又重归沉默。

他们就那样静静站着，直到夏米说：“范源，你唱首歌吧，就唱你最喜欢的那首。”

张若熙看看范源，林若泪看着夏米，他们并不知道范源最喜欢的歌是哪首。

范源也看看夏米，但他没有开口。他甚至害怕夏米开口，他怕自己会软弱，会不顾一切，会想留下。

他有些厌恶失控的自己。一直以来，所有的事情都在他的掌握之中，他是那样聪明、那样勇敢，他是父母老师的骄傲，是所有人的榜样，更关键的是，他是自己的骄傲。他绝对不允许自己在既定的轨道上有任何偏差，但他又不得不承认他动摇了，因为他动心了。最开始，他是不怕的，可是当他慢慢靠近她，他才发现，他远远低估了她在自己心中的分量。原来，爱一个人就是把她无限放大，而把自己无限缩小。当他对此感到惊恐时，他甚至慌忙地抓住了另一只手，想要以此来分散情绪。

他不知道这样做对不对，对另一个女孩是否公平，他只知道他现在很怕、很怕夏米。

I am sailing（我在航行）

I am sailing（我在航行）

Home again 'cross the sea（又一次归航，穿越海洋）

I am sailing stormy waters（我在航行，在那风暴之海）

To be near you（只为靠近你）

To be free（只为解脱）

I am flying（我在飞翔）

I am flying（我在飞翔）

Like a bird ’cross the sky（穿越天空，像鸟儿一样）

I am flying passing high clouds（我在飞翔，在那高耸之云）

To be with you（只为与你相伴）

To be free（只为解脱）

夏米一个人轻轻唱着，眼泪就流了下来。

她依稀记得，那天，林若泪也哭了。

可她早都不懂林若泪了。或许她从没真正懂过林若泪。

那天在山上，林若泪始终不说话，直到大家打算离开时，她突然跑到范源身边，拉着范源的手，对张若熙和夏米哭着说道：“对不起，对不起。”所有人都被她搞蒙了，对面那两个人不明白她在对不起什么。

林若泪说，对不起，我和范源在一起了。她说这话的时候，眼睛一直盯着夏米，她希望从夏米眼中找到一丝失落，那样她就能得到一些安慰，好让自己知道自己没有输给夏米，可是，夏米令她失望了。

夏米说，真好啊。

张若熙也跟着说，那挺好的啊，祝福你们。

她才知道，最后输得彻底的那个人，还是自己。

回到校园后，一切仿佛未曾改变。范源又一个人投入留学准备中，似乎对他的恋情并没有多么上心。张若熙虽然每天依旧会给夏米送巧克力，找机会见上一面，但也因为学习和艺术专业课的事情越来越忙。林若泪自不必说，没有了四人小组的活动，夏米想和她一起吃顿饭都很难。

两天后，张若熙经过学校老师推荐，获得了一个剧组的试镜机会，他把消息告诉了夏米，并答应带着夏米一起去。夏米起初拒绝了，但张若熙说，我是来请你陪我去的，我虽然会表演，但是你更会分析剧本、揣摩人物，我想请你帮忙啊，大作家。夏米不得不答应。

两个人一路上说了很多话。夏米说，其实她一直很羡慕张若熙可以去做自己想做的事情。张若熙问，那你最想做什么。夏米说，她最想当作家呀，可妈妈却希望她学声乐，而她也希望能让妈妈高兴。张若熙就安慰她，说这两件事其实一点都不矛盾，只要你愿意去做，谁说歌唱家不能写一手好文章呢。张若熙还说，你不用羡慕我，以后我能不能红，还不是全靠夏大编剧的一句话。

夏米又被他逗得咯咯笑，她发现这个男生总是能带给自己很多笑声。

“呐，看你这么上道，我就告诉你一个秘密吧。”

“哈？”

“是关于创作的秘密，不能泄露。我决定把我们四个人的故事写成一部小说，不不，一个剧本，名字叫《一起长大的约定》，然后我的笔名叫‘三冬二夏’。”

“那我演谁？我是男主角吧？”

“你演你自己呀，笨！”

夏米想，自己其实是喜欢他的，只是，或许那种喜欢并不是他误解的那样。她珍惜他，并想永远陪伴在彼此左右，还有林若泪，还有范源，就像最初一样，只是……

学校这头，林若泪发疯一样到处找不到人。所谓的男朋友范源之前就经常见不到人，而且当初两人说好了是秘密交往，就被林若泪在山上时一句话说了出去，虽然夏米和张若熙没有对其他人提过，可范源依然对此很生气，到现在为止都没有主动找过她。

今天，林若泪本来也没打算去找范源，他们正在赌气，而且她认为自己对范源的喜爱还远远达不到凡事包容的地步。她只是突发奇想要和张若熙还有夏米一起吃饭，但她找了一圈，却发现只剩下了她自己。确实，本来是她在刻意冷落夏米，因为她很享受夏米在自己面前表现出的失望与落寞，那简直成了她的精神食粮，她迫不及待地想看着夏米输。就算在爱情中不能打败夏米，她还可以让夏米为了她在友情里受伤，她了解夏米，她也有这个自信。可当林若泪发现夏米居然也可以不需要她时，她彻底愤怒了。她觉得夏米背叛了自己，而这种友情上的背叛居然比爱情的失利让她更加难以接受。

冲动之下，她又去找了范源。因为她受不住内心的煎熬，她太想要一个答案，就像死刑犯也必须知道自己的罪名才肯将头放在刀下。然后，范源就告诉了一个让她并不感到意外的答案。她感到这颗心终于踏实了，这颗心也终于真正烧起来了。

晚自习的时候，那两个人还没有回来。当老师第一次点到夏米的名字时，林若泪一言不发，回想一年前，她还会帮夏米找个完美借口，毕竟只是寄宿生的自习课，老师并不会深究。

“夏米。”老师又点了一次。依然全程沉默，林若泪简直要笑出来了，却突然听到范源开口说：“老师，夏米……”

“老师，夏米逃课出去玩了。”林若泪面无表情地站起来，猛然截断了范源的话，然后一五一十将夏米逃课去校外的事情和盘托出。在所有人的惊讶目光中，林若泪又麻木地坐下了。她终于做了坏人，她终于做了她一直想做的事情。解放了，林若泪这样想道，她发现自己竟然很想笑一下，因为她有点开心。她甚至忍不住回头看了范源一眼，她发现她并不那么在乎范源将会怎么看她。她想，只是一个在爱情里容易妒忌的小女生不是吗？所有女生都是这样的，谢雨航是，她也是。

果不其然，第二天，老师将夏米叫到楼道里训斥了一顿。夏米红着脸，看着楼道里经过的同学，同时也看到了她的好朋友林若泪。她不明白，为什么那样要好的朋友会背叛自己，她以为就算不复从前的亲密，至少她们还是彼此信赖的朋友。后来，夏米忍不住几次去质问林若泪，林若泪却不和她说一句话。只有最后一次，林若泪看了夏米良久，说道：“我以前和你说过，每个人都有每个人的路要走。我们会走向不同的人生，我们并不同路。”

夏米觉得，那一刻，她的心空了。

十五

后来的日子还有好多好多天，她们和他们，都挨了好久、费了好大的力气，才终于等到了高中毕业，等到了他们的十八岁。

关于高中最后一年半的生活，夏米已经不愿刻意记起，因为那并不美好，是一个作家也没办法用语言修饰的苍白和心碎。

夏米只记得，那天，空气里布满了春天的味道。她双手抱膝坐在草坪上，看着不远处一群小鸟正在欢快地啄食，忽然觉得眼睛有点酸涩，曾经他们也是那样欢快的一群小伙伴啊。

张若熙轻轻走到她身边坐下，像往常一样递给她一颗蓝色巧克力。

夏米接过来，直接撕开包装纸，把巧克力含在了嘴里。

很甜。于是她也努力甜甜地笑着，看着张若熙。

“张若熙，我只有你这一个朋友了，你千万不能走啊。”

“嗯。”

“拉钩。”

“拉钩。”

可是，一周后，张若熙突然转学，甚至没有留下一句话，就消失在了夏米的生活中。夏米去他的班里找人时，扑了一个空。她替他想了千百种理由，也想不出为什么他不给自己留下一句话。回宿舍的路上，她甚至觉得自己有点失魂落魄，仿佛是被全世界遗弃了，仿佛曾经掏心掏肺的感情都只是一场笑话。她好像还在路上碰见了谢雨航，不过谢雨航这次没有找她麻烦，抱着一本德语书，越走越远，再也没有找过她的麻烦。

连谢雨航这个敌人都从她的生活里淡去了。

夏米呆呆地坐在椅子上，摸着兜里装的蓝色巧克力，她用力捏着，想要捏碎它，更想捏碎眼前的一切，然后，或许她就会发现这不过是一个幻象，是噩梦一场，等醒来，她还拥有她的朋友们，四个人还会一起逃课去那家烧烤店，她还偷偷地喝过一口酒，就在去年她生日那天，那三个人都不知道……

可是，当她哭着睡过去再醒来时，宿舍里只有林若泪戴着耳机学习的背影。她们已经不再讲一句话。她不明白这一切究竟是为什么，可她也不想明白了，甚至不想去问问范源关于张若熙的下落。她觉得自己已经失去了所有的力气。

似乎成长中的很多事情都是这样，还来不及思索是如何发生的，就已然变成这般模样。从前的四人行到如今只剩下夏米一个人，明明说好要一起走下去的，为什么现在有的不知音讯，有的形同陌路？

或许，以后她会明白，当她变得更强大、更智慧、更豁达……她会再回来向十七岁的夏米解释这一切。

高二，语文会考，夏米以“友谊”为题写了一篇作文，字字句句皆是她这两年来的切切感悟，老师惊喜地在全班面前表扬了她，说这是年级仅有的一篇满分作文，要贴到学校宣传栏里，同学们都要认真学习。

范源和林若泪特意叫上她一起吃了顿饭，他们说了很多关于未来的打算，林若泪甚至连他们在德国要买一辆什么车都想好了。那天，范源和夏米都没怎么说话，只是听林若泪不停说着，所以，印象中还算是一场比较愉快的交谈，林若泪没有当场翻脸。

高三，学校开高考动员大会，很多同学都哭了，曾经那个爱哭鬼夏米却一滴眼泪也没掉。范源每周都会转递给她一封匿名信。范源说，不知道是谁写的信，总是寄到他那里，让他代为转交，因为是机打的信件，也没办法通过笔迹去猜主人。笨笨的夏米却一下就反应过来了，需要防猜测恰恰因为太好猜，除了曾经的那位好朋友还有谁呢？既然范源不说，夏米也就不问，他还能给她写信，就说明他也在某处努力生活着，她只希望这位朋友一切都好。只是有时候那些关心的话太过具体了，让她会错以为那位朋友还在她身边，或者，真真假假中，也不全是那位朋友的信吧。

之后，夏米由母亲陪伴去北京参加了艺考培训。学习很艰苦，但她咬牙坚持，母亲也表示满意。她的日记也越写越短，最后几篇字迹潦草地记录着：“水土不服得了荨麻疹”；“医生说明天可以出院了”；“改学编导了，母亲似乎有些失望”。

最后，她把日记本连同那些糖纸一起锁进了箱子里，封存了关于那些日子的所有记忆。

…………

总之，那是一段混乱的岁月，就像她的青春，美好过，失落过，也哭过，也笑过，兵荒马乱却也一路走来，埋葬了过眼烟云，开出了明日之花。

兜兜转转，七年后，当夏米再次来到北京，物是人非，一切都不一样了。这回，她是以新锐编剧的身份去见一位大明星，也是她的一位老朋友。

那段时间，北京的空气总是不太好，可是一场冷雨过后，天空倒像是被洗刷了一遍，露出了久违的晴空蓝。张若熙戴着口罩和鸭舌帽，像每一个大明星一样，被经纪人裹得严严实实，以免在公共场合引起不必要的麻烦。

在路上，他想了很多。想起那年教室墙上写下的两个名字，听说三年前校舍翻建，字迹应该早就不见了；他还想起，老家的柜子里还藏着一个铁皮盒子，里面有一摞圣诞卡片，每张落款都是不同的人名，但全都是给同一个女孩的；后来，他曾在北京见过她，在医院里，他照顾母亲，恰巧遇到生病住院的她，只是他那样窘迫，并不敢露面，只有继续不停寄送匿名信件，希望还能以另一种形式陪伴她；还有他的发小谢雨航，那个刁蛮的公主，听说她就快结婚了，还邀请了范源去参加婚礼，甚至还请范源代为邀请自己，因为她觉得那时候做了好多错事，回想起来，最对不起的就是张若熙；还有林若泪，那是个太要强的女孩子，那时候他并不是不知道她对自己的心意，可感情的事情又有什么办法呢，当初谁也没想到她会和范源走到了一起，更没人想到他们会在一起十年……

然而，这所有的所有，也大不过一个女孩在他心中的分量。

后来，他曾无数次在脑中幻想他们重逢的画面，他想问问她，是不是还记得曾经一起长大的约定，虽然他是那个先失约的人，可是这些年，他没忘记舞台上曾暗暗对她许下的承诺，他变成了更好的人，只为了让她再次看到他。

他还想亲口告诉她，他感谢她。在那些黑不见底的日子里，他也曾沮丧，也曾自暴自弃，可是凭着心中的那一个人，他没有就此堕入深渊，一次次，他咬着牙站了起来。她就是暗淡岁月里永恒闪耀的光亮，唯一的信仰。

如今，仅仅是一个背影，他就认出她了。她长大了，短发变成了长发，不再是那个躲在自己怀里哭泣的小女孩了。

他张张嘴，可却喊不出那个梦里的名字，甚至连笑容都挤不出来。

他下意识地把手伸进兜里，里面有一颗蓝色巧克力，一路上被他握在手心，快要融化了。他清楚记得，他欠她3752颗。

夏米转过头，对他微笑。

“张若熙，我终于找到你了。”

Hello ....

by: ....

这一站晴天，邀你共赏